民国女作家
小说典藏文库

民国女作家小说典藏文库

黑十字

雷妍 著

中国文史出版社

北京沦陷区女作家雷妍新编作品集两种前记 (代序)

张　泉

　　从雷妍已经八十九岁的女儿刘琤那里得知，中国文史出版社大手笔，准备一次推出雷妍（1910—1952）的两本新编作品集《无声琴》和《黑十字》。辑佚工作的主要参与者还有雷妍的当教师的儿子于琪林和儿媳李子英。

　　在进入二十一世纪以后的这个错综动荡的大时代，特别是在新冠疫情持续放诞的这三两年所形成的封闭、黯淡的被动生存模式中，这是着实是令我喜悦的不多的资讯之一。她嘱我为作品集写点什么。虽然设想的一些计划安排赶不上世事的不测，已经变得支离、低效，心想事不成，我还是恭敬不如从命。

　　其实，早在2009年，我曾为雷妍的作品集写过一篇介绍文《写在雷妍作品选本正式出版之际》。

　　在雷妍后辈们的不懈努力之下，《四十年代北京女作家雷妍小说散文选》（刘琤编选，自刊，2006）、《雷妍小说散文集》（刘琤、于然主编，中国海关出版社，2009）两书得以印出。拙文就是第二本书的序二。卷首是南通大学陈学勇教授的《雷妍作品集序》。他在序文中直言："说历史一定公平，那多半是一种善良的期待……中国现代文学史，至少中国现代女性文学史，到现在还遗漏了一个雷妍，就像以前曾经遗

1

漏张爱玲、苏青、梅娘她们一样。"他高度评价雷妍。比如认为她的中篇《良田》展现了"北方农村生活，质朴、静美，而艰辛、苍凉……可追步萧红的《呼兰河传》"（《故纸札记》，湖南大学出版社，2017）。他对于雷妍的推荐不遗余力。很有可能，在目前还不算太多的雷妍研究文章中，有一些出自他的学生之手。

在这之后，又有《陌上花开，谁念缓归眷春深》（北京理工大学出版社，2012）、《白马的骑者：雷妍小说散文集》（北京联合出版公司，2018）和《白马的骑者（民国女作家小说典藏文库）》（中国文史出版社，2020）三部选集面世。在篇目上，这些选本之间的篇目多有重复。而《无声琴》和《黑十字》这两本新编作品集的最大特点，或者说最大贡献是，所收 48 篇作品均为民国之后首次结集出版。

以我参与编辑《梅娘全集》的经验，辑佚是一项非常艰苦的劳作。虽然现在随着大数据库产业的高速扩张，历史文献的获取越来越便利，但总有名目繁多的各类数据库仍无法或者还未及覆盖的文献，比如纸质老化更快的近现代报纸。正如新编雷妍作品集的编者李子英来信所述：

> 《姣姣》这篇文章在《民众报》发表时，共分 24 期，每期都配有插图。为寻找它们，我去了几家图书馆，终于在首都图书馆地方志阅览室发现了。但为了保护文物，民国时期的报刊早已不许借阅。我恳求了半天，部门领导破例让我持单位介绍信，在阅览室里浏览。

> 我连续去了好几天。坐在那里双手捧着页面，小心翼翼地翻看。旧日报纸又脆又黄，一碰就掉沫沫。管理员看着直心疼，闭馆前硬着心肠告诉我，明天您别来了，在现场就把那些报册打包封存了。

> 谢天谢地，谢谢管理员，让我自费拍了部分页面和插图。

下面便是《姣姣》首页和末页的插图。

这篇文章的线索还是拜张先生的著作所赐。

（2022 年 12 月 12 日）

　　《姣姣》系雷妍的一部篇幅颇长的短篇。"拜张先生的著作所赐"，大概说的是《沦陷时期北京文学八年》（中国和平出版社，1994）中的一段介绍文字。我依据的是沦陷期杂志上的二手材料，大意是，在梅娘（1916—2013）的丈夫柳龙光（1911—1949）出任武德报社编辑长后，开始强调"民众文艺"不是旧式的通俗文艺而是新文艺。他扭转世风的举措之一，便是在下属的小报《民众报》上举办"民众文艺"两万字小说征文活动，试图以此来改变文艺栏目此前的俗旧面貌。1942 年 9 月 20 日，公布了第一次征文的十篇入选佳作，《姣姣》排在首位，并在同日报纸第一版的显著位置上做连载。1943 年 6 月 1 日，雷妍的另一篇《魁梧的懦人》再次入选。

　　我当年发掘梳理北京（华北）沦陷区文学史料时，最大的缺憾是未及通读各类报纸。那时纸制品的损毁还不像现在这么严重，获取也相对容易。毕竟现在离开那时，又过去了四十载。但当时书稿已经耗了我十年，又赶上十分侥幸地纳入了一套开印在即的地域文学丛书，在沦陷区文学还没有像现在这样被宽容对待的那时，机不可失，只好忍痛匆匆收场。在现当代文学史料日益受到重视的今天，时不我待，还有许多工作要做，特别是文学文本的辑佚工作。

我的一个偏见，作品辑佚是文学史料工作的重中之重，事件、逸事、绯闻等等，倒在其次。在为九卷本《梅娘文集》撰写的梅娘叙论《二十世纪"长时段作家"梅娘及其全集的编纂》中，我开宗明义："所有进入流通（阅读）的文学都是历史的产物，但在生生不息、浩如烟海的作家作品中，能够被文学史观照到的部分极其有限。正是这一近乎苛刻无情的限制，使得文学得以在人类文明史的长河中绵绵不绝、承传有序。这样，如何与时俱进地确认具体作品的价值，进而将作家纳入文学体制，便成了文学史无法回避的功能。"而这，首先需要有完整准确的作家作品集成。在这个意义上，我高度评价具有开拓性的这两部雷妍作品新选本，它们无疑会惠及读书界，特别是二十世纪中国文学研究界。

《无声琴》和《黑十字》两部集子以小说为主，还有少量的散文、诗歌、剧本、译作，雷妍的评论文缺失。在文体分类、编排上，以及在进一步辑佚方面，也还有继续完善的空间。非常期待符合学术规范的雷妍全集能够很快提上议事日程。

在民国时期地域广阔的南北沦陷区文坛，女性作家众多，女性新文学写作尤为繁荣多样。雷妍是华北地区与梅娘齐名的重要女性作家，就像华东地区的张爱玲、苏青一样。与其他几位不同的是，雷妍在沦陷区所遭遇的普通女人的磨难，是常人难以承受的。她却在艰辛困苦中，写下了那么多苦涩的美文。一位作家的大量被淹没的作品被发掘出来后，无疑会影响到过往对于这位作家的评价，甚至有可能会对其原来的文学史定位有所调整。

雷妍这两本辑佚文集出版在即，已经来不及细读品评了。仅在这里把2009年的那篇序文附在下面，以期抛砖引玉。

附：写在雷妍作品选本正式出版之际

一、"张爱玲热"引发的思考

今年 2 月，张爱玲早在 1976 年就已完稿的长篇小说遗作《小团圆》终于出版（台北：皇冠出版社）。2 月 26 日，张爱玲的母校香港大学为其举办了新书记者会。该书大陆简体本的版权，群雄逐鹿，最后花落十月文艺出版社，据说首印 10 万册，4 月 9 日上市，不到一周清货，随即加印。在出版业即将全面市场化的今天，这肯定是有可能创造单项营销额纪录的大手笔，即使盗版已先期悄然出现，即使网络上早就可以免费阅读，也没有对正版造成多大的影响。4 月 16 日下午，该书首发式在北京大学百年讲堂召开，各路媒体蜂拥而至，以致主办方不得不采取凭票入内的措施。这样，在电影《色·戒》（2007）之后，围绕《小团圆》，又一次争论不断，又一次褒贬不一，在华文文化圈引发了新一轮的"张爱玲热"。

张爱玲还有一些中英文书籍会陆续出版：《张爱玲语录》增订版，写上海童年往事的《雷峰塔》，讲港战故事的《易经》，与香港宋淇、邝文美夫妇的往来书信等。在张爱玲逝世后从美国运给遗产执行人宋淇的 14 箱遗物中，除已整理面世的《同学少年都不贱》（2004）、《郁金香》（2007）外，不知还有多少可以出版的文字。张爱玲今后仍将是相关业界和大众传媒的热点，这一点毋庸置疑。

如何评估《小团圆》的文学价值和史料意义，这里暂且不论。众声喧哗中，我注意到网民"貂斑华"的一则帖子：

> 张爱［玲］好像被过度地解读和关注了，近乎追星似的研究，跟她沾亲带故的比如胡兰成、姑姑、赖雅、她的父母弟

弟都被人扒了个遍，几乎是掘地三尺式的研究，跟她同时代或略早的很多女作家水准未必在她之下，梅娘，苏青，庐隐，凌淑华，白薇……很多人不论就作品还是经历的曲折都不在她之下，可就是门庭冷落少有人关注，真是个苦乐不均的世界，文坛亦然。（2009-03-16　14：44：34）

虽然是非专业的随感，但所提示的现象，值得探究。

沦陷区文学在现代文学中占有相当的份额。可这一特定区域文学在文学史中一直处于缺席状态，直到20世纪90年代，随着意识形态场域的转换和新材料的"发现"，才渐次进入新版文学史，从而展现出与以往的文学历史地图不同的当下画幅。不过，就目前的抗战文学宏观整合而言，还远没有达到共时生态基本均衡的程度。而要改变这一状况，真实还原抗战时期的文学的历史，光有张爱玲是不够的。从这个意义上说，还有一大批女作家应当添加到上述名单中去，而排在前面的，首先是在华北沦陷文坛与梅娘齐名的雷妍。

二、雷妍——沦陷区文学肯定论的又一例证

时至1941年8月，日本占领北京已经四年。此时，30岁的雷妍，一位抚育着两个幼女的单身母亲，在华北伪政权报业托拉斯武德报社下属的《中国文艺》（4卷6期）上，发表了一首唯美主义的小诗《冷露当酒》。诗的前半部分是这样的：

冷露当酒，
玫瑰作杯，
且饮一次清凉的沉醉！

拂不去梦影。

有着天堂的欢乐。

谁再向我低声说：

睡吧，睡！

我将再爬进摇篮里

脱去多年灰色的光阴，

忘掉灵魂的忧惝，

……

这是作者营造的内在世界：平白如画，超凡脱俗，返璞归真……而真实的外在世界则是国破家亡：警宪横行，忍气吞声；家庭破裂，生活艰辛……诗与现实间的张力证明：文学是可以无视殖民统治的存在，形成独立自在的叙事话语系统的。

雷妍（1910—1952），河北人。原名刘植莲，笔名刘萼、刘咏莲、刘植兰、沙芙、芳田、端木直、东方卉、田田、田虹、崔蓝波等。父亲是一位银行家，喜好文学。她在昌黎乡下度过了无忧无虑的少女期。中小学大多在桂贞、慕贞等教会名校就读，毕业于北平大学女子文理学院英国文学系。日本发动的侵华战争完全改变了她的生活轨迹：她与在粤汉铁路供职的丈夫天各一方，战乱中的丈夫发生了婚外情。离异后，雷妍独自一人支撑着一个六口之家。英语专业在日本占领区求职困难，她不得不靠做缝纫、卖成衣、教家馆维持生计。她在40年代初发表的第一批小说引起了母校的注意，很快被慕贞女中召回，担任国文教员。1943年，与中学时代的恋人再婚，条件是抚养他的父母、前妻和四个孩子。生活压力是沉重的，社会环境是令人窒息的。然而，这并没有泯灭她对于文学的迷恋与追求。在每周二十几堂课和繁重的家务之余，凭着"握紧了每一个清晨"在人间苦苦挣扎的坚强毅力，她不懈地读书写作，在北京、上海、东北（伪满）乃至日本等地的各种报刊上广泛发表作品，短短几年便成为华北颇有影响的作家。现实生活中的重压，在文学的梦幻天地里得到了化解与宣泄。为此，她也付出了沉重的代价：英年早逝无疑是积劳成疾的恶果。

雷妍以为女人的命运申诉的短篇小说著称。在她的虚构天地里，有传统乡村记忆，有形形色色的情爱悲喜剧，有孩童视角观照下的非人世界，也有黎明前的呐喊。这些作品题材多变、体裁多样，而将其统一起来的是遏抑不住的现实生存关怀和内心自由渴求。

由于不习惯湖南衡阳的生活环境和方言，怀有身孕的雷妍于1937年初离开丈夫返回北京。很快发生七七事变，北京成为华北五省两市伪政权的"首都"，她不得不滞留在沦陷区。

在世界近现代殖民史上，中国的特殊性在于一直没有全境沦陷。有国统区在，有抗日民主根据地在，中国这个国家就在。在民族生死存亡的历史关头，或走上抗日前线，或躲避兵灾逃离家园，迁徙的人群大规模增加。反映在战时中国文学里，形形色色"远行者"的形象凸现出来。在现实中未能践行战争迁徙的雷妍，常常在小说中憧憬饶有意味的"远行"人生。《浣女》讲述湘江岸沙滩上、后门外池塘边洗衣女的故事。作品的对话，特别是村妇的对白，活灵活现，准确表现出每一个人物的个性和情态。而搅动读者心灵的，是"沿江而行的铁轨上奔驰着一列南下的客车，不留恋，不退缩，向着目的地前进。任意喷着烟吐着气，吼叫着，在轨道上自由奔驰着"。自主婚恋中常见的出走，在战时别具含义。《越岭而去》中的东柱，以其特殊的方式说服锁儿的媳妇与他私奔，连夜离开她那还是"尿泡孩子"的男人。一对青梅竹马的情侣，终于"向上，向上越过玉虎岭走向一个新的境域"。《白马的骑者》中的乡村少女小白鹿，在经历了一系列波折之后，终于与白马的骑者一同出走。田园风情与女主角命运间的强烈反差，最终化作"在繁星下向大道上奔驰，奔驰，把凄凉、孤独、恐怖、不平留在后面"。城市青年也一样。大学同学林珊毅然终止了谈情说爱，悄然弃学，"决心离开这座梦幻的艺术宫，走到现实生活里去"（《林珊》）。《奔流》尽情抒发了作者的豪放不拘和"意志自由"。女主人公田聪最后乘船出走了。在她听来，轮机声宛如"前进！前进！"的雄伟进行曲。她坚信："这黑夜很快就会过去的，一个灿烂的黎明将迎接她！"这种"该走就走"的决心，与安土重迁的民间传统相连，也与战时流亡作家的抵抗信念相连。1942 年，知名作家张秀亚（1919—2001）、查显琳（公孙嬿，1920—2007）就先后离京，前者继续从文，后者投笔从戎，得以随心所欲地活跃在抗战大后方。

故园是纷乱年代的心灵庇护所。《良田》描绘了华北一个村落中的忠、奸、恩、怨、诚、艳民风，地域色彩浓郁的求雨、庙会、忙节等民俗，以及北方沿海地区的乡土景色，显得既遥远又亲近，很好地表现和烘托出农民对于土地的眷恋、柔弱女子生活的艰辛，以及村吏地主的虚伪与狠毒，同时，也发掘了淳朴农民善良的心灵和助人为乐的精神。与《良田》不同，转向城市的短篇大多"以痛喊女子地位而动人"。她的这类小说，讲述的是"有情人终不能成眷属"的悲戚故事。《魁梧的懦人》描绘出进入城市的青年，在现代城市与田园乡村、文明开化与传统守旧之间的冲突。与同学热恋的男主人公，为了母亲的"尊严和幸福"，回乡探亲时仓促与一个旧式女子成婚。不到一年，乡间的妻子郁郁病逝。由于自身的懦弱，由于传统的桎梏，乡村的家园并没有给他带来幸福，而是把他推向道德内疚和感情煎熬的痛苦深渊。在《诉》中，修路工程师把现代文明带到穷乡僻壤，同时，他的图谋不轨之举也让涉世不深的村姑想入非非。村姑婚后将其和盘托出，引起农民丈夫的猜忌和狂怒。宣泄后矛盾化解，小两口重归于好。

在雷妍看来，作为现代文明标志之一的现代城市，更加与女人相敌对。小说《人》援引人类发展经过"黄金时代""白银时代""青铜时代"的传说，暗示人类一代不如一代，物质文明的进步并没有带来道德上的进步。当小说把人类发展的第四个时代即当代定名为"黑铁时代"的时候，人类变得更加不可救药：

> 一切凭了神的恩惠，一切凭了智慧，直立的躯体和自由伸张的大拇指。人类在黑铁时代闹得乌烟瘴气的，尤其在都会里来得更甚，更糟，更使创造者伤心，如果不幸再有一次洪水，仅仅一对善良的夫妇都难选出，那么第五个时代就永无希望再有了。

作者笔锋一转，开始描写在都市挣扎求生的陆小姐。她的美丽"真是黑铁时代一个精心的杰作"。可她却只能利用这上帝的恩赐，周旋于显贵富豪之间，用"苦笑和愤恨、憎恶、挂虑、机警、小的欺骗"换来少许银钱，去应付房租、配给面粉、母亲的药费、租借洋服……以及已离婚流氓丈夫的敲诈。最后，她忍痛与一个想与"新女人讲讲恋爱"的彭经理签订了婚约，成为他的外室，并生下一个女儿。在彭经理外出的一个深夜，她的前夫以抱走孩子相挟索要巨款。她一时冲动误伤人命被判处无期徒刑，在黑牢里精神失常，幼女也在一个月后因病夭折。小说对被损害的女性给予情真意切的同情，对现实社会的不公正给予清醒的剖析，堪称批判现实主义的力作。既然两性间的关系是度量社会进步程度的一种天然标尺，那么，雷妍多角度刻画的婚恋方面的种种情感纠葛，自然反映了那一时空中的社会文明程度，也表达出作者对于健康的人格和正常的社会关系的向往。

女人的不幸和痛苦也是雷妍经常触及的一个主题。《十六年》中的女主人公受失恋打击随便屈就于一个令人讨厌的男人。结果，在生下孩子后即遭遗弃，孩子也有随时被夺去的危险。这不能不使她开始"恨着男性中心的法律"。《幽灵》中道貌岸然的房东重男轻女，残忍幽禁没有生儿子的发妻。当她就要重见光明的时候，却"像一棵暖室里的花拿在春风里一吹反倒要零落"一样，离开了这个给她带来无数痛苦和屈辱的世界。作品在为灾难深重的妇女同胞控诉与呐喊的同时，有力地揭露出男权主义封建残余的肆虐。《轻烟》中的爱情悲剧，则源于主人公自身"柏拉图"式的精神恋爱观。这就把探讨的范围从外部世界转向内部世界。尽管这类作品显得较为单薄，但在理智与情感产生冲突时，理智占了上风。

雷妍的小说试验是多方面的。《门外》把矛头指向黑暗现实。栓子咬了一口弟弟手里的杂合面窝头，被继母赶出家门。小说从一个孩子的视角，细致地描绘出环境刺激所引起的心理和生理上的饥饿感觉。回忆与现实的穿插，人与动物间的对照……使一个并不重大的题材跌宕起伏。晚上的一场误会，更是戏剧性地渲染出人不如狗的现实，有力地控诉了人世间的不平。《背叛》和《彭其栋万岁》意在揭示人性的虚伪成分。《一夕》通过几位高中女学生的日常生活，展示了少女青春期心理上的微妙变化，表现出她们活泼、敏感和对于生命的热爱。自传体小说《鹿鸣》是雷妍本人经历的真实写照。寓言《黎巴嫩的香柏木》取材于旧约圣经中以色列王所罗门宫廷里的故事，在体裁上做了大胆尝试。叙事主人公化作一棵黎巴嫩的香柏木，见证着古老的小亚细亚王国里的盛与衰，诉说自己"被人类的血腥气弄得昏昏欲死"，最后以"我愿回到我的故乡"结尾。《无愁天子》是一个历史题材小说。各国使臣前来北齐通好。北齐王的冯淑妃被气宇轩昂的北周王驾所吸引。淑妃蒙面随八个后宫歌姬在舞殿红毡上载歌载舞，接受了北周王赏赐的一对明珠环子并传递了幽会讯息，晚上与他在露台西畔一夜情。一年后，北周王为了得到冯淑妃，率兵攻下城池。面对北周王，冯淑妃喊出"生来不知如何投降。陛下杀戮听便吧"。北周王不爱江山爱美人，冯淑妃最后随北周王而去。无论是写古代还是写域外，总能让人联想到沦陷现实。

到沦陷末期，雷妍终于在黎明前的黑暗中直露地表达出对于自由的无限渴望，勇敢地发出了充满战斗激情的呐喊。在《号角》（上海《文帖》1卷1期，1945年4月1日）一文中，雷妍写道：

　　……自由的意识更火炽地在内心燃烧起来，我需要的是自己的力量，自己的声音，自己的一切，假如自己的一切全备了以后，我也会鹰般地凌空飞翔或鸣叫吧？啊！我愿自己化成一只号角，吹出黑夜里无尽休的闷气。
　　啊！我愿化成一只纤长的号角，不然就化成一只猛禽——一只鹰，那么凌空一飞，那么任意鸣叫，那么自由！

雷妍参加过日伪官方的文艺活动。然而她的作品表明，她在灵魂深处一直坚守着自己的信念和立场，正如她在1945年9月9日所述说的那样："在文化失去踪影，心灵枯竭到不可救药的沦陷区的生活里，我们不肯使思路中断，不肯放下笔，我们有不到气绝不使出版界夭亡的决心。于是以个人仅有而轻微得可怜的财力人力和毅力相继着发表着我们的创作。其中没有功利，但却遭受到致命的经济压迫，现在终以不屈服的毅力使它出版了。当它和读者相见的时候，胜利和平声中淹没了的兴奋泪又不能自己地落满了字里行间。"（《鹿鸣·后记》）

对于沦陷区文人，有观点认为，"女子'节烈'有背人道，不可以颂扬和提倡。文人在沦陷区保持沉默，却是坚守民族大义，可以提倡并且应该大力颂扬"。（《文艺理论与批评》2000年5期）这样的观点，值得商榷。正是诸如此类的成见，使得沦陷区文学蒙受了半个世纪的不白之冤。世界殖民史证明，沉默不是沦陷区作家的唯一选择。抗战时期，也正是由于有一大批像雷妍这样的作家坚持中文写作，才使得中华民族文学在殖民地得以延续。沦陷区文学，是中华文化谱系中不应被摒弃、不应被冷落的一个环节。

三、沦陷区文学资料整理工作亟待加强

新中国成立后，雷妍积极参与北京市大众文艺创作研究会的活动，努力在创作上重新出发，适应时代的转换。与同时代其他文人相比，她的努力是卓有成效的，曾在赵树理主编的《说说唱唱》上发表过小说《人勤地不懒》《小力笨》《新的一代》《我是幸福的》等。不过，由于很快罹患喉癌去世，创作成绩远不能与沦陷时期相比。

在沦陷区文坛，雷妍仅单行本就有1944年的小说集《白马的骑者》《奔流》，1945年的《少女湖》以及《凤凰》《鹿鸣》。中篇小说有《良田》（1943）。20世纪80年代以后，沦陷区文学逐渐浮出水面，一些沦陷作家的作品被选入各种集子，也有少数作家出版了个人作品集。南北沦陷区最有名的几位女作家中，只有张爱玲出版了全集，苏青有两卷本文集，梅娘虽有好几个选本，但内容大体相近，没有反映出她的文学创作的全貌，而雷妍除个别作品被选入专题综合作品集外，目前只有一部家属自刊本《四十年代女作家——雷妍小说散文选》（2006），收作品19篇。对于雷妍的专题研究，除了《沦陷时期北京文学八年》（张泉，1994）中的专节《雷妍：女人的怨艾与失落感的倾吐》外，只见到陈学勇的《北平沦陷时活跃过一个雷妍》，收入《民国才女风景》（2009）等书。陈学勇等人选编的《太太集——二十世纪四十年代上海女作家小说》（2008），破例收入雷妍的《林珊》和《林二奶奶》，并做了这样的说明：该书"所选范围还是限于40年代上海女作家的小说，唯雷妍是个例外，她那时活跃在北平。既然有钩沉的意思，那么借此给雷妍搭

个便车，她实在也是不该遗忘的作家，却被遗忘至今"。相信即将正式出版的雷妍个人作品选本（海关出版社），将有助于推动雷妍研究，进而推动沦陷区文学研究。

关于钩沉雷妍的作品，还有一个插曲。新时期梅娘的第一个作品选本，是我编的。素昧平生的北京出版社文史编辑室主任杨良志先生看了《沦陷时期北京文学八年》后，找到我，要我写一个出版梅娘作品集的可行性报告。1997年9月，厚达629页的《梅娘小说散文集》便顺利出版了。版权页显示印了一万册，实际印数三万，还出现过重排本盗版。之后，我又应他之邀撰写了出版雷妍作品集的可行性报告，可见雷妍的水准已达到出版家的要求。不过，可能是由于市场预期不明朗，十多年来一直石沉大海。现在就要刊行的这部雷妍作品集，是由家属操持的，囿于财力，所收篇目有限。从雷妍这一个案可以见出，系统、完整地整理出版包括作家全集在内的各种沦陷区史料集，应当是当前的各类出版基金承担的文化建设任务。在这个方面，台湾动手早、投入大，日据时期文学文化资料的整理和出版工作，已基本完成，一些台湾学者扩大视野，开始转向关注内地沦陷区。为方便研究、积累文化、加强交流，大陆应及时补上这一课。

目录

小 说

附　　录

小说

失　业

　　一椽小屋，安静地站在一个杂院的西部，入夜了，院内只有黑暗。

　　十月末北京特有的北风，又狂吹怒吼起来，小窗子上倒射出一片柔和的光，好像一个温柔的妻，在丈夫发怒时，想劝止住他的暴躁。但越劝越起劲，索性大为发作起来，循规蹈矩的电线也被风吹得吱吱乱叫。柔和的窗无可奈何地闪了闪眼，那是屋内一个站起来的身影。

　　房内有着一炉红红的煤球火，桌上一盏相当明亮的煤油灯，一个青年人正入神地看一本笔记本似的书。火上煮沸了一壶水，呼呼地溢满小炉台，已烤得焦脆香熟的烧饼，受了水的灾害。青年人急急站起提开水壶，一阵一氧化碳的气味填满小房里，他只得开了房门，任北风吹进换走那令人窒息的煤气。风怒冲冲地扑进来，太不客气了，像找仇人，连床围子都被揭起。灯火突突地闹起毛病来，和鬼火一样，是绿的，炉里的火苗儿也捉起迷藏来，忽东忽西，忽起忽落的，青年人只得关上门。那阵臭煤气却被风摄去，灯火也清醒了，炉火也安静起来，本分地发着暖气。

　　是女人的脚步声，"嘚嘚"地急迫地在风中挣抗着越走越近，越近越急。门开处走进一个从大风中逃归的女人，她的头脸完全隐在一个花纱巾里。他跑近，替她揭去面纱，一个突然做出的笑意热爱地注视着他，眼里有"委屈"的阴影，虽然在揭面纱时她用笑赶走了"委屈"。

　　"冷吧？风太大了。"他拉着她走近炉边说。她摇摇头，笑着依在他的怀里，他爱怜地亲吻着她的前额，用手帕轻轻抚着她面上的尘土，秀洁的脸加强屋内的光辉。

板桌上，俩人食用着简单的寒苦的晚餐。他们好像尝不出饭菜的寒苦，一会儿，小的咸菜碟内已空无余物，水湿的烧饼也被吃下。

"我还给你买了一盒纸烟呢。"她从衣袋内拿出一盒"华芳"来说，他接过去笑了。接着担心地问："你带的钱不富裕，怎么还给我买东西？"

"我走着回来的。"她说。

"田！以后不许这样。风这么大，你从南往北走，不坐车，累病了怎么办？"他焦虑地说。

"你是吸不吸吧？别装腔！"她夺过烟来替他打开，憨直地说。

"我吸，你买给我的我更要吸。"

"这才是听话的孩子。"她有意玩笑着说。

一颗修长洁白的纸烟十足 charming 地斜插在他的两唇间，接着拿下烟来喷出几个波动着的烟圈，安逸得他俩同时吐了一口气。外面风叫得更厉害，但破坏不了室内温柔的景象。

"我译的那篇东西快脱稿了。"他说着递给她一个纸本子。她接了一页一页地读着，那么静，你得承认，她在看书的时候是真雅静！脸色却是活泼泼的，不时透出些消息，不，是书评。她读到感动的句子或情节时，脸上一层薄雾似的"同情"是天然的，她生来是个多感的人。渐渐地她看得入神了，他去倒了两杯热水放在桌上。杯子是蓝色玻璃的（他俩都爱玻璃器皿，爱玻璃的透明），——在灯下射出调和的色彩来。两个杯子共同冒着水汽，有节奏地上升着。炉火更暖起来，他换下一件白绒衫，放在床上。他递给她一杯温度合宜的水，她合上本子问：

"什么时候译完？"

"快了，也许用不了一个礼拜。"

"那真好。"

"田！我的绒衫破了一个大洞，你有工夫替我补织一下吧。"他请求地说，她点点头。

4

"劳驾把床底下那个小木匣拉出来，有碎毛线。"她说。

他把一个小木匣拉出来，里边有许多小毛线球、棉线球、针袋、粉线袋，一切女红的用具。还有一个没有织完的粉红色的小儿绒衫，他故意提出这个小绒衫来，向她傻笑，她也笑了，在灯光下挑补着绒衣。她的脸色更妍丽了，他得意地吸着烟，看着书，吐着浅蓝的烟圈，墙上一闪一闪地映出她纤巧的引着线的手影。

"穿上吧！补完了。"她交给他。又从书架上拿下一个笔记本来匆匆地写着，写字与做女红显然是两件绝对不同的动态，她写得比编织要快数倍。他问：

"忙着写什么？你不怕累？"

"明天，'戏剧欣赏'的 ON RING 要交卷了。"说着又匆匆地写。

小房间沉寂起来，他也静静地看着书。地下布满香烟灰，及一卷银色的包烟纸，在圆形的煤油灯的光圈里寂静地发着小光。

"头痛，我要睡了，你替我修改一下，明天早上起来，我抄。"她说着优美地打了一个哈欠，伸伸腰。

"好，你太累了，又要读书，又要教书，我真对不起……"他惯常地这么抱歉地说，她笑着用目光止住他的道歉语。她脱下薄的但已温暖了的大衣，搭在椅背上，长袍压在被上，她疲乏地躺下去，他替她盖好了，说："睡吧！你是不能再受累啦！"

他开始替她整理笔记，外面的风声不能搅乱她的睡眠，她要休息，她的确太累了。她要休息在他的爱护下，她要忘记一天的愤恨、忙乱，她更要忘记未来生活的恐慌。他见她安睡了心里很得安慰。他并不困，他白天没有什么劳作，除了煮几壶开水以外，就是翻译点东西，或看书报。他很坦然，他不像一般男人明明吃着女人挣来的饭反倒慷慨悲歌找毛病，发脾气，吐出些"男子汉大丈夫，不能叫女人养活着，运气不及喔！"一类的话，他知道两个人要共同生活，要互助，彼此负着维持对方生活的责任。比如自己有职业天天外出，她不是也要在家里操劳吗？不能藐视她，不能因为不吃她挣来的饭而自甘堕落地做一些违反良心的职业，盗取些不义的钱来充"男子大丈夫"。他不灰心，他高兴，他不困。终有一天他能替她工作叫她休息。她是应当休息了，起码在她生产以前他要找到合宜的工作，他这样计划着。

笔记整理完了，炉火已将熄灭。他怕火熄前的煤气，他把火盖好，把炉子拿到屋子外边。天上的星星被风吹得远而小，好像另一个宇宙间的星，一明一灭地发着小光，他没时间多欣赏星。他回到屋里显然的冷了，她的脸有些苍白，是睡冷了，他想。他拿起椅子上的大衣给她盖上加些暖气，突然一个白色的大信封落在椅子上，他们一向是坦白公开的，他们彼此没有什么秘密不使对方知道，所以他拾起信来看，信皮写着："敬呈 方田女士"。信内有三十元的纸币，一纸信：

敬启者：

　　小儿辈备蒙教诲，在校中已见进益，不胜感激。此次考试并无不及格者，理当停止补习，本月束脩已结清，呈上国币三十元整，幸祈查收是荷。女士才大自不难另有高就也。为颂为祝，次请女士教安。

　　　　　　　　　　　　　　　　　　××上

　　　　　　　　　　　　　　　　　　×月×日

他看完了不知是什么滋味，只是发抖的唇重复地念道：

"……考试并无不及格者，理当停止补习……" 又喃喃地说：

"失业了！"

"她为什么不告诉我呢？怕我着急，怕我去做不当做的工作，她要挣扎，她为我……" 他这样想着，含着泪亲切地替她盖好了大衣把她的被子披得更严紧些。他想伏在她身上痛哭起来；但是她疲乏后睡得那么香甜，他只得站起来。

他想起前些日子她发牢骚："家庭教师万能，英文、算术都要会，

6

还要给大小姐讲唐诗，少奶奶织毛裤也来请教，红白事的应酬该写的也得写，家庭教师是万能机器，就是不会造钱。为三十元天天当奴隶。

"他们一家大大小小七个孩子，大的在高中，小的在初中，每天三小时还不够分配，给小的讲书，大的就问：'形容词英文怎么拼?'我一面讲着书，一面顺着口风就得打电报似的 a—d—j—e—c—t—i—v—e，adjective 打过去。也有时给'行三的'讲着书，'行七的'电报又来了：'上学的"学"怎么注音?'我也得顺着口风拍回电：'X—U—E 学，第二声——阳平。'书房大，坐得散散落落的，偶尔听不清或是回电拍慢了就听他们摔书，大声叹气，像谁害了他们似的。一个月三十元钱，样样教，用拍电的法子。——谁也不肯到身旁来问——赶上家庭教师物美价廉的行市了。可有什么法子？终有一天叫他们都请不着家庭教师!"

他想得脑子涨了起来，他想这种不人道的职业丢掉了也好，她可以休息一下了。不过她为什么做这种职业呢，不是为了维持两个人的生活吗？失业了，马上就是"饥荒"。房东不会因为你失业免收房租，倒水的不能因为你失业了白给你倒水。就是自己的胃，也不能因为你失业了而不工作，而不给它东西去消化。那么需要的是钱，要钱就得有职业。自己恨，恨自己没有职业以致她失了这个拍电的职业而使自己恐慌。

他想这是耻辱，他呆了，又想起：她明年才毕业，她要应付考试，她要找职业，她照样还得受生育的苦难。在明年秋天，小生命不能因为她的劳苦而晚出世，甚至于不出世。不能，一定要按时来到世上与父母共患难。小生命!

他想到这儿发狂地捶打自己的胸膛，他始终站着想：他自己穷，他爱了她，把她也带累穷了。他想起今年暑天毕业后在烈日下东奔西走的找不到职业，他想起她的父母狠心地不再供济她——也是为了他和她的关系——他又想起她的才，她的美，她的多情，哪样也不应当使她受苦！而自己使她受了苦难，他恨自己！墙上的镜子照出他发怒、发狂的脸，像一头怒极的雄狮。他恨这个"像"，他拿起镜子来摔，一面咒骂着：

"你哪配爱她？"

破碎而清朗的声音叫醒她。

"为什么？树！你怎么还不睡？"

他见她发问时那可爱怜和惊疑的神气，除了悲哀以外再也发不出怒气来，孩子似的伏在她怀里哭起来了。

"树，怎么了？好好地说。"

"你失业了，我累得你受苦，我恨我自己。"他像个孩子似的哭着诉说。

"那算什么呢？只要不怕累，只要会的东西样儿多，只要不索要大的报酬，这种职业多得很，那算什么呢？睡吧！你看你全身凉得怕人，病了可怎么好呢？"她抚着他的头，眼里含着泪，流出来的是"愤恨"与"酸楚"。泪多了，一滴一滴地落在他蓬乱的头发上；像丰草上的冷露，他伏着不起来。外面的风吼叫得呼呼的，失去炉火的小屋，不时地从门隙中透进风来。这是阴历的十月末。

（发表于《中国文艺》1941 年第 4 卷第 3 期，署名雷妍）

海啊！我思念你

　　海啊！我思念你。我渴望着你骤雨般的高涛浇在我枯寂的心灵上。我渴念着你中午的碧绿，你早晨的淡蓝，你黄昏的幽暗，你月夜的银波，记得吧，你忘记了，伟大的你，是记不起许多琐事的。

　　一个初冬的上午，我因了寂寞而寻找绝对的孤独，想乘船到那建着灯塔的小岛上去。我一个人带着一颗紧缩的心走到栈桥上，你的水渐渐地浅了，在栈桥下的第三层，我伫立着望着一个大木船，那时你已没有夏日的繁荣，没有载客的小汽艇。我犹疑地向那大木船招手，还好，那船过来了，是一个渔船，一个白发的老人，一个健壮的青年，老人问："上哪儿去？""你载客人吗？我要上小青岛。"我说。"你不嫌船脏就上来吧！我们整天在海面上的。"青年人说着，把船撑近了栈桥，栈桥上有许多积下的海藻，滑得几乎跌倒，青年人对老人说："你扶她下来啊。"我扶着老人的手腕，跳入船里。青年撑起船来，船上很腥，还有许多泥点子，但我以为不脏，我爱这一切的自然。老人点着了旱烟，眨眨眼叹了一声同我谈起话来：

　　"哎，你，小姐在什么学校上学？"

　　"没上学。"

　　"人家是学校的先生吧？"青年人搭话了。

　　"啊！先生……船上太脏了。"老人不自然地说着客气话。

　　"不脏，我很喜欢，你船上有什么？"我询问着。

　　"你说这船上太腥吧？有海蜇。"老人微笑着答。

"真大呀！这就是饭馆子吃的海蜇吗?"

"是，不过要经过许多炮制呢。"青年人接着说，笑着望着远远的灯塔，船尾上有一堆湿腥发黄的海蜇。

在船上往下看，你那时是深绿的，波纹很细，现着愉快的样子。隐隐地可以看见里面的水藻，我真想跳下水去洗一个清凉的澡。我从船边伸下手去摸水，初冬的水却不十分凉，我用手拨弄着你的水波，低声哼着 *On The Water* 的调子。

到了小青岛，许多岩石上生着怪小的松树，围着一座灯塔，我下船了，随即给了那老人一张纸币，老人恳切地拒绝着说:

"我们不是载客的船，顺便带先生到这儿又不费事，不要钱。"

"我们不要钱，常有人叫我们代步的，从没收过人的钱。"青年人也这么说，我感到自己渺小而不安了。

海啊！在你的怀抱里是有着慷慨之风的，我只好收起钱来。走到多岩石的小岛上，岩石是暗红的，我有着水手们的漂泊之感，我觉得自己到了一个远离人群的荒岛上，那只有夏日的遗产，包糖纸，瓜子皮，残破的废盒，没人来拾取，更有闪烁的小贝壳，我有如一个发现金矿石的探险家，无厌地拾捡着贝壳，装在皮包里，皮包涨涨地显示着富有。

灯塔是洋灰的建筑物，最下层是一个小屋，越往上越细，上面有四个灯，我坐在一个较高的岩石上，看着你的浪花打着沙岸，一只海鸥不知从哪儿飞来，一下没入水波里，一阵凉风，天上起了一些云，你的波浪眼看着就变大了，灯塔门"吱"一声开开，走出一个黑衣面色沉郁的老人，他看了看我，没说什么，可是总不肯离我太远，也许他怕我自杀吧，那么他是错疑了。

海啊！我留恋你。我留恋我这点儿枯寂，我不肯死去。我拿出一块奶油糖吃着，任你高起的浪花溅在我的身上，更高地溅在我的手上，面上。凉沁心灵的浪花啊，太激烈地打着我。我走到塔根下，望着突然而变的你，爱慕地惊奇着。我更贪婪地希望看看你的震怒啊，我又吃了第二块糖。波浪大了，除了丈余的飞溅着的白浪花以外，还有黑缎般的回

10

滚的浪，有着黑兽似的凸出的浪。你的碧绿的细波纹没有了，我有些怕了，但我希望你再变怪些。果然，吼叫了，风和波涛，忽然在汹涌的波涛上驶来一个摇晃颠簸的木船，是那渔家父子。我本来忘记回去，现在倒引起我群居动物的本能来，我要回家去。

黑衣老人没有了，灯塔上发出怪牛似的警笛声，一声接一声，惨厉的声音啊，多么令人想到末日来临哪。海啊！你无因地震怒了吗？那时，船上老人向我招手，我跑向他，如一个婴儿奔向归来的慈母。船上的青年跳下来，双脚踏着沙地，一手扳着舷，一手扶着我，我跌到船里。青年人用力地撑，老人张起帆来，在山似的大浪上航行着。幸亏距离近，我已不觉昏晕了。怪牛似的警笛和风浪的吼叫，我不能和这两个救星交谈，不能说出我的感激。我看着他们忙而不迫的神气和动作，我更加内疚起来。

风吹送我们靠近栈桥，水涨了，栈桥的最高层也打湿了，我回头要向渔人致谢，但他们已落下帆摇向逆风的方向，我呆呆地看着义侠似的渔人们，显示我内心的感激。

海啊！在你的波涛里有着这么两个慷慨的人，我落下泪来，我在栈桥上向岸上走，打了一个寒噤，我揩着眼泪。哦，我又伤风了，sternu-tation 地喷嚏着两声，我还没吃午饭呢。

海啊！我思念你，在多土、号风的城关里，多么需要你的冲洗啊！我思念你的变幻，我思念你骇人的震怒，你的细波，你的巨浪都能安慰我，何况你那儿还有义侠之风呢。

1941 年初夏写于北京

（发表于《中国文艺》1941 年第 4 卷第 5 期，署名莎芙）

海　　滨

　　正是黎明，睡着的海发着轻微的梦呓之声。有无数的小波浪亲切地抚摸着沙滩，抚摸着巨石，想跳过岩石去，又无力地退下去做梦。

　　雁儿岛被早晨的海雾隐蔽着，像沉睡在纱帐里的婴儿。太阳迟疑地只撒出一片紫红的光，海雾也紫微微的，紫金色的光波在海面上跳跃，跳着跳着一切又幽暗了，天要阴。

　　海风兴致地舞动着一个女郎的衣襟，她的柔美长发也飘飘然了。她提着一个大筐，已经有一些海蛎子在筐底。看看东方已经有微白的光，但天色是阴的，白光的太阳在云外升起了。她弯下腰去，从岩石的缝里摘海蛎子，有小波舔着她的赤足，也有小贝壳被她踏到沙海里去。

　　天阴沉沉的，雁儿岛的四周有电笛声，呜呜的，像一头怪牛在吼叫。吼叫得海醒了，波浪加大，加大，激荡着，击打着岩石。丈高的浪花，威吓地跳过女郎的头，又落下来，给她行了一次喷泉浴，头发湿润得像受了洗礼的童贞女。

　　可是海蛎子反倒失去了所在。

　　她摇摇头，张张口，走到比较高的岩石上。为了抗拒浪涛的袭击她向上走，但海蛎子只有一筐底，她又退下几步去，任海浪冲击着。她弯下腰去摘取……

　　海的声音超过怪牛似的电笛，海上空间，黑沉沉的，不知是天要压沉海还是海要淹没了天，除了黑以外只有凄凄的白浪花和女郎的脸和手足的白色。人间原是这么易于黑暗，光明短暂得像一个好梦，黑暗还没

12

来它就躲开了。

一只肥大的海蟹子，被浪花抛在狭小的岩缝里，她惊喜地捉入筐里，用自己的短衫遮住筐口。她只有一个破背心来抵挡海水海风的袭击，她笑了，因为还有不少的蟹子被浪花抛在岩缝里。渐渐地，她的筐要满了，她却退到更低的岩石上。有浪花打在头上，落在膝旁，她终于捉到一只更大的海蟹子，失神地被一个大蟹夹了一下，红得像胭脂的血珠从纤细的指尖上滴下，一滴一滴地落在狂了似的波涛里。她没哭也没叫，她想今天在渔市上会卖得几个好价钱，于是她贪婪地又弯下腰去寻觅。

海上没有船只，海滨没有人影，那个在海滨采撷的女郎的头兀自低下去寻觅。海的狂啸，电笛的吼叫丝毫没使她惊吓，因为她的心里有更可恐怖的呢：母亲病了，有一个盲了的弟弟，三人的饮食依赖她在海上寻觅，尤其是近十天来，母亲不能帮她。

她退到低低的岩石上，波浪加高，高抛的浪花淹没了她，又落下去，落在她的腰际。上身一摇，脚站不稳了，倒在深波里，没有见她起来。只是那用小衫子遮住的筐子伏在起伏不定的海面上，漂漂的，载着一筐黎明的收获远去。那是天海之间唯一的白，因为那小衫子是白的。

海的狂怒渐渐休止，它似乎很满意这次的掳获，由狂啸改成呼哨，由呼哨改成低吟了，由低吟而沉默，沉默得如原有的梦呓之声。海上云雾撕破了，收敛了那无边的黑暗。有早晨的太阳在蓝空上发光，掩饰着海的过失。小波碧绿得像古诗上描述过的鲛人的眸子，有白的小巧的浪花为它镶上活动的边缘。淡金色的沙滩上有掠过的沙鸥的影子，在远方有渔人的帆在闪，天海平和了。那个海的掳获者却被镶在错综的岩石根下，有着悲哀的狼狈之像……是不该发生在这静美的海滨的景象。小波浪忏悔地想去用温波埋葬了她；但不能，它没力量接近她，因为世上原没有忏悔的机会啊。

从沙滩望上去，有一条人行路，路边有一些不整齐的房子。用铅铁皮做顶的、用油箱板做墙的……有破旧的渔船反扣在屋门外，船底上坐

13

了一个病妇人——是从屋里挣扎出来的。一个十一二岁的盲童，被病妇人分派地走向海滩上。他的脸充满了聚精会神的气色，他在听，听着海的梦呓。他知道海上是安静的，他走着，小的竹杖把沙滩上点了无数的圆坑，里面有一汪水。他走着，并没有人呼唤他，他想——她一定生气了，因为她太累，也许一直到渔市上去了也说不定。可是母亲总不放心，她是有眼睛的，还能有什么事吗？母亲真太多虑了。

他想着，走着，走到岩石边，他的杖又引他绕过去。他绕过去的正是他的姐姐狼狈躺着的地方。他的身影轻轻地从她尸身上抚过，没有声息，没有感觉，也没有悲哀。海潮更退缩了，淡金色的沙滩加宽了，太阳又移正些。

她一定早上渔市去了。没遇见她，盲人安心地坐在母亲身旁，小小的引路杖依住他的膝头。

——她半晌没吃东西了，早该饿啦。你扶我，点上火，烤几个饼子等她回来吃。

病妇人扶着盲人的肩，她回头又看看海上，海是金碧辉煌的，她知道女儿一定会有很多收获，因为海潮来得急也退得急，一定有许多东西留在岩石上。不过想到五年前丈夫死在海里的日子，也是这样一个早晨，她心里忽然起了一阵又冷又热的不安之感。不过丈夫是冬天怕冷喝多了酒，才不小心弄翻了船，女儿却是清醒的，她会很机警地逃避大浪的袭击——于是病妇人安心地走回屋内——去烤饼子，等女儿归来。

（发表于《中国文艺》1943 年第 9 卷第 3 期，署名雷妍）

涟漪

　　好像被寒风吹过的芦荻一样，苍翠的颜色虽然还保留着，但多少有些萎靡了，那纯真的一群默默地站在一座高楼下。经了霜的常春藤的叶子，沉醉了似的嫩嫩地红起来，披遍了楼墙上，夕阳下十几个少女的影子就映在秋风瑟瑟吹着的红叶的波浪上。

　　一个衣装朴素、身材修长的女孩子，从她们群里走出，对她们会意地点点头，就匆匆地跑上崇高的阶石上去，楼门一闪，淹没了她的身影。

　　她严肃地站在一架大三角的钢琴旁，凝视着坐在琴凳子上的音乐教师，嗫嚅地欲言又止。

　　教师的装束相当的欧化，看来年纪很轻，或者说有一种近代的美。轻抚在琴键上的纤手涂着淡红的蔻丹，牛眼大的红玉戒指戴在食指上，一只翠镯轻松有风韵地斜挎在腕上，发型很新颖，脸孔也很俏皮，只是因了微怒的缘故眉梢有些挑起，口唇像四月的玫瑰蓓蕾，就要破绽了。眼睛张大了，美而可怕的像童话里五色插图中的女巫在看幻象时候的眼睛，不眨地望着站在面前的学生："有事吗？丁玉！"教师问着，放在琴上的手拿下来，抚抚耳后的头发。

　　"有事！先生，音乐会的项目到底决定了吗？"学生也问着，站得笔直，更加严肃了。

　　"那是我的事，不用你们过问。"教师转身对着琴，在支起的大三角琴盖的栗色亮漆上，照着她的脸孔，很清晰地显出生着气的眉宇和

15

口唇。

"可是我们应当预先有一个准备呀，怎能连项目都不知道呢？"

"我已经准备好了，到时候你们自然就会知道的。"

"那么先生到时候要唱独角戏吗？"学生的脸也因为生气涨红了，但是一派天然的美和青春的活力却在内里潜伏着。

"啊！原来你们是有意捣乱吗？要塌我的台？好！我告诉你吧！丁玉！我知道你是××班的代表，你可以左右你的同班，只要我有一点儿不合你们的意思，你们到时候就会没有一个人登台的，现在一切都决定了，随你们便，我是不怕人和我捣乱的，看吧！这是项目单。"说着递给丁玉一张浅绿色的纸，从她的红指甲里落在丁玉的手里，像一片大的落叶。

丁玉拿着单子的手颤抖起来，忍着气，强作笑容地对教师看着，但教师仍不转过脸来，而且翻弄着琴谱要弹琴。

"先生何必生气呢？我们也都是守规矩的孩子们，怎敢捣乱呢？您也不愿意埋没天才不是吗？怎么独唱的项目里没有何丽？她是咱们学校里音乐造诣最深的一个，先生不是知道吗，我们没有别的要求，只希望先生在独唱一项里加入何丽的名字。"丁玉的声音由理直气壮变成了哀求。

"不行，大合唱里有她，独唱里不能再有她。"教师仍很坚决。

"可是白芳荃不但在大合唱里，也在二部合唱里，独唱一项里又担任两段，您不怕她累吗？"

"她不会累，我知道她的训练足够，而且我在会里又要伴奏，又要指挥，再加上何丽，我可受不了。"她索性站起来要出去，学生拦住她。

"如果找别人给她伴奏行吗？"

"随你们的便，不要再问我，我的头都叫你闹昏了。"说着走出去。

丁玉的眼睛含满了泪水，在一座藤萝架底下，被一群同学围绕着，何丽也在其中，只是默默地不肯说一句话。经过鼓励安慰，丁玉又到另一个音乐室里去。在这儿的钢琴是 1920 年的样式，古老的巴黎琴。显然这儿的教师是一个不肯和别人竞争的人，她正坐在一个大书桌前，面前堆满了乐谱，她在一个画着五线谱的纸上写着，隔不久就跑到琴边去弹，自己倾耳听着，她是在作曲子，在她的脑后梳着一个蓬松的卷儿，脸上除了一对深湛的眸子和一双欲语的口唇足以显示聪慧以外，没有别的华丽装饰。

"先生！您可以给何丽伴奏吗？"仍是丁玉问，态度是恭谨的，而且抱了很大希望。

"范先生为什么不给她伴奏？她是个有音乐天才的人呢，我也教过她。"

丁玉只得把方才和范先生之间的小风波叙述了一遍，并且更诚恳地求这位陈先生帮助。

"其实帮她伴奏也没关系，我虽然也得指导我的学生，可是多添一个伴奏也不会累着，不过范先生平常很注意小节目，她也许会怪我多事的。我倒有一个建议，你回去和他们商议商议吧，就是你们请何丽自弹自唱，她足可以胜任，我知道！"

"啊！谢谢先生提醒我们！谢谢先生！我就去找他们，先生再见！"她说着飞奔出去，门也顾不得关好，陈先生笑着叹了一口气说："唉！她们永远是可爱的孩子！"

夜是没有月亮的，在镶着繁星的天海里，有星河如银色的带子嵌于其间，秋夜的凉意已经深了；但是大家不肯放松何丽，在校园里包围着她。

"你放勇敢一点儿，何丽！你知道白芳荃是范先生的表妹啊！如果你自己不努力争上去，永远没有机会练习登台独唱的，而且白芳荃代表她们一班，你为了我们一班努力吧！"

大家劝着何丽，何丽却摇摇头不语。

"为了大家，为了丁玉，你答应了吧！"又一个同班说。

"你不答应，我们的大合唱就不上场。"丁玉说。

"好吧！我练一练再说好吗？不过范先生肯不肯答应有这一项，我可就不敢担保了。"何丽低声说。

大家听她答应了，乐得争着和她握手。又说只要不用范先生伴奏，就没问题，因为白天她和丁玉是那么说的。孩子们是容易由悲变乐的，正如同成年人容易乐极生悲一样，大家欢笑着把何丽拥入宿舍去，外面留下了一片秋夜的冷静。

音乐会终于开幕了，初中的一部分由陈先生领导，很可爱地贡献了她们的天才，同时又被大家新发现了几个小天才。休息五分钟之后就是高中部表演了，几项钢琴独奏过后就是大合唱，是××班和△△班合选的人员。而何丽和白芳荃担任合唱里的独唱，范先生拿着一个尖端的指挥棒，请陈先生伴奏，等前奏曲过去以后，范先生在和谐的声韵里闪动着指挥棒，摇着美丽的身躯，舞动着珠光宝气的手臂，指导着大合唱的每一部。

但是指到何丽的时候，脸孔就骤然地冷下去，指到白芳荃的时候，就微笑着，何丽的声音却美好如月下泉鸣，并不因为指导者的不同待遇而改变，因为她的目光是对着全礼堂听众的，特别是见到她的同班都笑容可掬地把注意力集中在她的身上，她的心灵得到无上的安慰。

"喂！你唱副歌的时候小点声行不？只显你了。"在大合唱全体唱着的时候，两个独唱者照例可以停住等着，白芳荃就乘着这个机会小声并且用肘不住地碰她，脸上因了忌妒的关系而失去少女应有的纯洁美，倒像一个善于用心机的中年妇人。何丽依然恬静地望着台下的一群不理会她。

在台下的人看来，何丽和白芳荃之间美恶分得非常清楚，他们见白芳荃用肘子碰何丽，又见她皱着肩头说话，大家的不平又中烧着了，脸上的笑容完全收敛起来；不过等何丽对他们笑着微微摇头劝他们的时候，他们又高兴起来。他们有如见到阴云过后的明月，何丽超俗的美，何丽洪大的气度，使他们感到一种不平凡的力量，是足可以叫他们心平气和的。

当二人的二部合唱上台的时候，先报告的白芳荃，听众掌声响着，等何丽的名字才出主席的口，掌声就雷动了。两个人的成绩都相当的好，不过在听众之间，何丽两个字却充满了每一个角隅，"何丽的嗓子真好！"大家都这样说着。

主席是学生生活协进会的会长，她有意把何丽自己伴奏的独唱放在末一项。

"现在是何丽独唱《春晨颂赞曲》，由何丽自己伴奏。"主席大声微笑着报告。

啊！一片狂潮似的掌声响了，并有人踏着地板帮助鼓掌，观众都狂欢了。何丽仍穿着她简朴的白竹布大褂，空手走上台来，又一阵掌声，她轻轻地鞠一躬就坐在琴前，缓缓地把琴顶上为了大合唱伴奏打开的盖子合上，用手轻抚着键子，全礼堂立刻安静了，没有一点儿别的声音。

她的独唱和伴奏都不看谱子，完全是默记着的，那么动人的歌声是全校任何人也赶不上的，听到她每一个声音和词句，就像沙漠里的旅人饮到泉水似的畅快。听到的每一个琴声，都感受到月下听远笛一样的幽静。她的声调里有心灵深处的表现，有灵魂里至情的诉说，使每一个人都和她起着共鸣。当大家正如醉如痴地想着"此曲只应天上有"的时候，她已经唱完了，匆匆地走下台去，听众鼓着掌不肯放她走，要求她重唱，但是她再也没有上台来。

"何丽！我今天才知道你真是天才。"原来是范先生拉住她说。

"先生过奖了，这是先生苦心教导的成绩。"何丽不改旧态和蔼地说。然后她的同班跑过来，范先生就走开了。

"范先生也明白了，真难得。"丁玉说着，带着怀疑的眼光望着范先生的背影。

"自然她会明白的，本来人和人之间又没有天生的仇恨，她何必一定要压制我呢，从先她的确是太刚愎自用了，或者真没发现我的嗓子还能独唱，她绝不是自私的，我想，我并不怪她。"何丽说着，看见后台角落里坐在黑沙发里的陈先生，用白手帕拭着腮上和眼上的泪。

"看！陈先生哭了。"何丽小声说着，大家都随她跑到陈先生面前。

"先生怎么啦？不舒服吗？"她们问。

"没有，我很高兴，我早就知道何丽是有希望的。"

"是的，先生是最早了解她的人。"丁玉说。

"可是先生为什么哭了呢？还有没擦干的泪哪。"另一个学生说，大家仔细看，陈先生的确是流泪了。

"我见何丽和范先生之间那种互相告慰的样子，真感动。今天我看见一个喜剧呢，人在欢乐的时候也不知道是该笑呢，还是该流泪？我哭了吗？不过我是很快乐的不是吗？"陈先生果然又笑了，大家把她从沙发里扶起来，不肯离她左右地一同走出礼堂，何丽的泪却用大力才忍回去，没在众人面前流出来，而且永远微笑着。

（发表于《中华周报》

1944 年第 1 卷第 1 期 创刊号，署名雷妍）

黑　潮

　　无星的夜色像漫无涯际的黑潮，自远处滚来，那么汹汹地滚来，袭入每一个没有光明的角隅，袭入每一个没有光明的心灵，太黑，太沉重，而且漫无涯际。

　　在初冬的海上有暴风雨叫嚣着，黑色的山般巨浪像无数的恶魔，喊着，飞腾着，挟了残酷的使命，闹遍了天宇之下。包围在风浪里的是一个睡着的小岛，虽然靠近一个大都市，但多少有些孤零之感地被弃在波涛里的小岛，已经寂无人声。啊！人声，人类本来是渺小的，渺小得经不起一个波浪的击打。

　　一对寻找光明的瞳子在黑暗里张大，当油灯点亮了的时候，这对瞳子欣欣地眨着，有黑绒的睫毛在上罩了一重淡影，她尖冷的手指离开灯罩子，嘴角冷峭掀起的一丝笑意，不知是对这道小光明而喜悦呢，还是对消逝的黑暗嘲讽；那么重重的黑暗却经不起一星星小火光啊！她笑了。

　　风雨叩着小小的窗扉，找到缝隙就袭进来，毫不怜惜地吹冷她，又戏弄得灯火闪闪的，她的影子孤寂地在空墙上动荡，像没有皈依的魂魄。椅子老旧不堪，当她坐下去时发出吱吱的声音。

　　她迅速地写着信件，脸色却很平淡，平淡得连嘴角上那一丝冷笑也收敛了，生活的重压把情感紧包在心里。外表只是平淡和孤寂，屋外自然界的叫嚣对她也似乎无影响。这样的日子过多了，她只得淡然处之，她匆匆地写，偶尔停住笔思索一下，但随即又写下去：

兹寄来森儿冬季生活费一百元，数虽微，在我已经很为难了，这是三个小说的稿费啊！不足者请暂弥补。姐姐！我会报答您的……

　　她这样写给姐姐因为她的森儿寄养在姐姐家——为了她静静地写小说，为了她得机会找职业，为了她设法独立。

　　乖乖地听大姨的话，每天下课先做功课然后玩，妈妈找到职业就接你来同住啊，孩子。冷了，穿上棉袍子吧！唉！妈妈多么不放心哪……

　　她写给孩子的信笺上已经有了泪的斑点。孩子胖胖的小脸、黑黑的瞳子，模糊地映在她的泪眼里，灯火从泪水中透入视觉，好像一朵灿烂的金花，随即把泪拭去，一切又清晰了。仍然是一片孤独，窗外是一片喧闹，啊！海在狂吼着，魔鬼厮杀似的嚎叫，她也不免惊悸，她觉得孩子睡熟了怕吵醒似的跑到床边去，但床上除了薄薄的一个被子、一个枕头以外还有什么呢？她空洞而失望地呆立在潮湿的地上。

　　她恨自己是一个女人！女人是吃了苦才肯醒悟的，她更恨森儿也是个女孩子——一个吃苦的候补人。

　　多年前她曾高傲得像一个深山的白孔雀，抛弃了追在她后面的一些鸦雀似的男子；但其中有一个难以摆脱的，他用最美丽的言辞得到了她的哀怜。

　　你答应我，做我的伴侣，终身地赐幸福给我，不然我只有死。看！这誓言"爱你至死"是用血写的，我用碎瓷刺破手指写的，你如果拒绝了，我不难刺破我的胸膛，像刺破我的手指一样，再悔恨就晚了。求你应允我，我的天使，我生命的光！我是一个穷学生，但我深知你是不肯以贫富来做选择的标准的。你有超人的想象，你爱月夜，你爱茅屋，你爱热情，我这儿都有……

这是他向她求婚的信，当她见到血写的字时，一种尖锐的力量杀入少女稚弱的心，她唯恐他真会刺破自己的胸膛呢，他多么坦白地述说自己的贫寒哪。多梦幻的少女是同情住茅屋的男子的。她应允了他的请求，虽然父母反对着，朋友非议着，就是她自己也感到这不是喜剧，实在有悲哀成分在其中，尤以在和他面谈的时候，她厌恶着他厚玻璃的近视镜，她厌恶着他操着的语音；但她嫁了他，做了他的妻子。

过着共同生活的日子无故地变得缓长而难挨，痛苦侵袭着她的心。最奇怪的是每当他在面前时，她的脑海里另有一个英姿绰约的青年影子映现着，她几次几乎惊叫起来，但终于忍住了，因之面前的男人更见其逊色。可是婚后是男子的权威时代，他的情爱渐渐变质，由柔而刚，由温而冷，由求爱而施威，何况他已经不是穷学生了呢，毕业后也像一般男子似的找到一个足以温饱的职业，他养活着她。

不忙的时候也下下厨房，老妈子能做什么呢？一天总是手不释卷，你还以为是当学生哪？终日写，写什么？也有当女作家的野心吗？哼！"女"作家，什么事一沾一个"女"字就遭殃，的确，女人就该回到厨房里去。

他养活着她的时候说着一般丈夫应说的论调，她愤愤地吵着，争辩着，她甚至于诟骂着。他只冷冷地去上公事房，任她在房里生气。自然她受不了人给的如此不堪的轻视，她想立刻甩袖子走开，可是男子绝不会在你有羽翅的时候施威，他怕女人出走，一旦他发现女人有了桎梏，走不开的时候，他才显露真形，她也是走不开啦，她已是等待着做母亲的人了，上帝给了她伟大的使命，她不能走，她已经戴上桎梏。

蓬头散发的还像样吗？我不信有了孩子就会一点儿工夫都没有，像病人似的，简直叫人不想回家，孩子叫、大人忙……

　　那时森儿还不满周岁，有一次患了极重的时令症，她悲痛地听着他的侮慢，她的心里只有孩子，她想——孩子好了就不叫啦，那么他也就不会再发怒了，男子总不免急躁一些。

　　孩子渐渐长大起来，他的性情并没改好，即或对孩子也似乎漠不相干毫无慈爱，好在她已经习惯了，相安无事地忍着，一个出嫁了的女人是有超人的容忍力的，而一个娶了妻的男子却是做了君王——一家之主。不幸的是他的职业一天比一天好起来，地位也一天比一天崇高，当然他的威严也日胜一日地膨胀。

　　——你怎么一个礼拜没回家呢？她在一天下午他回家后问着他，正当他在公司里做了经理的第二个月。

　　——应酬忙。他只淡淡地说着。

　　——一个星期不间断地应酬？

　　——不许吗？说不定一年不间断呢。他无端地震怒，有如一个被人揭了隐私的恶徒，目光灼灼地看着她。

　　——一生不间断更好，我落得清静。

　　意外的一拳，不择地方地击在她的背上，像一个飞石打得她全身热辣辣地痛。

　　——不许你满嘴胡说，还像一个女人吗？一点儿不柔顺。

　　——女人？女人？女人怎么啦？她是那么不善于口角，居然连连重复着"女人"再也找不出第二句话来，但心头爆炸了似的发怒。孩子惊惧地往桌子底下藏。她的心软下来，含着泪去扶孩子。

　　——不怕，森森！爸爸闹着玩呢。

　　他多少有些惭愧地走开，自然她的晚饭又没吃好。那夜有半圆的

24

月，从丁香丛里向窗里窥视，当孩子睡了的时候，她在窗下伫立着。晚风吹来暮春的花香，窗外的世界多美呀！婚后并没像婚前的梦幻似的，双双在花前月下散步、谈话，只有一步一步走近厄运地过了这么几个年头。今天居然受到男子的一拳！可耻的日子，不能容忍的耻辱！他今天自然又宿在外边，说不定外边他已经另有一个更好的家。他有钱，能养活许多没有灵魂的女人，他会自作多情，又可以诱惑几许有灵魂有情感的女人。她突然想到出走的事，世界在今夜看来似乎太美好了，起码比这家可爱得多！奇怪，她又见那英姿绰约的人影在脑海里显现。她决心走，走向广大的世界。

她收拾了一个简单的行囊，轻轻地叫醒孩子，哄着她，给她又加了些衣服，在子夜前到了唯一的亲属——姐姐的家里。孩子做梦似的跟了来，不久又睡在大姨的床上，姐姐和姐夫没有孩子，过得很相得，姐夫是一个静默寡言的男子，本分地给人家办着公事。回来就静静地在家里做些没声音的工作。姐姐有一个火热的性格，对妹妹的不幸深切同情，又因为自己没孩子所以特别疼爱森儿；但她生来不是要别人养活的，只是需要手足情的温暖，以慰藉自己冷了多年的心。所以次日她坚决地要走开去谋职、独立生活下去。结果姐姐留下森儿，这时森儿已经换掉乳牙到了入学年龄，姐姐不忍心叫孩子漂泊，她也只得接受了姐姐的好意，而自己暂时出来，到广大的世界中寻找女人的出路。

时期赶得不好，大都市里谋职业难，即或清寒的教育界在暮春也是开学多月了，没处聘请她。可巧翠微岛上有一个肺病疗养院报请事务人员，她去了；但只去了半年就被解聘，原因是有一个男人——大约是院长的亲戚从旁掠夺了她的职位。她并没焦急，因为她还不明了失业的痛苦，而且她也需要静养一下俱倦了的身心啊！她用低廉的代价租了一间临海的小屋，是夏天避暑的人休息换浴衣的铅铁顶的小屋，有一些破旧的家具，她一起租下，平日这里便于看海：浩浩的海水、镶着美丽浪花的海水，多么可爱呀！正午时绿森森的水衬着红岩石，有白色的鸥鸟掠过时多么美呀。夜晚有月光倾泻着，海上有着大荷花瓣似的银光更其迷人了。所以她往往忘掉一切不幸的遭遇而被海迷恋住，她忘记那飞逝的白孔雀般的少女时代，她忘记因哀怜而出嫁的恶婚姻，她忘记那一对厚玻璃镜后透出的怒光，她忘了那烦躁的语音，她忘了故乡的父母，她忘了寄居在人家的孩子。她爱看海，多变的、浩浩然的大海，她甘心孤独地住在这儿，每每想到回都市的意念她反倒烦闷不安起来。在这静穆的海滨她曾写过几篇可喜的小文字，她因之幻想到写文章或许是一条路吧。不过有几次受到别的路上所受不到的打击以后，她惶恐地不敢多尝试了，因为她的主张是"为艺术而艺术"，不以作品换报酬；但实际生活又迫得她必须"为人生而艺术"，而且直截了当地迫着她"为生活而艺术""为吃饭而艺术"。她是多么痛苦而矛盾地放下笔啊。已经有五七天不写了，五七天了，也是因为她没有稿纸。

今天海上叫嚣得太不平凡了，而且雨加大起来，就在她头上的铅铁板的房顶上大响起来，她几乎被震得晕倒，她脸上已失去平淡的神色，她震惊得如同一个受伤的铁甲车里的战士，耳朵似乎聋了，只觉得响、响，像兽叫，像魔吼，像枪弹爆发，像群山倒塌……像……良久她什么也听不到了，似乎什么也没有声音。

寒冷如冰河般向她冲来，她不得不用那仅有的薄被包裹住自己的萎缩身体，灯也因为油耗完而熄灭了，无耻的黑暗立刻袭来，在她四周，在她身上，黑潮的夜色滚滚而至，她因了过度的不安而疲劳入睡，屋外仍是魔的世界。

有剧烈的敲门声，随即门开了跳进一个穿黑衣服的人，是他！戴着厚玻璃的近视镜。用手电满屋照、搜寻，像嗅到贼迹的警犬。

——孩子呢？他大声如夏雷。

——不告诉你。她想这样回答，但喉咙里发不出声音来。

——我知道了，藏在你姐姐家，我去找。他又发了一声雷。

26

——不行，你并不爱她，不能找她……她仍发不出声音来。

——爱不爱的也是我的后裔。他发了这声雷就走出门去。

——不啊！你不能要她……她始终喊不出声来，等喊出声音时她醒了，噩梦，可怕的噩梦。

冬日早晨的太阳像新娘，太羞涩、太迟缓地从海雾上漏出半个脸孔，闹疲了的大海懒懒地展着过皱的小波，展着展着又皱起来，有朝霞穿过了海雾，有绯红的光点亮了大海，栈桥上站着一个瘦长的身影，映在动荡的海面上，她在等待着驶向西港湾的小火轮。太早，小火轮还没有影子。

——他一定把孩子从姐姐那儿抢走了，一定的。她焦灼地想着，好像听见孩子哭喊的挣扎声。

——我不去呀！我不去呀！她想着，想得心像炸裂了一样的疼痛，小火轮还没有影子。海面更其扩大夸耀般地闪着绯红的光。

——孩子一定叫他抓回家去了，说不定有一个妖冶的女人等待着孩子做婢女，我的孩子要做"灰姐儿"，我的森儿。

小火轮仍然没有影子，她忽然觉得正踏着的栈桥动摇了，和火轮一样，海水狂了似的往后退，翠微岛上的房子小了，远了，旋转了，海和天互换着位置，她感到生了翅似的飞翔着，轻飘飘的、轻飘飘的，不冷，也不热，世上一切失了常态，地心吸力都失了效……她晕倒了。良久无人过问。人世是这般凄凉啊。

——哦！哦！小火轮来了吗？她似乎清醒了。

——没有，没有，您起来吧，地下凉。

——她莫名其妙地张开眼睛，见自己依着一个弱小的身体。一个黄脸蓬发的小姑娘，吃力地扶着她略抬起的上半身，一篮贝壳、海蟹、海蜇……抛在桥上。她想起自己是晕倒了，而且几乎从栈桥上滚下去，她挣扎着坐起来。

——谢谢！贵姓？住在哪儿？她有气无力地说。

——谢什么，姓？姓？反正我住在海边上。小姑娘拾起篮子来走去，她一时想不起怎样来表示感谢，任她走远了，但一会儿那小姑娘又跑回来说：您问小火轮？人家都说今天是星期五，没有小火轮上这儿来。说完又走了。

她呆呆地望着那小姑娘褴褛的背影喃喃地说：又是一个女人！

（选自雷妍小说集《白马的骑者》1944 年 6 月版，署名雷妍）

悲　　凉

　　素筠缓缓放下那本小说，凝视着墙上一张中年人的肖像，但突然又移开目光，好像见到什么可怖的景物，那么慌张，那么不安，手抖着又拿起那本小说来，掩饰自己的惊悸。相片大约有二尺四寸，清晰地呈现着一个瘦削的脸，眼光无力地望着人，在无力之内隐有强烈的贪婪。是的，她就怕这一对眼睛。

　　时间大约是下午六点钟，宇宙间到处是灰沉沉的，不是夜色，又不是阴晴，只是近黄昏时的悒郁罢了。初春的夜挟了冬日的余威扫掠着，她只得燃亮了灯，室内照起一抹淡金色的光晕，无可奈何地闪灼着。她的影子却偏偏投向那双眼睛，她移开了。无援地把视线集中在小说上，而内心却展开另一幅图画——

　　那还是六年前的事呢，初次听到出嫁的消息，是父亲选中的人家。自己总像猜谜似的想："父亲的主意不会错的吧？""父亲的学识是人尽皆知的啊！""但是结婚以后怎样呢？""那个人什么样子呢？"想着这些个问号，总希望捉住一个人问一个仔细。但这是多么可羞的事啊！终于忍着，为了好奇几乎希望吉期快到。

　　那日子来到了，父亲的选择似乎太奥妙，太难猜，她始终不明白这家人的长处在什么地方。更不明白父亲为她怎样选择的对象，她只知道这人与别人不同的地方，就是天生的瘦削和无力而贪婪的目光。他虽然只有二十四岁，但看来似乎已有三旬年纪，声音那么低哑而阴沉。好奇心是满足了，但末了的哀怨却波涛汹涌地充塞着她的心。

初婚他掩饰地，那么规矩地守在家里，言谈间往往现出他的肤浅和庸俗，她依然看了父亲的面子忍着，不过婚前那些少女特有的瑰丽的梦幻完全破碎了，而意识到人生的乏味，并且对父亲的慈爱生了一重怀疑的阴影。

三年后，又到了一个暮春，素筠发现他的病征——有传染性的结核病，她下了至大决心，远离他，和他分居。其实他正好借此任性地游荡起来。她已经有一星期没见到他了，她感到轻松，洁净，甚至于感到了超脱。

有一天下午，似乎也是六点钟左右，她听到一阵脚步声，拖鞋的底子可厌地拍打着地板，他来了，从对面屋子走来，好像并没有注意到她的存在，进屋无言地坐在一张沙发里，然后点着一支烟吸着，吸着，大约沉默了十分钟。

"有点事和你商量。"他把烟蒂抛到痰盂里，玩弄着自己的指甲说。

"啊！"她茫然地回答着。

他不再说话，侧着身子从衣袋里摸索着，半晌，掏出一个纸卷放在小几上。

"我买了一个人。"他说着，脸上并没有表情，好像说"我买了一块糖"或者好像说"我买了一打手纸"那么淡然，那么不值他一笑，或者不值他一抬头的淡然。

"啊！"她惊讶一个"人"原来也是可以买卖的。

"又是'啊'！这回是要你画押的。"

"我画押？既不是我，又不是我买人，为什么要我画押？"

"你不画押，人家不卖，怕受气。"

"你买了人家，预备把病全传染给人家吗？"她很为这将要被卖的女人担心。

"那么我就该一辈子打光棍吗？你不画押我替你画，平常假作清高，到时候也会妒忌……"他勃然变色地站起来，要走。

"好！我画押！"她的自尊心是不肯受屈辱的，她的声调特殊的

30

强烈。

她愤怒而恐怖地打开几上的纸卷，一想到这实实在在的卖人买人的契纸就拿在自己的手上就颤抖了，她认为这样是自己拉住另一个无辜的女人，一同投入苦海去。她幻想着千万个同样愁苦的女人脸，张大了眼睛望着她。而这些脸有的是愤怒，有的是轻蔑，有的是乞怜，她的头脑涨得疼痛起来。她抬起头来望着他，他的目光冷冷地盯住她，并且又点着第二枚烟，贪婪而不耐烦地狂吸着。

"我不能，不能画。"她的声音又变得尖锐而凄切。

"嘿！我就知道你没有那么大度量，不画算了吧！我画。"他的烟衔在嘴角上，从她手上去夺那纸，正眼也不看她又预备走开。她感到一种莫名的难堪，她想这个交易已经完成了，画押原是无足轻重的，而且他说自己不画押妒忌。她没有妒忌，因为他们夫妇之间并没有爱啊！她感到有生以来的第一次悲凉。

她神志坚决地又要过那纸卷来，打开，上面写着多么可怕的字句啊：

> 立字人吴王素筠，自于妇迄今三年，尚无子息，特为氏夫买得白氏女珍珠者似充籙室。事后白氏得享吴宅主妇之待遇，各无反悔。恐口述无凭，立此为证。
>
> 立字人〇〇〇〇
>
> ×年×月×日

这样一张不伦不类的东西，而立字人就是自己，她想哭，又想笑。良久，她为了目前减少麻烦起见，就签了押。然后伏在床上饮泣。

"这是你的月钱。"他说着拖着鞋走开，再也没有别的声息。她被孤寂袭击着，没人劝慰，没人过问。她坐起来拭着眼睛，看见一张十元钱的钞票暗淡地抛在地上，这是她一个月的零用钱，他就这样抛给她，而且是在他心顺的时候才给的。她愤怒地用脚踏践着那张钞票，但想到

31

了许多零用项又弓着腰去拾。

第二天下午，三点左右，女仆带来一个二十来岁的女人，面色白皙，有一颗金牙在涂着口红的嘴里闪着，衣服色彩鲜艳而不调和，一双紫色绣了金鱼的鞋子迈着坤伶在舞台上走着的步子，为了两万元的身价走向这个生疏的家宅。

"这是我们大奶奶……这是大爷新接来的二奶奶。"女仆显然得了不少的赏钱，嬉笑得反常。

"哦！"素筠站起来，一下子又坐下没说话，望着新来的人，想到自己签订的买人契约，内心起了很大的纷扰。

"大奶奶，我给您请安啦！"那个女人说着要叩头。

"不必！"素筠去扶她，一股强烈而邪恶的芭蓝花香气和怪异的头油及脂粉气息不休止地散布着，是素筠从未领略过的。这就是那瘦削的人所需要的，用金钱买来的"人"。

从此更见不到他的踪影，据说他吃饭也是在卧室，庭院及饭厅总不见他的影子，家里虽然多了一个人，反倒更加沉寂起来。在一个爽朗的三月天，他出去买东西，正好经过素筠的窗外，她见他更瘦，更苍白了，那么轻飘飘、摇晃晃地走出去。走着，狂吸着纸烟，上身完全被烟气缭绕着。

"喂！你回来！"二奶奶媚丽地追出来，巧笑着，歪站了身躯等他。

"要命的，又有什么事？"他笑骂着，转过身来，眼睛从烟气中射过来。女的跑过去，向他咬着耳朵，两人甜甜地热热地笑了。他又开始走起轻飘飘的步子，走出屏门，瘦长的影子迤逦地拖过门槛。

晚七点他回来了，又兴高采烈地提了许多东西，经过素筠窗外，模糊暗淡的身影像个灵魂。

"她到哪儿去了？"他忽然一阵风冲入素筠的屋子，铁青的脸色，显然有了非常的变故。他质问着她，她莫名其妙地望着他说不出话来。

"聋啦？她到哪儿去了？"又一声。

"谁？二奶奶？我不知道。"

"你在家管做什么的？人跑了都不知道？"他气昂昂地又出去。

她才渐渐地明白：一定是那个女人私逃了。逃了也好，谁能把活泼泼的生命消逝在这冰冷的人家呢？自己的契约没能拘住她，倒很宽慰。

他在家暴跳如雷地闹了半夜，第二天找到那女人的家去，大约人家早搬走了，他急愤中又在外面游荡了四五天。等他回来，不知从什么地方又带回一个女人，年纪更轻，面貌虽美，但很憔悴。脂粉不自然地掩饰着她的稚弱和苍白。眼睛闪着猜忌和惧怕的光。这是第二个买来的女人。

因了第一次的教训，他简直不敢再出门了。用什么东西都叫用人去买。素筠的窗外多日不见他瘦削的影子了，季候由春又转到夏，窗外开了许多鲜丽的花，素筠不时地在花园散步，孤寂地没人过问。

几阵急促的干咳声，是他的窗里发出的。

"大爷病了吗？"素筠问女仆。

"没有吧？有点咳嗽。"女仆并不经心地答着。

又过了几天，他的咳嗽声在她卧室都可以听到了，她实在不忍，下了至大的决心去看他。

在夏天，只开了上面一扇小亮窗，下面的玻璃窗关得紧紧的。鸦片的气味浓厚而热辣地充塞在不流通的空气中。一对幽灵似的人躺卧在烟灯两边，穿了很少的衣服。他的两腮深陷下去，目光注视着灯，注视着那对烧烟的小而灰白的手。

"大奶奶！"小女人放下烟枪坐起来。

"他病了吧？"素筠担心地问。

"没有。"又是小女人的代答。

"可是我听他的咳嗽很厉害呢，尔义！你该找大夫看看哪！"

"得啦！得啦！我找大夫干吗？死不了，不用咒我。"他见烧烟的手停住了而失望，而迁怒，也坐起身来。

"其实找大夫并不是丢人的事，咳嗽得那么厉害还不肯治一治……"

"这不是治哪吗？一口烟还没抽到嘴，你就来唠唠叨叨的，成心找气生……"

33

她还想劝他几句，但是又想在他的愤怒上劝告是不易收效的，只好走开，而内心的悒郁更加深了，不知道未来的命运怎样处理她。每一声对屋传来的咳嗽，都像铁爪似的抓聚她的心，她怕想起他们在烟榻上的景象。她为那个小女人焦急，几乎忘了自身的不幸。

有一天，忽然起了暴风雨，有雷电震荡了全宇宙，屋檐外大雨倾盆地喷下来，自然的威严，使她更感到孤单。灯光摇摇欲灭，自己的影子也足以使她惊怖。她记起幼小时每到风雨前夕总要睡在妈妈身边，或者叫妈妈讲着故事睡去，长大后也从未怕过风雨。但今夜反常地怕起来，不幸的阴影笼罩了她的四周和心神，她只好预备入睡。

"哎呀！"她突然见一个苍白而瘦骨支离、头发蓬蓬的人站在她床前，她惊叫着，仔细才看出来是那买来的小女人，只穿着短衣裤，脸上充满惊恐和憔悴，毫没血色。

"大奶奶！他……病重了。"她的声音低如游丝。

"啊！"素筠拉住她跑向那关着窗子的房间里。

他仰卧在床上，窗帘并没挂好，有电光错综地照在黑黝黝的窗外。他脸上有显著的棱角，苍白得像临吐丝的春蚕，膝骨突凸在床单下，眼睛半闭着。

"尔义！尔义！"

"……"没有反应，素筠走过去，见他已经停止呼吸。身体已冰冷了。他就这样在风雨之夜死去，抛下没有挥霍完的家私和两个不幸的女人，逝去了。

"大奶奶签个字吧！您是个好心肠人，放我走吧！"这是他死后一个月的一天，小女人怯怯地这样乞求着。

"你有地方去吗？"

"我还有爹妈呢，我才十八岁……"小女人几乎哭了。

"那么随你吧！"

那个小女人带走她应用的东西，和素筠给她的释放契约走去，最末后，她留了两声微小的干咳声在屏门里，素筠只好用叹息送走她。

从那天起，素筠更孤寂地住在这个古旧的家宅里，没有希冀，没有伴侣，只有两个女仆，但她们只在下房。素筠不时地接几个本家的女孩子们或亲戚来住些日子，但是人家谁能长久地陪伴她呢？所以客人走了以后，徒然加增了更深的孤寂与空虚。她不知道人生的欢乐要怎样寻求，她对于全个的命运与遭遇怀疑着，直到今日。

这样孤独的日子已经消耗了整整三个年头，仍不见新的变化，依然是那么单调地生活着。春又来了，又是一个年头的开始，她又开始用小说消耗时光，可恨小说作者又是些描写人间疾苦的能手，把更悲凉的故事在默默中叙述给她，她更深一步地了解了悲凉的滋味。

临睡前她想到年前自家铺子里结算的十五万元的余利，还没有决定支配的方法，于是她想到物质享受，到大都会去玩几个月吧，尽情地玩，像一个暴富的青年……又想到精神的滋养，多请几个先生教自己读书吧，像一个宦家子弟……终于她想到那个逃去的镶着金牙的女人，和那年小的苍白的第二个被释放的女人，她忘了自己，她想到千千万万同样被买被卖的女人，陷在悲凉中的女人，缺乏精神修养的女人……

在蒙眬中，她梦见自己做了校长，在一个很鲜明的旗帜下，对千百个女人说话，在众多的女人中，她发现一个镶金牙的脸，一个苍白稚弱的脸，以及许许多多含了希冀之光、欢喜之泪的眼睛望着她……后来觉得这些脸变成一片汪洋，波动着涌向她来，她惊悸地醒了，天已到黎明，而且有一只小鸟在蕴着新生的枯枝上鸣哨着又飞去，羽翼上煽着早晨的日光，钟敲了八点。

"假如我做了校长，这时候早该起来预备谈话了吧？"她想着，披衣坐起来，少女时代在学校上朝会的情景及当时校长谈话的神色又清晰地映在记忆中，她忘了昨夜的悲凉，而在微笑中，憧憬着自己的新计划。

［发表于《文潮》（上海）1944 年第 2 卷第 1 期，署名雷妍］

两　姊　妹

天色的确很晚了，一个忧郁的石膏美人似的姑娘在一盏台灯底下做编花枕头套。她的影子清晰地映在墙上，那么微微低伏着头的侧影，点缀得四周很美，很忧郁，充满了十足的神秘气氛。另一个女孩子悄悄地把一张大白纸钉在那有影子的墙上，乘着安静迅速地把那影子的轮廓描好，然后拿在一个桌上，用墨涂成一幅侧面剪影。

"姐姐！你看！多么美！"她说着，自己满意地望望那沉静的姐姐，又望望自己的杰作，一步跳到姐姐面前。

那个忧郁的石膏美人似的姐姐，淡淡地抬起她那有阴云笼罩着的大眼睛望着妹妹，不笑，也不说什么。

"天字第一号的大杰作！"妹妹自己说，洋娃娃似的瞪着眼。

"你看你，妈妈看见又要说你不小心了，你手上都涂上墨啦！"姐姐的声音几乎含着无限的惊悸。她永不会忘记她那欧化的继母，是一个讲体面、好干净、懂卫生的人。

"大约你这个劲儿就是俗语说的那句'煞风景'吧？好好的艺术作品不去欣赏，反倒说这些无聊的话……我可不是说'你'无聊！我是说妈妈专注意这一些小节目，真无……"她说着索然拿走那张没有被欣赏的画像。

妆台上一盆夜来香开着淡淡的花朵，芳香懊恼地散布在幽暗的墙角。妹妹呆呆地伫立着，似乎有话又说不出口的样子。

"把手上的墨洗下去吧，我真怕妈妈看见说……"姐姐郑重地放下枕套说。

"洗手、换衣服、刷头发、涂皮鞋、对镜子、削果皮……总是这一套,好像人们都是这些琐碎事的奴隶。一天忙忙碌碌像个小麻雀子似的,没有一点儿成绩,总有一天我丢下这个琐碎的家走开。"妹妹说着把一朵夜来香的小花瓣一片一片地撕下去抛在地板上,容它们静寂而自由地躺着。

"贝贝!你说的是什么?叫妈妈听见还了得。而且你为什么把好好的花都撕碎啦?可怎么好?你呀!可怎么好?"石膏美人的脸更其苍白了,站起来,微有些抖,好像大祸临头似的。

"嘿!嘿!你到底怕些什么?难道你一辈子不离开这个家吗?你永远不做新娘子?就说这棵花吧!在这屋角,阳光、空气都不能充足地获得,还不如撕碎了痛快。以后请你叫我妹妹或者叫'素青',别叫我'贝贝'行不?你知道,除了爸爸妈妈这样叫我,我没法子;别人一叫,听了真够难受的。无论如何我按照中国岁数是十七岁了,总叫'贝贝',中不中,外不外的……"

"唉!我难道是要背后批评妈妈的吗?简直咱们不是一个时代的人。"

"对啦!起码咱们的时代各差一个世纪!"

"你知道思想太新了是危险的。"

"思想不正常更危险。姐姐,咱们好像是要打架似的,其实我并不是有意这样。我总觉得你和妈妈在无形中受了一种无名的力量所束缚!甚至于想用这个无名的压力抓住我和爸爸。爸爸究竟怎样我不敢定,我是受不了这些约束的。姐姐!假如你肯把你那用细丝编绣花瓣的耐性给我一半,四分之一也好啊,用这微小的注意力来对我,我给你讲一件'最奇特'的事,行不行?"她坐在姐姐脚边一个小绣垫上。

"啊!好,你说吧!"姐姐说着仍然不停地做着女红。

"不行,你听你的声音'啊'得那么勉强。也好,我告诉你一件'次奇怪'的事吧!爸爸今天在外面喝了白干酒,回来以后妈妈不叫他进小客厅。他在书房坐了一会儿，这会儿给妈送苏打水去，大约也得赔不是……"

"可怜的妈妈，她一定又要晕啦。爸爸为什么一定要喝白干酒呢？我去看看妈妈！"

"真怪，妈妈就没有过错吗？唉！可怜！爸爸为什么不能喝白干酒呢？我去看看爸爸。"

姐姐瞪了她一眼，把女红收在抽屉里，走出去，妹妹在后面跟着，沾了几点墨的手背在后面。

小客厅只开了一盏台灯，爸爸远远地坐在椅子上，玩弄着一个精美的雕花的纸烟盒子，沉默着，良久，拿出一支烟来点着吸着，两个女儿轻轻地走过来。

"妈妈有点晕吗？"大女儿彬彬地问妈妈。

"哦！晕！你们的爸爸完全负了我，他完全变了……哦！可了不得！我简直要心碎了。"说着她用右手轻抚着她以为破碎了的心部，左手指着沙发的空隙叫大女儿坐下，二女儿却坐在爸爸椅子的扶手上。

"要不要请大夫来给您看看？"大女儿小心翼翼地坐下说。

"哦！不，大夫治不了我的病，我是多么伤心哪！他，你们的爸爸全改了，完全忘记了他从海外学来的文明。你看，他抽那纸烟，怪气味，雪茄是不肯抽了，自然他是完全被他的新朋友同化了。维廉！从前的事你都忘了吗？从前你在抽烟的时候总要问一声：'达玲！可以吗？'简直是一个模范的青年绅士，现在可好！唉……"

"得啦！妈！您叫我爸爸怎样呢！爸爸除了抽烟喝酒以前没说'达玲，可以吗？'以外，难道还有别的吗？您看您那伤心的样子，好像爸爸……啊！"唐小姐说着又止住了。

"你还叫他怎样啊！生活习惯改了就是变心的表现……贝贝！你也要反抗妈妈吗？哦！露丝！我的心……"她说着歪在大女儿身上。

"贝贝！你刺伤妈妈的心了！"大女儿露丝——原名永青的脸紧张得起了两朵红晕，似乎她不再是石膏美人，而是一个有血有肉、有灵性的姑娘，而这一切随即被一种什么无形的力量抑制住，留在外面的只是苍白。

唐小姐被姐姐那昙花一现的青春活力给惊呆了，她想到一切美丽而荒唐的梦幻……等姐姐又苍白起来以后，她才又恢复了现实的感觉。妈妈并没有晕过去，虽然妈妈那么爱晕。但幸亏从未晕过去，因之"晕"这个行为在家庭间已经失去效能，起码不会激起唐小姐父女的感觉。结果是唐博士问出她内心的真正问题而给以满意的解答，唐小姐再做个鬼脸，一天风云自然化为乌有，今天当然不能例外。因之唐博士静静地吸着烟，不说什么，耐着性子等待着什么，在这时候唐太太是很伤心地在露丝永青的怀里哭着。

"我的话又不是小箭，怎能刺痛妈的心呢？而且你们忘了我仅仅是一个十五岁零六个月的孩子，就是说错了话妈也能原谅我，不是吗？妈！我给您拿苏打水去吧？"唐小姐说着，望见爸爸头顶上的白发。

"十五岁零六个月，不错。但按外国规矩正该给你开个跳舞会介绍给社会去。"唐太太突然坐正了身子，用纱手帕按了按眼睛，做此次伤心的结束。

"但我正是地地道道的中国人，跳舞会可以省下了。"

"我不理你！维廉！跟你说。明天是'星期末'，我要举行一个茶会，知道吧！你明天可不许出门，行动有礼貌一点儿。她已经十五岁零六个月了，'爱苗'是应该早替她培养起来的，不是吗？你无论如何得把鲍少爷请来，他是那么文雅，说得一口清楚的外国话……"说着妈妈慈悲地眉飞色舞起来。

"其实我不爱说自己的心意，你知道我是多么记挂着露丝啊！所以王副理也该请过来。"唐太太更精神了。

"嗯！"唐博士知道一天风云已经消逝了十分之十，所以平安地又点了一支烟吸着，侧过头来望望坐在扶手上的二女儿，但二女儿的眼睛却出神地望着大女儿。大女儿像一个失了肉体的魂灵，又像一个失了灵魂的肉体，苍白而战栗地危坐在沙发的一角，她是受了大震惊。于是唐博士沉思着，唐小姐也想着什么，顽皮地眨着眼。

"妈！您太慈爱了……您好一点儿吗？您休息一会儿吧！我出去一下可以吗？"大女儿的声音压抑而飘忽的，预备站起来。

"当然。露丝，去休息一下吧！明天一定叫你快乐。衣服预备好了啊！"

"是！妈妈！"柔顺地答应着起身走了。妹妹看见姐姐眼睛里浸饱了泪水。

"你说的鲍少爷是鲍四爷的第几个儿子？"唐博士问。

"自然是长子，他将来不但有继承权，而且可以很早替四爷经营财产的。你以为我会那么没见识地把女儿介绍给一个十几岁的中学生吗？笑话！哦！好贝贝！明天替妈妈好好招待客人！"

"你知道他已经二十七岁了，而且他的妻子才死了不到半年。素青以为怎样？"唐博士问二女儿。

"我以为总比王副理好一点儿吧？"唐小姐语意双关地说着，从椅子的扶手上跳下来，去找那一半没读完的小说。但她却看不下去，字行在她的眼里跳舞，像听了喇叭的蛇。

茶会的客人已经渐渐告辞了，而唐太太只留下鲍少爷同王副理，贝贝和露丝也没离开客厅。唐太太站在留声机畔，乐调是南国情曲。她在灯光和入时的装束下，显然更年轻而妩媚了。她不时地向唐博士幸福地微笑着，王副理不时地被她的笑声诱导而对她凝神地望着。王副理是多么需要一个像唐太太这样的少妇的安慰呀！她给他多么大的感力呀！他不过才四十三四岁或者四十二岁零几个月，丧失配偶的日子已经二百多天了。他不敢看露丝永青小姐的脸，因为她太忧郁，太拘谨，虽然已到初夏，见到她却像见到冬天的冰。偶然见她为了面子和礼貌而向人微笑一下，也叫人觉得是在暴风雨天，不小心一仰头，嘴里吞进一个小冰雹，堆在心坎上难得消化。至于贝贝小姐，又太幼小了。今天她不按母亲的特殊吩咐，穿的衣服简直像个婴儿。只到膝盖以上的纱衫子，一双

40

短袜套下面只穿了一双白皮子的平底鞋。谁见到都要想："这孩子怪活泼的。"但是没有人想："我一定要娶这样的妻。"唐太太虽然注意到这一点，但她想，女人年轻一点儿总是可爱的。她忘了太幼小和太衰老是同样地难培养所谓"爱苗"的。

露丝永青小姐坐在唐太太身边一个小安乐椅上，她恭顺地穿了一件她母亲指定的花长褂，淡红的，有白色的小蝶飞翔着。不安的、拘束的、应酬的笑容下笼罩着悲哀失望一类的情绪。当音乐停止时她不由自主地唔叹了。但只叹在口外一半，多一半都咽下去，除了妹妹谁也没有看出来。

"伯父伯母，我们真该告辞了，今天我们太快乐啦！不是吗？王副理！"鲍少爷很有礼貌地站起来望望唐太太说。

"希望唐太太、唐博士和两位小姐下'星期末'到舍下去玩啊！"王副理说。

"哦！多谢，多谢！我们的露丝一定喜欢同我去的。可是没有主妇招待我们呢。"唐太太笑着说。

"由我兼任！哈哈！"王副理接着说。

"可是我要请鲍少爷陪我们到院里去散步，可以吗？妈妈——至多不过半小时。"自然这是洋娃娃的声音。

"当然，贝贝！只要鲍少爷愿意。"妈妈笑得很慈祥。

中外是一理。在一个茶会或舞宴的晚上，月色总会清澈地来凑趣儿。在初夏的明月夜，有茉莉花以及许多意境上的芬芳来添加月色的美。

"鲍先生，您等我一会儿好吗？我去拿披肩。天晚了，这么凉森森的。"他们散步还不到五分钟，唐小姐就站住了这样说。

"请，我等你。"

唐小姐走路往往是凭虚御风的，她一下到了屋里。姐姐更其孤零地半卧在床上，听见脚步声忙着擦泪，没擦完妹妹已经到了面前。

"姐姐！你怎么又躺着，求你替我陪陪老鲍行不？我肚子疼死了，好姐姐，把床让给我吧！我得躺一会儿。"

"你真要命，你没有床吗？"

"我的床太低，你这床多么舒服啊！"说着她扑在床上，像一头劳累的小兽。姐姐只得躲到地下去。

"可是妈看见呢？"

"我求你还不行吗？妈看不见，看见也不要紧。姐姐，要不然你请妈来看我一下吧！我和妈说。"她说着按着肚子。

"那么我先去请妈来吗？"

"啊！不用请妈了，我一会儿就去，妈看不见的。"

姐姐无可奈何地走出去，洋娃娃却复活了，跳到妈妈屋里。妈妈正预备换睡衣。

"他走了吗？贝贝！"唐太太惊讶地问，又上下打量女儿的神气，看她并没有特别高兴或其他的任何情绪。

"他走了。我的小说还没看完呢，要到客厅去看，可是又想先看您。"

"好孩子，你今天很快乐，他实在是一个可爱的青年。"

"是青年，才比我大十一岁不是吗？"

"十一年并不算大。对了，你是明白孩子，你爸爸比我大十三岁，为了这个不祥的数目，我懊悔过多少日子。后来知道他的阳历生日，仔细一算他比我大十二岁零九个月，才安心了。你和鲍少爷都谈些什么？"

"谈跳舞！"

"他是内行吧？"

"简直妙极了，他还带我跳了三五种步子，后来我们又谈到英文。"

"他的音正确不？"

"妈，假如您闭上眼睛听他说英文，您一定以为他是新登东亚大陆的外国绅士。又谈到音乐。"

"他也会？"

"自然！现在他家里还有年长的音乐教师，他会背法国诗，他会摄

42

影、骑马、溜冰，以及许多时髦的、古雅的文明玩意。"

"太好了，十足的现代男子。"

"可是人世间的事总不能十全。"

"他有什么缺欠叫你发现了吗？"

"没有，不过我的'爱苗'没法培养啊！"

"哦！贝贝！慢慢地努力吧！妈妈帮你。"

"妈妈万岁！"她说着举起一个干杯子做了一个祝贺的姿势，母女都笑了。

两个在月下的人相离很远地站着，沉默地听着晚风吹花朵的声音。

"永青！你为什么躲着我呢？"鲍少爷伤感而胆怯地说着，向前进了一步。

"因为妈妈把你介绍给妹妹了。"永青后退了两步。

"你妈妈的权力无论多么大，但她不能干涉我呀。而且今天的茶会不是你们两个人同时出来替她招待客人的吗？"

"事先妈妈已经有暗示了。"

"那么你完全忘了我们的友谊吗？"

"鲍先生！请你不要再说了！那是做孩子时候的事！妈妈的安排总不会错的。"她的声音有些发抖。

"永青！我求你不要那么口不由心吧！你为什么那么盲目地崇拜她？她有什么力量叫你一步不敢多走呢？"

"因为她比我年纪大，知识多。"

"知识？追随皮毛罢了！"

"无论如何她是妈妈！"

"后妈！"

"我再也不能理你！你不能冒犯她！"

"那么你为什么又出来见我？"

"妹妹求我陪你一会儿。不然……"

"不然你还不来，是吧？唉！你这冷淡的人哪！心里压积了多少愁闷，终究闷出病来就好了。其实你现在的气色已经够憔悴的了。你以为我不常见你就什么都不知道吗？我的生活看来是奢侈得要不得的，但是实际上我是多么烦闷哪！我不会说好听的话，但是我放不下你……"他的话没有说完她就晕倒了，不过时间很短又清醒过来，依在他的手臂里。

"妹妹还没来……吗？"说完推开他要走开。

"你永远这样下去了吗？"他说。

"永远！"她后退着说。

"姐姐！"唐小姐跳出来。

"贝贝！你真不守信！我还以为你一直不出来了。鲍先生再见！"说着头也不肯回地走开。

"鲍先生！你不会怪姐姐吧？"

"永远不！她太……"

不久他告辞走出去，那么忧郁，那么迟缓。

"鲍先生！您把她交给我，放心不？"

"素青！让我们来握手！"他和她默默地握住真挚的手。

"你完全谅解我们？"他停了一刻这样说。

"百分之百地谅解和同情，而且我要有一手惊人的举措，你等着吧！"

在唐小姐的帮助和鼓励下，姐姐的忧郁在质和量上似乎都减少了。红晕代替了苍白，微笑代替了她一切惯用的感叹声息。唐太太也很少犯她的伤心病，因为唐博士现在不再喝白干酒了，而且雪茄烟代替了纸烟。至于为什么这样？大约是他自己喜欢如此而已。每当他见到大女儿生气勃勃的时候，他安慰地叹息着，吸着雪茄烟想着博士该想的一些问题。这样平静无事地过了整整一年。

"到了那天我穿什么衣服呢？"唐太太问唐博士。

"哪一天？"他看来是健忘的。

44

"自然是贝贝结婚的那天。"

"贝贝结婚……?"博士沉吟着。

"真奇怪!你好像对这件事并不热心。我为了这件事不知道消耗了多少心血,就是贝贝她自己也好像不经心似的。我简直不知道怎么来对付你们这怪父女。"她几乎又要伤感起来,幸亏她忍住了。而且只是唐博士一人在面前,闹起来也索然寡味。

"今年她是十几岁?"

"十六岁零六个月,正是结婚的好年纪。"

"她就不再读书了吗?"

"书?她不是在法国学校学钢琴和英、法文吗?"

"欠深刻!"

"你也叫她做老博士吗?哦!可了不得,你们父女!只有露丝是那么柔顺。"她水灵灵的眼睛似乎又要哭。

"她所以柔顺也正是你不叫她结婚的缘故。"他双关地说。

"你难道怪我不懂做母亲的规矩,不肯先叫大女儿结婚吗?我年纪虽然轻,这点道理我还懂!所以我先把王副理介绍给她,然后才张罗贝贝的事。幸亏露丝是个明白的孩子,不然她怎么经得起你们这种暗示?她一向对世事是很淡薄的人,像王副理那样一个创业的上流绅士都不在她的眼里,我有什么法子呢?维廉,请你不要再伤我的心行吗?不然请你到书房去。"她说了一串话,然后疲乏地倒在靠垫里。

"得啦!我又说错了,我们不要争论吧!你说在那天怎的?"博士对她像对一个有病的孩子,忍耐着,怜惜着。

"我的意思是说我的衣服没有一件是入时的,首饰也没有新买的。"她又提出正经题目来。

"好办!幸亏我是经济学博士……哈!"他笑了。

再过二十四小时"那日子"就到了。贝贝的妆奁和鲍家的定礼堆了几大房间。贝贝突然病倒了。不吃饭,也不起床。急得唐太太请了四个大夫,其中三个是和唐博士同时在外国留学的。但是大家并查不出她是什么病来。不发烧，而且脉搏正常地跳动着。

"神经衰弱症，我想是！"一个大夫像发现了真理似的这样说。

"让我们和她谈谈，说不定是神经衰弱。"另一个又说。

"小姐！觉得有什么使你不好过吗？"于是第三个大夫这样问。

"不好过！大夫！"唐小姐依然闭着眼睛。虽然她的上眼皮闪动着，十分勉强地闭着，但也足以使唐太太心碎。

"那么最感觉痛苦的是什么部分呢？"大夫们说。

"心哪！我心里难过。"闭着眼，嘴角痛苦地下坠着。

"那么唐太太先和她谈谈，我们只给她打一针……"

"不！大夫！除非正正地打在我的心门上，别处是无效的。因为药针扎在我的心上，我起码可以用死亡结束我的痛苦。妈妈请保护我，我不打针。"她用被单子整个把自己蒙起来，哭叫着。单子下面似乎笼罩了一头小兽，因痛苦而翻动着，分不清头和脚。

"贝贝！你静一静。维廉，你去陪大夫。"大夫和唐博士一起走过那多事的闺房。

"妈妈！他们走了吗？"唐小姐在单子里面问。

"走了。孩子，你是不是伤心了，为什么呢？妆奁有什么不满意吗？还是他们的定礼有冒犯了你的地方？"唐太太焦急得在额前有几条皱纹，但一会儿又没有了。

"我伤心！妈妈！只有你能救我，不然我一辈子在这单子里不出来。"

"那么还是对于妆奁不满意？是不是嫌头纱不入时？"

"不是。"她仍然蒙着单子。

"自然是定礼喽！"

"不是，只是我们的'爱苗'没培养好！我不爱他，我见他就不顺眼。"

"在婚后是一样可以培养'爱苗'的。一般都说'结婚是恋爱的坟墓'，就是婚前'爱苗'培养得太好了，婚后就到了凋谢的时候啦。你们婚后再开始'做爱'，幸福就没有尽头了。"

"妈妈，我不会，我不去。叫别人替我吧！"她把单子支得像个小凉亭，如怨如诉地说着。

"贝贝！你疯了吗？这事怎么能替呢？谁能替你？"

"我要姐姐替我。我不去，谁爱去谁去。"

"她怎么肯去替人结婚，正经自己的机会她都放过去了。真是，不用说叫她去，就是她知道你这意思她也不会高兴的。她虽然不说，但她心里是放不下人对她的过处的。孩子，你太难为妈妈了，你知道她并不是我生的，不是吗？"

"我去求她，只要妈妈先答应我，我以后永远做一个听话的孩子。妈妈！"唐小姐猛然坐起来，单子甩得地下一半，床上一半。她笑着抱住唐太太的颈子，像一个名画家画的《母与女》一样。

"你爸爸更怪，他也不肯。鲍少爷也不肯哪！"唐太太被女儿磨得一点儿主见也没有了，完全说着上海化的京腔。

"一切有我，妈妈万岁！"她拖上鞋跑出去，剩下唐太太一个人呆呆地望着一切新颖珍奇的东西，捕捉业已失去的幻象。

唐小姐几小时的大显神通，在唐博士和鲍少爷以及姐姐面前都得到了谅解。结婚的那天，天气非常晴朗，新娘子外面依然冷冰冰的，唐太太连正眼都不敢看她，以为太对不起她。唐博士很早就到××饭店去和朋友们照料当日的外场大事去了，只有唐小姐在家里忙成一团，甚至于纠正姐姐的脸色和笑容。上装几乎全是她一个人的主角。

"露丝！你先叫妹妹陪你一会儿，我出去一下就来。"

"您请随便吧！妈！我永远不会违背您的。"唐太太很感动地出去了，女仆和两个女客人也随着出去，房里只剩下姐姐和妹妹。

"贝贝，你太好了！"

"叫我素青！这是我向你要的唯一报酬！"

"素青！我无论如何也忘不下你！你说，你叫我做点什么？素青，

'他'更感激你呢。"永青说着，幸福地笑了。

"没有别的，婚后再回娘家来就永远这么笑吧。你把生活里那些'无形的冰'都取消也是我唯一的要求，没有别的了。听！妈妈回来了。"于是唐小姐从新给姐姐理着发卷，而姐姐脸上从新罩上那层冰。

"为了这顽皮的妹妹真叫你委屈了。这个给你吧！是鲍家第一次送来的定礼。"说着给露丝小姐戴上一枚钻戒。

"谢谢妈妈。"仍然罩着冰。

"完全是巴黎样子呢，你喜欢吧?"

"妈妈给的，我永远喜欢。"

突然一阵阵嘈杂的乐队奏鸣曲，夹杂着仆人和客人们的喧哗，母女三人都震惊了一下。

"妈妈！为了您的命令，我该走了吧?"露丝永青百感交集地哭起来。

"孩子！请你恕了我和你的妹妹吧!"说着唐太太又似乎晕过去地倒在大女儿的手臂里。

"扶好了妈妈！我去拿苏打水。"唐小姐说着跑开了。等她回来，姐姐和妈妈都清醒地恢复了原状，像一对偶然跌到一块儿的不倒翁又坐直了似的。

婚礼行完了，像暴雨像云雾似的花纸、纸条、大米、豆子一齐打向一对新人去。唐小姐从一个女客人手里夺了一把绸子遮阳伞，撑开，挡着姐姐和新郎，米和豆子都打在她的身上。

"我们握握手吧！你们总该拿下那副悲剧的面具了吧?"走着，在人群里，这位洋娃娃毫不顾忌地说。两只大小不同的手同时递在她伸着的手掌里。其余的三只手，拿着遮阳伞、花把、大礼帽和手套。

"哦！维廉！扶住我!"唐太太却在礼堂里依着唐博士的肩背没走出来。她似乎看清了这部喜剧的一切关键。她深深地洞悉了她自己的女儿为了成全永青和鲍少爷的爱情而扮演着这出《姊妹易嫁》里的逃婚小姐。但是又有什么办法呢？她为着这件事几乎费尽心机，结果只落得一场空。她真感到女儿的性格是异乎寻常的，她实在想不出她为什么把鲍少爷让给别人。这该是一种更摩登的礼仪吧？也许是第二代特有的新道德。"想事情"和"思虑"是最劳苦的事，而且也不十分合乎"卫生"。于是她不敢再想，她陷入一种新的迷惑之中，几乎又晕倒了。不过不要紧，不久洋娃娃一定会给她送苏打水来的——那纯外国名厂的出品。

1948 年 6 月 6 日改旧作

[发表于《文学杂志》（上海）

1948 年第 3 卷第 6 期，署名雷妍]

鹿　鸣

　　杜蓝溪先生才步上第一层阶石，门房追来交给他一封信，异乎寻常的厚，白色封装，没有邮戳，没有寄信人的住址和姓名。这正是一个初夏的清晨，学校里才上第一堂课，处处是安静的，高入苍穹的大树下有新铺黄沙的操场，绿意深浓，偶尔传出教师们讲书的声音，或学生朗读外国语的声音。她今天上午原没有课，只是学校里的规矩没课也要按时到校的，所以她正好有时间读这封突然而来的长信，放下其他堆积着的工作。

　　她小心翼翼地拆开信封，幸未拆破。她高兴这次信拆得完整，那么小的字体，她一时数不清有多少篇张，只是匆匆地先看了看署名，原来是十几天前来看访她的一位老同学写来的。她看了那娟秀而挺拔的字体，就记起那有着飘逸风的形体，以及一幅感人的容颜来……于是她迫不及待地读下去：

　　洁玉：

　　　　喜欢我如此称呼你吗？我不愿称呼你太太、先生、小姐……不为别的，只觉得这些称呼在我们这昔日同窗、今日神交已久的关系上显得太生疏了，何况这些称呼又多少有些庸俗之感呢？虽然"蓝溪"两个字颇深切地印在一些文艺爱好者的头脑里；但我却喜欢你这少女时代的名字，因为她可以唤起我多年以来沉埋过久的乐园时代的回忆——真的，有些像仙子们似的终日读于斯、食宿于斯、游歌于斯的无知无忧的少女时代的天国，她给予我那么温柔、轻快、瑰丽、悠然的情感，而使我不能不酷爱着"洁玉"二字，更何况她的品格又是多么像你，像你那颗极端智慧而又纯洁淡远的心。

虽然十几天前只有一次仅仅三十分钟的会晤，你知道你给了我多么大的力量、多么大的温柔之感啊！我真懊恼着我和你重见得如此之迟，我读到你的作品又是如此之晚，而知道那些我深爱读着的作品的作者就是你，只是更晚。洁玉！我惋惜着丢失了那么多谈心共游的机缘，但庆幸着我们到底是重逢了。过去的日子虽已过去，未来却正有着无尽的会晤和畅谈。我希望我能是你那最要好、最知己的朋友之一，虽然如今我是多么消极颓废得打不起精神来而不配做你的好友；但"希冀"却不是我力所能止的。

在×月号的《××月刊》上见到你那篇关于音乐的散文，我被感动得流出泪来，我觉得我这颗孤独的心只有和你最接近。你的每一句话都好像从我心里抽出的情绪一样。你知道我是怎样爱好音乐和文学的人哪！尤其是音乐，我常为一支演奏而感动得下泪；被一幅好画兴奋得忘了丑恶和现实；为一首好诗废寝忘餐，我恨不得买进那些名作。我更是多少年来渴望着、梦想着一架可诉心曲的钢琴。过去的几年里，我常是留心着报上小广告里钢琴出售的消息，但是我是多么贫弱，钢琴的代价往往超过我实力所能付的。一直到现在它还是在我的渴望中，而我已不敢再有"买一架吧！"的痴想。我会几多次用羡慕而又奇异的眼光注视着那些只是当作装置品而被忽略地放在阔人们大客厅一角的解语之灵物。唉！如今我这无定的生涯，像落叶浮萍一样的生涯，即或有一架钢琴，我又放于何处？难道也让它随我的身心去漂泊，去含辛茹苦吗？虽然本性难移，正如我爱花爱流泉一样，在我受尽人间苦难折磨，折磨得心身麻木的

51

时候，仍会忆起花开花落来……因此我为你那篇散文而恨不得卖掉我的所有和你合资买一架你所爱的钢琴。但读完它的时候，我知道它早已被那付得起它代价的人安置在客厅里了。我不禁深深地长叹了一口气，为什么我们的思想和感情竟如此相同，从这次重见你以后，我的心已不再感到孤独了，同时，我和你一样会不时地怀念那位引领我们最初迈入那片纯洁的文艺领域的何先生。洁玉！你总算不会辜负他那番辛勤培植的心血，而我这个被他们期许过深的学生却常是连一篇最短的小文也不写了。唉！我又怎么对得起那位热诚引导我们的老师！

又到了养蚕的时候，这是我在童年深爱着的小动物。犹记得在小学时代，每到暮春，即开始饲养这些小生命。虽然常被母亲禁止，说找不到桑叶会饿得可怜的，我却仍是偷偷地用纸叠成小方盒子，在里边装了也许十几条或二十几条的蠕蠕动着、像小黑蚁似的春蚕。因为小时候不懂饲养术，更有时找不到充足的食料以延续它们的生命，到结成可怜畸形的小茧时，真是小得可怜。尤其是为了我亲手抚育，眼看着慢慢地长大了，那虽是些营养不足的蚕宝宝，但当见了它们的苍白色小身体时也会感动的。为了过度的爱常是更易伤了它们的生命。像一些不幸的孩子，断送在一些过于溺爱的母亲手里一样。又到了养蚕的时候了，我有时仍会替姐姐的孩子们所养的蚕换叶、添叶。直到它们用自己的心血抽出了那一缕贫弱的细丝，完全缠住它们自己。为了它们的满腹经纶，反倒使人们残酷地丢在蒸锅里，当我们一想到身着锦绣的来源时，怎能不痛惜那小生命可悲的遭遇，更怎能不想起李义山的名句"春蚕到死丝方尽"来。更不知自己却做了到死丝仍不尽的春蚕。人都说我太热情，真的，在这冷冰冰的人世间，我也许太热情了，虽然社会人心的温度常是在零度以下，我的热血竟仍未在我的脉管里冻结。我会听人说过：人世好比冰冷的大海，用你一个人的热力投到这冰冻的大海里，其结果只有你自己被冻结，对这大海又有如何微小的影响？我不愿否认这些话，但是，洁玉！假如任何人都这样想，那么冰冻的人海还有融化温暖的一天吗？

我的心是太冲突了，我的个性是如此的强，"宁折勿弯"，在内心上我是如此地强硬着反抗现实。社会的大熔炉终究融化不了太倔强的心性，但是在外形上，我又是如此受不起外界丝毫的打击，而打击之来又常是接踵不断的，这形成了我生活上更大的矛盾。人活着就是为担当苦难来的吧？夏娃为了偷吃乐园的智慧果而神使她的子孙们永远在痛苦中了。啊！"无知"是可赞美的。如今我的心已成了五颜六色的调色板，再找不出昔日单纯的洁白了。

和你相反地，你为了留恋那幸福的少女时代才不肯离开，又重回到我们那幽静的母校，我却因为怕实际的对照会更勾起我伤逝的情怀，我是宁愿闭着眼睛冥想和张着眼睛做白日梦，让我在梦和冥想里去回味追忆过去的光阴。那月夜楼窗外的杨树叶子的萧萧，那小巧的鼠子在地板上的角逐，还有，还有初夏时节的傍晚，那悠扬而略带悲凄的笛声、琴声，这一切都印在我这千疮百孔的心上，永志不忘。而我却是如此的懦怯，不敢再实际去接触。真的，一切景物如旧，犹记得去秋躺在学校对面的病院床上时，每一次的钟声、歌声，对我都是熟悉的。早祷了——在现今该是改为早操了吧？上课了，午餐了，自习了，熄灯了……那高巍的楼窗，那低小而清洁的卫生诊疗室，对我都是怎样的亲切而熟习。但如今那读于其中，散步于其中的已不知换了几代主人。洁玉！我真不忍受这变化呀！自己从那世外桃源里被抛在棘丛里了，昔日如花的少女时代如今成了什么样的境遇啊，更怎知如今的游优少女也许有着不少的同命！自然我不希望这天然的变化永久规律地演下去，但人世又哪能预料呢！

洁玉！我羡慕你的魄力，一切的苦难都打不倒你，你把勇气分一点儿给我吧！我厌恶这半死的活着。

给你写信是一种无上的快乐，唯其是无上的快乐，所以才难得机会完成。家里白天的人来人往，搅得我发昏；晚上回来又是筋疲力尽，加上鬼火似的灯光更使我无从执笔。如果写那些不相干的信，我倒可以胡抹乱涂以交差，和你，我却愿在一个万籁无声的静谧中做我们灵魂的对语。万妙深沉的情绪在扰乱中是要潜踪的。这是我多日来想写而终于在今天才拿起笔来的原因，而尚不知又得几次被打断。洁玉！何时我也能有一个自己的安静环境呢？我太怕扰乱了，我太怕那些世俗上的蠢行蠢话了，而我的言行在别人的眼里也正是愚得可怜。

用心酸的眼泪望着你那消瘦得几乎使我感到生疏的面容，我真不知道那天说的是什么话，我常说两极端就是交点，所以我乐极和悲极都流泪，当我见你时的泪正是属于前者的居多，虽然当时你们的接待室左近不时有人出入，但我的泪却无顾忌地挂在双频上。有人说学文学的人都是神经病患者，大概没有错吧！

想到你因我们的重逢而受到突然的感动神色，我是多么快乐，同样地我也感到两个灵魂的默契，而一任情绪自由地向你泛滥。洁玉！今后我孤僻乖张的心灵不再是寂寞的了，外形的冷漠在我算不了什么，而且若是对我所不喜欢的人，我倒宁愿在孤独里，只有心灵的寂寞是我不能忍受的。不久的过去，为了恶姻缘的创伤，我曾一度去过灯红酒绿的繁华场，幢幢粉饰了的人影在眼前鬼影般地晃。耳中听见的是使人萎靡兴奋的音乐。看她们那兴高采烈，看她们那妖媚的姿态，除了动乱和声影的回旋以外，只有醇酒的沉醉。然而在我的心里却是更深的寂寞。我的眼如两道 X 光，我直看穿了那华丽衣饰所包着的丑恶心灵。那伪善的笑面下又隐含了多少苦痛和罪过。如花的娇面幻成狞恶的枯骨，萎靡的音乐声变成了送葬的丧钟。我怕！我更寂寞了。我不禁忙忙地逃开这人间的销金窟，我眼中的屠场。洁玉！你说我是不是个痴子？

我深深地知道你能得到许多青年女孩子，以及同年岁的朋友的喜爱，但也深深地知道你的内心有时仍是寂寞的。你美妙的心情是不会被那么多人了解的。你常是和气地以亲厚的神色对人，我却知道并没有多少人能打进你的心深处。在你的心里是有傲慢的，我真不晓得我们的性格为什么竟相同到这样——除了你是刚强积极，而我是消极软弱的以外，都是相同的。我的内心高傲，外形谦和，正是你说的："生不可有傲相，而不可无傲骨。"人都说我和气谦逊，实际上我的心却是高傲地凌视着人间的一切。有时我也常想是我们的心太高傲呢，还是这世界太卑鄙？

洁玉！我太替你高兴，在你简单的描述里，我知道你的丈夫是一个可爱的人，好心的你是终该得到一个好伴侣的。你说："他虽然单纯，可是知道友情的可贵。"你又说："他说'如果有人需要你的友情，不可辜负她们，尽可能地给她们心灵的安慰'。"在这两句话里，我已清晰地知道了他的热诚和真挚。洁玉！你选择的人是不会错的，我渴望着能有一个长时间和你俩畅谈，钟期和伯牙的友情是会重现在我们之间的。如今我才更知钟期死后伯牙再不抚琴的心情。

生活困苦的担子压在每个爱人格而忠厚的人的身上。我们有如失掉双翼的飞鸟，只能艰苦地葡匐在地上。何时才能海阔天空地任性翱翔呢？苦难的生活夺了我们多少生之乐趣，诗的生活时常破坏在真实生活里。洁玉！假如我们不为生活奔劳，我们不会是相见如此之难吧？

我是太老实，懦弱得自己都可恨。尤其是经过一次大创伤之后，一个女人把全部灵魂都放在她的爱情上，一旦这爱被破灭了之后，她将怎样活呢？一个过于热情的人而被人淋以冷水时，她又怎样活呢？直到被恶恋打击得遍体鳞伤的今天，我还没有梦醒呢。实际的福乐对我如浮云，但爱却是如何渺茫的东西，我渴望着一个情投意合的伴侣，但茫茫人海里，这样的伴侣到何处去寻觅？你不见前些日子的某杂志上有着"爱神已到街上卖纸烟"的讽刺画吗？这年头爱情算得了什么，男女的关系早已买卖化了，机械化了，我们这些落伍的人还不该活在孤独里吗？何况如今这时髦的两性爱，朝三暮四的新花样，我们委实欣赏不来。

提到一个高傲的灵魂之不易被人了解，我又想到几个有着淡远作风的作品之被人漠视，以及过去的影星胡蝶所以能做影后，而在声价上掩了色艺双绝的阮玲玉，也正是为此，曲高和寡，是千古不移的真理。能受到世人普遍欢迎的往往是不太高超的。不过，洁玉！真的知音是不是只有一个已算不少，凡俗的拥戴倒宁愿不被人知呢。越说越乖张了，有些我讨厌的人喜欢我，我立刻会有屈辱之感。物以类聚，何况被人之喜爱的人又常是没个性的表现呢。我讨厌透了没个性的人，一个有自己意志而杀人放火的强盗，也强似一个随风倒的，所谓处处受欢迎的好人。

今年春骤，不知春来春已去，生命亦复如此，入夏以来，多风，该有的明媚不见，天时也随着人事变了脸。我最爱初夏的明媚和新秋的淡远，而去秋在病榻上度过，今年初夏又在沙中过去，人生如意的事太少了。

我太爱初夏的傍晚，我常是痴痴地站在东单的大广场上凝视着西山边上树梢影里将逝的晚霞，那奇妙的变幻，那动荡不定的光与影，使我完全沉迷于婉妙的仙境而忘了身在此浊世的存在。犹记前两日是同样初夏的黄昏，为了酷爱着稷园孔雀园偏西那些初开的玫瑰，曾在完了家馆课后去探望，花正是初放的好时候，那深沉的玫瑰红使人感到饮了醇酒后的微醉，也恰像晨妆始罢的新婚少妇。那乳色的浅粉的……又像飘然的仙子，使人怀疑尘世的浊气竟未玷污了她们出世的风姿。我爱玫瑰，我太爱玫瑰，为了她的色、她的香、她的姿态，更为了她的刺，洁玉！我知道你也爱！

　　站在音乐堂三合土的台上，西天灰云后那金色的光轮啊，只有在此时，我承认了世上是有一位真神的存在，大自然在人间是展露了他无穷的美。什么样高明的画家能写此伟大之美于万一在他那画布上呢？我回首东望，对着那古宫院红墙角楼凝眸，夕阳正映上那含蕴着无限幽怨而神秘的宫墙，使人满怀不尽之幽思。小燕子在晚光里留恋，绕着那深宫别院不去地沉于幻想地飞翔，莫非是那些依恋故主的忠魂，还是那些深宫怨女的魂魄所幻化的呢，我不禁呆然入于梦境了。

　　洁玉！我常是愿站在云端，凌视着下界的悲喜剧，而自己却不愿也是这剧场中的一个角色，虽然有时高处的风寒也常使我不胜。

　　我的信只可以说是许多零碎的笑声和泪痕，不曾加上任何剪裁，尤其是随着思想所及的任意胡写。但已是写了三四天了，仍是有狂涛未了的情绪。种种的扰乱使我几度搁笔，使我本来紊乱的思绪，更不能集中，然而也好，清朗的朝晨我写着；凄风苦雨声中我写着；不同的外景伴随着不定的心情让我给你写出这些疯话。我常是提笔忘字，这还得耗费你的工夫，请你耐性地看下去吧！

　　先让我把这些浓雾般的纷杂之感拨开！我该安静地和你谈谈我们别后自己的遭遇了，我深知道你看了以后会更真挚地生出热烈的共鸣，同时我也知道你要因为我的软弱或任性而生气，但我是多么喜欢一个朋友因为爱我而生气呀！

　　我又要提到何先生了，在我毕业的那一年他就出国了，到一个国外图书馆去做整理中国图书的工作。当时他曾诚恳地劝我也出国去留学，我却没有接受他的劝告，自然不是因为经济问题，因为一则那时的家境并不是窘迫的，二则如果愿意免费读书也不是难事。我所以决心地拒绝他的好意，却是另有原因的，表面上是因为母亲的不放心——我的父亲很早就和姨娘另住着，两个姐姐又都结了婚，只有我和母亲同住，无论如何我们母女是相依为命的，我虽然有时不免在母亲面前任性地撒娇气人，母亲却把我当作唯一的掌上明珠，一时也离不开我。不用说出国，就是当年住校的时候，母亲总会借个题目到学校去看我的，我就借了这么一个正大的题目拒绝了一个纯真的教师的心，但谁又知道那时隐在我内心的秘密呢。

那件未曾告人的秘密也正是我一生不幸的伏根，我却把它当作幸福的泉源了。你总该记得在我们班里有一个白白胖胖的狄品英吧，那时我正热爱着她的一位族兄，他外形的翩然潇洒隐住了内在的一切恶劣。我毫不思索毫无顾忌地把一颗洁白的少女初恋的心献给他，为他我放弃了一个求学的机会，自然我并不主张求学一定要出国，因为国内许多知识我又知道得多么少得可怜呢，不过为了见闻广博起见，出国一次总是比较地有意义些，但我放弃了，为他，为一个戏弄人心的人……以致使何先生怀着满心的惆怅离开故国，他对我也许是完全失望了，因为他走后就一直没有信息寄回。

洁玉！你也许想象不出我当时的心情究竟是什么样子，我并没有丝毫的惋惜和忏悔，只是一心一意地痴恋着狄品英的族兄。我不愿意多说些恋爱生活里的花前月下的情景，因为那是平凡得可笑的，当时我却认为那正是神圣不可侵犯的事迹。洁玉！那时节又有谁肯对一个女孩子谈谈恋爱的正路呢？做父母的也不过挂念着子女的衣食住，至多看看子女校中的成绩单；做教师的除了注意学生的功课以外注意到学生的健康和守校规的外形，就是很热心的了。因为教师少，学生多，人的精力有限，谁还注意到一个心理、生理都在变化中的女孩子的隐秘？我不过从一些十九世纪浪漫的诗意的小说里得了一些更空洞的幻想，可不是吗？一个外形完美的男子，再加上一个少女梦似的幻想，他无形中就成了一个超然的情感寄托的对象。情感至上主义引我走向更深的迷途，对于他我不仅是爱，还有崇敬与膜拜，他成了我心灵的主宰。他那一双黑湛的眼睛，他那一派动人的英姿，到现在我仍是不敢多想。他纵然辜负了我，欺骗了我，但我总不免原谅他。我认为他的过错是社会的黑暗引坏了他，是大家庭制度牵连了他……以及许多莫须有的理由，我都用来牵强附会地原谅他。假如换了一个我所不喜欢的人，或任何除他以外的人有了他那种行为，我不定骂得他怎样一个体无完肤呢，但对于他却没做到。洁玉！你也许正在笑我傻吧？是的，因了傻才会遭受到以后更大的苦痛啊！

当我大学毕业的时候，他也正在另一个大学的三年级里读书，等我入了研究院，他却退学了，就是学生的招牌他都不肯要，终日把时光用在追欢取乐上。在没有订婚以前他已经欺骗着我做些不十分合理的举措，假如不是我那被爱情弄昏了的头脑，谁也会察言观色地发掘出他的狡诈来，但我却分毫没看出来，安心期待着他谈起婚姻的那个幸福日子，他却迟迟绝不提到任何涉及婚姻的字句。我又想到他是处在大家庭里的，解决终身大事一定不会是多么容易的事，所以我一直是很安心地期待着，疑猜永未占据我的心。

在这一度安心的日子里，我确是用过功，许多对文学上的理解都是那个时期的成绩，你知道那研究院是附设在一个环境幽美的大学里，那种诗般的生活也正和我的想象所吻合，我几次劝他也考入那个学校，他却不肯，只拿资质不好为借口，其实他根本就不肯预备，书和他几乎是绝缘的，又何况他的花天酒地的生活已使他不能自拔了呢。

你一定奇怪，我为什么要爱一个这么不知上进而趣味不相投的人？我也回答不上来，总归是自己太重情感了。我也曾为他的不读书而激励过他，但所得的只是一个相反的效果，他反而不肯多见我了。请你想想看，我因之陷入了怎样的痛苦中啊！寝不安席，食不甘味，看见一花一木都使我愤怒，以至因了他过度的冷漠引起了我天性中的反抗素质，不久就死心塌地地不想再理他。因为他多日不见我，他仅有的外形英俊已无法感动我的心，我就更加用功起来，眼看毕业论文的材料都搜集好了，再有两个月我就可以从研究院毕业，同时硕士学位也会没有问题地获得到。当时和我常在一齐读书的是一个江南人，年纪似乎比我大两三岁；但他是沉静的，知道的事情很多，时时帮我找参考材料，或同我整理论文工作，除了功课以外他很少谈到别的事。但敏感的我却觉得他正热烈地爱着我，因为我听到过他颤抖的谈话声，以及眼光的热力，这些常是使我不安的。但此次我的心好像已献给那对我冷漠的狄文彬——我现在才想起提到那一度扰乱我心神的名字，也许不算太迟吧？因为一个人的名字是代表不了本人一切"真实"的。唉！狄文彬！这个曾像子弹似的射杀了我心灵的名字！人说"先入为主"，我的心既已献给狄文彬，后来的他是无论如何不会博得我的爱心了，我只有可怜他和同情他，但是绝不会同时爱两个完全不相同的异性的，不是吗？狄文彬虽然在音信上已经隔绝了许多日子，但我还没有背了他去爱另一个男人的勇气。

那可怜的人你也许知道，就是当时曾知名一时的诗人陆涛。他的外形虽无他内质的完美，在他的精神上却时时有着崇高的诗情表现。在那时候没有一天不是为我写一两首诗的，写完了卷成一个小筒在下课的时候交给我。洁玉！我该对你承认，我是易于受感动的人，为他的诗句不知流过多少回眼泪。

60

我想，像我这样一个人是不该太残忍的，同时狄文彬对我的隔绝，不仅激起我的反感，就是一向对他热烈的爱情也渐冷漠起来。

洁玉！什么事我不该瞒你不是吗？陆涛崇高的人格，和他那静静的诗人的行动已经逐渐深印在我的心灵里，我们无忧无虑地不时会晤着，多少个清朗的早晨，多少个美丽的黄昏，被我们一同在诗的梦境里消磨过。他的作品更真挚地对我抒述着衷曲，我似乎已经摸到幸福的边缘了。那些日子我因了自己的容光焕发，而惊讶地对着镜子——你会笑我对一个老同学夸耀自己的美丽吗？真的，从我和狄文彬结婚以来，我的心身同时被炽烈的爱情灼焦了，形体和心灵一直憔悴下去，直到和陆涛往返的日子，我天然完美的形与质才又被温情滋润得复苏了！许多同学都交口赞扬着我的美，在他的诗里称我的眼睛为智慧的泉源。洁玉！纵使我不美丽，经过他亲切的赞语也会变美的，何况他并没言过其实呢。因为研究生大部分是年纪较长的，只有因了入学年龄小，中途有过两个越级而上，所以在研究院要毕业的时候，我才二十三岁，正是一个心身才成熟的时期，内在的美和外形美相互映照的时期。那一群同班把我当作幼小的妹妹看待，因之对陆涛也生了越格的情感，他们都希望我能和这个不会伤害人的诗人结合。在众人友情的鼓励之下，他的勇气也加大起来，有几次给过我求婚的暗示，我虽然没有明确的答复，却也没使他遭受被拒绝的痛苦，他的心充满了十足的希望，在他的恬静中也有了"新生"。无名的情绪，使他不再那么安宁了，别人也为我们毕业后的结合兴奋着，计划着。我不仅只接触到幸福的边缘，而且向幸福里踏入了一步，那时是我十年来最健康最欢乐的日子。

但是洁玉！我的良友！上帝又在惩罚我了，一个恶浪，立刻又把我打入黑暗的深渊里。狄文彬忽然给我寄来一封信，这

61

封信无疑是在我晴蓝的生活平波上投了一个巨大的毒性石块，我马上感到心魂的摇摇无主，一切平静幸福的美全被击碎了。他的信里并没有足以引人的句子，只不过是一个极平凡的人，寄给另一个极不相干的人的短简，又怎能比陆涛的诗句。但对于我却不异于一个性灵的烟雾弹，再也找不到幸福泉源的渡口。他向我用极简单的话道歉，他向我用命令式的口吻求婚，他说他家给了他一笔钱，足够举行一个不十分豪华的婚礼，他叫我即刻搬回家，准备结婚。

洁玉！请你不必太惋惜我的愚蒙吧！你该帮我恨我自己，我……我居然毫不迟疑地答应了他一切的要求。论文也不抄写了，陆涛也不想见了，在接见这封信的当日黄昏，人不知鬼不觉地搬出校门。毫不留恋即将完成的学位；一颗纯洁的诗人的心，一群朋友的热望，美丽的朝夕居处的学校，都敌不住他的一封平淡的信，我毫未顾及到学校的调查、父母的震怒，以及他的再变。我像一个脱笼鸟奔向故林一样地奔向他，他一切醉人的形体举措都强烈地在我内心里冲撞，因之更觉得自己为他抛弃一切是值得的。

可是天哪！我是受了怎样一个大欺骗哪！我们原定在一个初夏日子结婚，为这个曾向父母有过大的抗辩，父母为了我调查他的家世，我怪父母卑鄙，我是多么愚得可气，以为结婚的对象只是他，至于他的家世又有什么关系呢，只要相爱，其他则所不及。直到现在我才悔恨对父母爱心的辜负，如果当时我肯听父母的话，对他的家庭仔细调查一下，我也许没有勇气跳进那个可怕的火山口吧？但我没有，我欢乐地预备着一切结婚应用的东西，父亲见事已至此也只好代我张罗起来，遍请亲友，母亲更不用说，常常因我的事，彻夜不睡……现在想起来，我是多么可怜他们的慈悲心呢。

大约是在订行婚礼的前五天吧，他突然打发人给我送了一封信，你无论如何也猜不出他这封信里说了些什么话。洁玉，洁玉，当我现在要写这件事之前，手已经抖得拿不住笔了，也请你镇静，用强力忍住你的愤怒，听一个男子怎样欺凌一个爱他的女人哪！看一个男子用怎样卑下的手段斩割一个女人的赤心哪！

他的信上居然说，婚礼延期举行，因为家里给他的钱是供他上东洋留学的费用。这封信初看时使我迷茫不知所措了，心如战鼓似的敲着，等我看了三五次以后，才知道这些日子的准备都成了泡影，只是一场儿戏。别的还不用提起，只是我家约请那些亲友又怎样对得起呢，所以我立即昏迷过去。唉！假如那一次昏迷永不清醒地默默死去还好些，但不久就被家人救醒，大家都莫名其妙地围绕着我，我却羞愧地蒙着自己的脸，全身的愤怒涨得几乎爆裂了。只有这一瞬间，我一点儿也不爱他了，我恨他，我想在众人面前痛打他一顿，然后牵着他，我们两人同归于尽。

同时他在信里约我一同出国，等着充足的经济力量以后再结婚。父亲的震怒，甚于我数倍，原来我在研究院接他求婚信的前二三日他曾亲自向父亲要求到婚姻的关系上，父亲并没答应他，所以谁也不明白他这瞬息万变的心性。依了父亲的意思是一切费用自己担当，强迫他按时行礼，我却坚持地反对着。我受不了在亲友面前受隐忍的屈辱，我怕见任何脸孔，我愧对全世界。如果有方法，我一定会在任何人看不到的地方使自己消灭，或到一个生疏的地方隐居起来，但两件都没勇气立刻执行下去。离着婚期只剩了三天，我更没有勇气出屋门了，只要叫我见到发光的东西，我就会把它幻作一个讽刺的目光，我恨得偷偷地捶打自己，小声呼叫着："天哪！这是一件什么事呀！"

一天，可怜的陆涛找到我的家门上，在我家的客厅里，他悲痛地向我告别，因为他已经毕业了，预备回到故乡去，并且又交给我卷诗稿，然后就伏在小几上哭了起来。我当时真有说不出来的难过。他完全受了我的摧残，而我却又把一个摧残他心灵的心自供另一个人的斩割，那是为什么呢，我真想扶起他哭泣的头来，用尽女人的温柔来安慰他，但我却失去了这种勇气。同时我把男子看作等类的可恨的东西，于是忍心看他忍住极端的悲痛站直了身子预备走，却依恋地望着我说："你的脸上并没有一个新嫁娘的喜色啊，你不快乐吗？如果你又一度受了人的凌辱，请同我走吧，在远方我会给你预备'安乐家'的。"他的话无异于一支利箭，从控满了的弓弦上突地射在我内心的创痛上。我忍耐地扶住窗台，总算没晕倒，也没流出眼泪来，强笑着给他看我做作的快乐，但是并没瞒过他，他又加上一句："听说他又有毁约的举动了，我真不明白你为什么自甘……""堕落"两个字他没说出口，只是气愤使得他那苍白的脸变得通红，这义愤填胸的男性美是我从来没有见过的，同时好像有小声音告诉我："看，这是一个真正的男子！"我不能再对他隐瞒什么了，我胸臆中的忧闷简直像春蚕的丝，不吐不快，于是我又留他多坐片时，把我的不幸遭遇尽情地述说给他听，然后决心地答应和他同去，为了免去给父母留累赘，先写好了一封告别书留在家里，把他的罪过一条条写得异常清楚，免得他反占理。另一封留给亲友的信，附带在内。

我们商量好了当晚乘夜车南下，他买好了票在车站上等我，他又再三地叮嘱了我一些话就告别走了，我们坦白得像两个孩子，各自放心地分了手，等待着黑夜来临。

晚饭时父亲来了，并且告诉我放心，父亲找到狄文彬的哥哥，同他理论，结果是我们的婚礼如期举行，到时候决不会在亲友面前丢丑……我听完这些话以后，自己也不知道生出了什么样的感觉，很想发狂地大吼一声，然后再把自己撕裂，天哪！这一切都是什么错综的把戏啊！

你自然知道，我并不是埋怨父亲的好意，只是觉得凡是有关于我的事都弄得一团糟，我强自镇静，陪伴父母吃过晚饭，在他们喝茶的时候，我悄悄地回到自己的卧室去，不知道是什么力量使得我的举动那么迅速，用了不大的时间写了两封信，收拾好一个小手提包，轻轻地走出大门去，心里很平静，没有什么不安的情绪，不久，就很顺利地到了车站上，车站上人并不多，月台外面才升的圆月照着他修长的影子，他见我果真如约而到，快乐地发着孩子似的呼喊，坦白地，毫无顾忌地叫着我的名字。

我们到站太早了，还有一点钟才会来车呢，我们提着轻小的行装并肩在月台上散步，初夏的夜风是带有玫瑰香的，夜的清氛涤尽了车头的煤烟气，这样的夜色，这样安闲的情绪叫人喜欢，又叫人有着不可弥补的缺欠之感，我暗暗地想道："如果是文彬陪伴着我多么好啊！他那一双眼睛，他那声声醉人的男子低语声……"想着，想着，我的心绪就立刻纷乱起来，把那不守信义的人一切过错完全忘掉，而觉得自己到车站来是过于荒唐的行为，我的脚也不能再迈着与陆涛相和谐的步子了。

洁玉！洁玉！我永远忘不了那次从车站离开陆涛时他那苍白的脸色，他好像得了恶性的寒热症一样，没有血色的唇扯动着，说不出一句挽留我的话来。火车吐着黑烟从站外开来，他并不走进车去，我只说了一句简单的话请他自己上车，他却也不怎样执拗地机械地进了车门。如果说我分毫不关心他自然太过火，我内心的确有一度强烈的交战，我为"人与己"的两个立场而交战，结果我终于任火车把他载走，而自己在怪吼的汽笛声中退出了月台。远了，远了，他连在窗口扬帽子的勇气都没有，我真担心他会倒在车厢里的，但我又有什么法子？

现在你可以猜想得出我已是和狄文彬结婚了，在新婚的日

65

子里，我们也有过几许欢乐的日子，你想，我多日思慕的人一旦归我所有，那种快乐真是值得以大牺牲去换取的；他也常常以得我做妻为荣，向他的亲友夸耀我。本来真情感绝不会夹杂些"夸耀""显示"的成分在内，但我却不以此为怪，只认为他的一切举措都是好的，对的，他就是世界的真理。啊！那芳醴似的生活有谁知道是那么短促得可怕呢，也不过一个月的工夫，他对于我们的小家庭已经生厌了，常常无缘无故地摆出一副冷冰冰的脸孔来，任凭我怎样博取他的欢喜也是徒然。有一天我大胆地问他不快乐的原因，他却说是因我不肯回他的大家庭而烦闷，我听了不禁发呆起来，我早就知道他的家庭组织是相当杂乱的，姨太太，婢女……终日闹得乌烟瘴气的，我无论如何是不该把自己陷入那么一种场合里啊！所以我并没那么痛快地接受他的意思。但他却异常和蔼地对我说了许多长者思念儿女的苦衷，又说回去一次大家相处一时也算一家人，不然终年在外单住也不是长策——他当时不独立，一切仰仗家里，我虽执拗，对于他所能行的也只有迁就，在结婚的第一个新年就回到他们大家庭里去过。

初进家门，他们就拿我当作"外来户"，没有一个人用正常的眼光看我，狄文英那时已嫁到远方去，在这十分陌生的环境里，我对他不但是爱，而是依赖了。他不在家的时候，我正像一个判了无期徒刑的囚人，甚至于有死的恐怖包围着我，那些久陷于色情生活中的老姨太太，那些邪荡的婢女……我有如置身于一个狐鬼的世界。洁玉！写到这儿我真想伏在你的肩上恸哭一次。唉！你又哪儿见到过这样奇怪的环境？在你的文章里从未有过这样的描写，因为你梦想也梦想不到这些啊，我倒要给你说几件那里的怪现象，叫你也知道人间并不如你所想象的那么优美，人和人间的关系也不是纯洁之以情的。

他家有一个婶娘，是一个精明的妇人，在他家的叔伯行里

66

没有一个不是三妻四妾的，只有这个婶娘的丈夫没有姨太太。这婶娘终日打扮得和老妖怪一样，她以为这样是永远得丈夫宠爱的秘诀，谁又知道她丈夫暗中和一个婢女已经发生了不可解的关系，家里人更是各抱房头，不肯多管别屋里的闲事，同时又怕这婶娘的精悍，所以这件事尚能保守住相当秘密。但是后来这婢女怀了孕，不知怎样被她知道了，她悄悄地私自把那婢女转卖给人，而且在那婢女临走的时候把食物里放了慢性毒品，等到那个买主家的第二天这婢女就毒发身死，累得人家受牵连打了很久的人命官司。当时狄文彬借口办留学的手续就独自一人离开家，叫我等他办理好了手续再一同到东洋去，我虽坚决地请他和我一同走，他却说了许多别人不肯接受而我倒信以为实的理由叫我暂忍一时，因了他把我的天性都转移了，我居然不再向他多说，只是忍耐地等着，虽然一方面对那个怪家庭怀着可怕的戒心，另一方面对他尚抱有很大的希望，谁又知道可怖的事，接二连三地被我发现了呢。洁玉！我真不忍仔细说这些邪恶的事，唯恐有碍于你美的情思，但是我也不忍不告诉你，叫你知道人间丑的一部分。

　　我在他们一个后院的闲房里发现了一个软禁着的哑女——据说也是一个婢女生的，很好看，已经有十二三岁的年纪，可是脏得可怕，见人就怪声的叫唤，一边叫着一边往黑屋子里跑，你说这可怜鬼似的女孩子是人间应有的生物吗？据说这女孩子的父亲也是狄文彬的叔伯行，可是后来因了大家谋产而被他的亲手足害死了，因为他从来没正式娶过妻，手足间因了财产而成仇敌，多一股不如少一股，就那么残忍地把他谋害了。我听了这样的话，止不住恨着这说话人的毒舌。但是日子多了，谁都说起这件事，也就知这些可怕的事并非凭空捏造的。

　　我那些日子几乎要疯狂了，恨不得立刻就逃出这可怖的鬼领土，但他却一无信息。他们虽然合居，但是自私的成分占了他们全个身心，你争我夺一天没有一会儿是安宁的，也没有一个正经的主事人。有的时候到晚上十点钟还没有吃到晚饭，也有的时候不开午饭也没人去质问厨子，各人买些现成食物马虎过去完事，在我自己的家里又怎会想到这些事呢。最初我还梦想以强力给他们改正思想和习惯，但是谁肯听一个新来乍到的外人说话呢，想改正他们简直是做梦，没有穆罕默德左手持经、右手拿刀的威力是不用想着改造他们的，就是想独善其身都是很难的事。我之所以这样对你喋喋不休，也正是希望你有机会对你那些年少的学生们谈一谈，结婚前对于对方的家庭是不能不注意的，不然就无异于自投火山，永无生还之望了。

我既这么怕着这种环境，所以就等不及他回来接我，而独自离开狄家的老宅，又回到母亲的身边。那时我才知道他已经到了东京，经过几度的探听才得到他的住址，我就一鼓作气地找了他去，满想见到他把多日来胸中所受的恶气尽情地吐给他。但是等我见了他以后，又见到一个怎样更可怕的现象呢！他是一把日久生锈的钝齿锯，不肯息止地在我的心上，用力地往返地锯着。我的痛苦谁又知道呢？

原来他是和我一个认识的女人同居住一家旅舍里，我见了他们毫不知羞耻的情形，简直是疯狂了。如果在我面前有一件可以伤人的东西，我也会做出一件可怕的流血的事，但是没有，天生的高傲使我转身就走开，一句话也没说地自己另住一家旅舍里，他也并不找我。

我向父母要得钱，仍在东京住，偶尔到几个文学团体去听一些诗人的朗读，渐渐地遇见许多祖国的故人，也结识了不少的新朋友。有一次在一个文人的茶会上听到过一个白须的老年日本教授朗读着小泉八云的英文诗，那飘逸有着仙人风的老人，使我又记起沉埋已久的文学爱好，又唤起自己原有的文学陶冶，不久就沉溺在读书的生活中。对狄文彬似乎是完全忘怀了，假如你有机会到一次东京啊，你不定多么疯狂地爱着他们的书店、书摊啊！那出版物的物美价廉，真使我到了不能不用功的地步，在那夕阳撒下金辉的街边书店里，站满了鸦雀无声的读者，没有人过问，没有人干涉，任他们看一个饱。但是随它有多少人看，那些书却永久是新的，没有一个人把书皮弄污或弄折，我不怕生疏地也常去买新书读，或站在读者群里小心地翻阅，背约的他却终日深陷在酒色里，一本也不肯看，我们也有时在街上相遇，却头也不点地各自走着相反的路子。但他对外人却说我是一个神经病患者，虽是他的妻却不得不分居，你说这是多么可笑的弥天大谎？

啊！写了这么长时候的这封信，越来越觉得其中情绪的黯淡，写者和读者都感到噩运的重压而疲倦了，不是吗？还是叫我尽力地不提到狄文彬吧，谈一些你爱听的事吧！

在初夏的时候，我会孤独地凭窗外望，望着樱花开的季节那些携带酒食伴着爱侣的青年们喜悦地去赴狂欢会，那一派无忧无虑的情绪形容得我更其寂寞。遥望云山，想到为我挂心的母亲不免流下热泪来，或闭上窗子不忍多听他们的笑声。

有一天，大约是樱花渐凋，遍山野开满了五色杜鹃的日子，早报上载着一件吓人听闻的社会新闻：述说一个歌妓手刃了她的爱人又去自首的事，当法官问她："你为什么杀他？"她却坦白地说："因为我爱他，杀了他，他就会永远归我所有，不再属于别人。"这是多么坦白而真诚的供白啊！我们姑且不论她的结果怎样，说她的爱情真是纯洁到无法形容的程度，而那么高爽的话又是出于一个歌妓的口，她绝不是在模仿"沙乐美"一流的怪僻人物，她只是凭了一己的爱的直觉而如此的。那一点勇气也许是我们受过教育的女子所没有的，我们所有的只是梦幻，多方面的顾虑、怯懦，不管事情是否与心相违，只顾行动是否合乎俗礼……当我看了这个消息以后，意念里马上映出一个梳着美丽发髻，衣衫或仍染有血迹而神色坦然愉快，语声清脆动人的美艳少妇来。报上原有她的半身相片，看来倒像一个教养很好的女人，她的影子终日纷扰着我，假如在那时候你见到我，凭你的敏锐观察也许会猜出我想了些什么样的计划。

没想到现在的笔会这么难用，我这样迅速地写着，它却眼泪似的把蓝色墨水滴在纸上，好像我哭了似的，其实现在我的泪绝不会再为这些事情流了，不过想起那时的念头来犹不免有些手颤哪。

我那天早晨一些点心也没吃，水也没喝，蓬着头发就跑到街上去了，买了一些治胃痛的药和仁丹回来，其实我有治胃疾的药，而且我也不是喜欢吃仁丹，我岂不是糊涂了？为什么饭都不吃去买这些呢？大约是因为那个盛胃药的瓶外商标上画了一个怪难看的胃脏。为什么买仁丹？我却再也猜不出自己当时是什么原因，反正我是疯狂了，因为我把这些都幻想成毒药。我把这些药片都压成细末，掺在一罐咖啡里，包好了，到日落西方的时候，我送到狄文彬和他情妇同住的寓所里，当时他们都没在家，大约是出外游玩去还没有回来，我并没有难过，一切怀恨、忌妒都被我的怪幻想所抹杀，我心平气和地留了一个字条，连同咖啡盒子请了一位和蔼的房东太太交给他们，然后快步如飞地走开，到了幽静的街道上，幻想和幻象恶浪似的滚向我的心身。

洁玉！请你不要笑我，我那时是多么像一个天真的赤子，你不见孩子们把小木棒当作小人，或把枕头当作小娃娃的真挚样子吗？我就把那一盒掺着胃药和仁丹的咖啡当作杀人的毒剂，我想象他们已经回到家了，他们煮咖啡了，他们对坐在灯下慢慢地喝着煮好了的咖啡！啊！他们一定喝得很多，我可以说是因为恐怖而生有一种反常的快感。但是多么傻啊！我岂不

70

是一个狂人了吗？

渐渐地，心不再跳，耳朵也没有声响，清爽而挟有藻腥的夜海风吹得一切都安静起来。沸腾的血液也渐冷了，一切又回到清醒的原状，天上的繁星如无数的神灵的眼睛，照着渐入睡态的市街，照着踽踽独行的我。我所走的也不是回寓所的路子，却走向东京湾去。我是爱水的，尤其爱着海水，海灯气息，浪花激着沙滩的声音，另给我形成了一个超现实的境界，我独立在海滨马路的边缘，望着街灯的倒影，望着波心的星空……我决心投入波浪的深处，来一次清冷的沐浴，来一个永无牵挂的归宿。

你是不知道，一个决心要享得死的安静的人是有怎样一种快乐情绪呢。不过正当我准备做投海的动作的时候，却走来一阵急切的脚步声，原来是海滨守夜的警察走来，他不说什么地望着我，而我的决心却被他打断了。我当时并不感激他，但是不久，母亲的忧郁面影很清晰地唤醒我的理智，我为什么死？除了"自然"以外谁能有生杀之权？不合乎自然的残伤和杀戮是需要反抗的，我不能死啊！

洁玉！你也许会和我一样地感谢那尽职责的警察吧？我庆幸着自己的觉醒啊！我立刻乘末次的电车赶回寓所去，从那次又多了一次人生的体验。

第二天我很早就起来，预备听那位白发教授的朗读，还预备赴一次讲演会。那天天色是很少的朗晴，远处小山坡上的花木被朝阳照得那么娇媚，不知名的鸟雀鸣哨着，这世界是美好的，你会明白我是多么易于知足啊！我穿了一件比较轻倩的衣衫，镜里的脸容虽然憔悴，但是没有过于颓废的忧郁之色，我想如能长久过下这样好学的生活去，素质也不算后人，是不难恢复我在研究院的旧观的，我自然可以吸取更多的文化，不免私自庆幸着。

在我正要走出房门的时候，可巧有人来访我，起初我还以为是同乡们，万也没想到就是狄文彬。他总像一个专门破坏我幸运的恶灵一样，每到我生活略有平静之感的时候就跑来兴风作浪。我这次没有好脸色给他，我任性地用恶言语中伤他，我想他总会盛怒而去，或冷漠地走开，却没想到更激起他的好感，他说我生气的样子使他受感动，他一定痛改前非，叫我看在夫妻的面上原谅他，啊！"看在夫妻的面上"，我的心已经软化了，只是我的怒气并未消除，我居然说出许多绝情的话来。他说我在说谎，他说如果我不爱他，为什么昨天给他送去那么多的咖啡呢？啊！那咖啡，那一件已经被我忘了的噩梦般的狂癫举动，却被他用来做了爱的证明，我还说什么呢？

一个在异国的孤独者，度过了很久可怕的寂寞日子以后，一旦听见了自己挚爱者的呼唤，还能有多大的力量来拒绝他呢？我们总算言归于好了。和他同居的那个女人一向也并不忠于他，我们这次重新的和好是我这一生最值得纪念的日子，虽然才仅仅两个月的工夫，但我是永难忘怀的了，谁能知道这样的生活还能重遇不能呢？因了那个女人对他的遗弃，使他对我有了需要，他就尽性地好待着我，他也会为我而安心地读了几本书，并且好好地写着日记，出入不离地陪伴着我，我想，以往为他受的悲苦所得的代价总算值得。

在盛暑的一个星期日，我们正预备到浴场去，他接到他哥哥拍来的一个电报，说他的父亲病故了，叫我们立刻回去，他不免一惊，他好像和我同处还没有尽兴，突然生出这样的奔波，的确不情愿，只是奇怪，他并没有悲戚的颜色，我想这也许是大家庭制度之下，父子关系的隔阂已经淹没了天然情感，也像男女之爱似的机械化了，或商业化了。果然，他想到家财的纠纷，立刻就催我同时返国，不容考虑和留恋地搭上海船，驶向祖国来。

他父亲的灵柩并未埋葬，只搭到一个佛寺去，他们的争产官司就热闹地展开了，打得一塌糊涂，总不得一个开交。当时的经济权都在他哥哥的掌握中，他的生活马上窘迫起来，幸亏我父亲帮助我们，还没受到什么苦痛。因此他对我的爱也加增了无数倍，那样动人的爱抚，那样炙热的言辞，那时我感到沉醉的快慰，不再想到人间还有什么哀愁。

不幸的是他们的官司结束了，他的哥哥和他胜诉了，失败的是他几个庶出的弟弟，他们既请不起律师，又没有家庭地位，弄得都是一败涂地。有了这次官司，更使他哥哥有所借口，不肯公平分配遗产，他既和他哥哥是一个母亲生的，物质上还占了不少便宜，他居然成了一个小富翁。

我想此后可以减轻父亲的负担了，我们也可以组织起一个合理的小家庭，在窘迫的生活中，他是再三地应许我，只要有力量就要过理想的爱情生活的，憧憬了多日的幸福生活就要开始，我又怎能制止我的快乐呢。

一天一天地过去，他也不张罗安家的事，而且每天很晚地回来，我们白天见面的时候都很少了。再往后他索性彻夜不归，使得母亲也为我操心，或者不睡地陪我等他。我不得已从他的朋友处探听到他堕落的消息，我气得敲打着自己的头。有一次我跟踪他出门，发现他却是到一个舞场里去，日后舞场取消了，他就和一个蛇一样的舞女妍度起来。没有家，没有朋友，没有我，只去追取一个人的妖媚。那舞女我不忍心去怪她，因为在这样的社会里，那样一个无知识、无技能的女子，又必须靠自己养活自己，她除了出卖仅有的色相和身体以外还有什么法子？所以我并不肯找她去理论，我也知道这个败子是很难回头了，我在极端的悲痛里也想找些新激刺，饮酒，打牌，吃馆子……但这些又怎能合我的脾味？在我的血液里又怎能容纳得这些细菌，我也只剩下设法规劝他的一个方法。

结果我们的争执日渐严重，他一向外形的假面全被丑恶的行为撕破，我又怎能违心地忍着这一切？我还记得他是怕硬欺软的，所以我想再用一次强硬态度激起他的反省，所以我当面向他提出离婚的警告来，出乎意料之外地这次警告反成全了他，他借口是我先提出离婚的，而不肯付生活费。

洁玉！我是个傲性没灭尽的人，话既出口绝不收回，而且他的钱财也不是正当以劳力换来的，我即或得到了也不算光彩，何况他又那么吝财如命呢，我总不肯要他的命啊！我认为只凭我自己的力量也不会跌倒的，叫他守着他那迫害弟兄所得的钱财去吧！叫他永远守着他那蛇样的伴侣去吧！只有那样的女人才是他的配偶呢，我还嫌太高贵些！

自此我才算捣破樊笼，重新又呼吸到自由的空气，我似乎该为自己庆幸了，你读到这里不也是有了喜悦之感吗？

但是多事的社会却又给我加上新的枷锁，本来我是一个不会顾及社会舆论的，而且有一个不安于受社会习俗挟制的性格，我对社会没曾存过惧怕心理。但事实却告诉我，一个无形的大裁判所就是社会，纵然这社会是一个不公平的裁判所，我们少数人的力量可没法子攻毁它。

我有多少次将成的职业被人在无意中的言论破坏了，人言可畏，人言可畏！人们不负责任的言谈会像泰山倒下似的，毫不吝惜地压杀多少无辜的生命。原因是我居然做出离婚的事来。但是社会又有什么权利使我永不觉醒，永不抗拒地受一个男子钝刀子的斩割呢？在我在噩运中打旋的时候没人顾念我，在那些时候社会又哪儿去了？言论又哪儿去了？那个大裁判所的判断又哪儿去了？难道社会的裁判是专为女人才预备的吗？

是吗？洁玉！你是女人，我是女人，还有多少有如你我一样的女人，经过风霜的，就要踏向征途的，觉醒的，沉睡的……这么多的一群不幸者！天上如果真有无所不在、无所不

74

能、无所不知的创造者，为什么造了男人又造女人？如果创造之初意仅是为了叫女人遭受不幸，还不如不创造，不生。根本没有创造者，根本没有人……啊！这一些又是不可能的狂想，这样可怕的重担是谁毫不怜恤地加在我肩上？我怎能忍受这一切呢？我怎能活呢？

结果我被残害得遍体鳞伤，而大病起来，几乎落在死的静寂里。但命运之戏弄我像一个猫对于才捕到的鼠子一样，死也不会任我安然而逝的。幸福将临的时候总有人来破坏，而真正到了接近死亡的时候又偏偏地活起来，但我却为这次生还不尽地喜悦着，我是终于又与你重逢了，和一个昔日同窗而今日同在时代巨轮下挣扎的你重逢了，不是值得庆幸的吗？

最近我在一家教着一个可爱的孩子读书——她也是女的。你知道我们都是爱孩子的，在她面前，我又见到"生的喜悦"和"青春的希冀"。我爱她像你爱着你大多数的学生一样，而且我想：如能一直健康地活下去，我们不是应当握起手来，尽生平之力给她们做一个坚固的盾牌吗？洁玉，假如她们之中仍有受着命运挫折而不能早日觉醒的人，我们该自责没有尽到责任。仅仅她一个孩子，就使得我见到光明，无怪你在什么际遇之下也离不开学校生活啊！

我这么一封庞杂而无伦次的信，不知误了你多少正事，现在我暂时停笔吧！不久我仍会不断地来访你，或给你写信，我是多么迫切地需要你也给我一封信哪！你会给我勇气和刚强的，在我们之中任一个像失翼的小鸟一样落在猎人脚下的时候，那另一个就来做她的翅膀吧！无论如何要做一个强有力的能飞的自由人，再做厄运的奴隶应该感到可耻。

还要告诉你，今夜月色可人，切实的生活又被美丽的幻梦所淹没。但我并不孤单，因为人生得一知己就再无恨事了，我相信你是最了解我的一个啊！

我把灯熄灭了，一切是银色的朦胧。我将头歪伏在反映着月光的玻璃写字板上，面颊浸在小小的滴在玻璃板上的泪流里，洗去我全身的灼热，花瓶下的小镜子里映着我苍白的脸色——正是一个恬静灵魂的脸色。每当一想到你我就会立刻振作起来的，把勇气分给我一些，我们同时翱翔于海阔天空的大世界里吧。

　　如果有暇请随时给我写信，洁玉！请不要忘记我，请不要忘记我，以至真挚的友情祝你好，愿你的心情像初夏的早晨一样的芳香和光明！

竹　韵
五月初旬

　　数十张信纸像纸片似的摊在杜蓝溪先生的膝头，也有的自她膝头垂下，像旗帜般地招展在槐荫下，她把信整理好了，在庞大的白信封的背面潦草地写着"翱翔于海阔天空的大世界里"，又写着无数的"飞"字。

　　下午课的钟声响了，阵阵的清脆之声使她为过强的情绪所凝滞的神经苏醒了，从绿色的长凳上站起身来，拍去蓝布衫子上的尘埃走向到休息室的路上。校园里充满了才出教室的学生，无数的少年女子，提着书包，欢呼着，活泼，天真，生气勃勃的，有的走入餐厅，有的乘着自行车飞驰而去。

　　杜蓝溪先生站在一个马缨花和它那羽状叶笼罩的窗口下望着，目送着她们走向不同的道路，在高空有掠飞的燕子，她仰望着无际晴蓝，微笑了，泪珠挂在眼睫上。

后记：

《鹿鸣》是暴风疾雨中的一枚辛酸之果。

《鹿鸣》是敌人铁蹄下的生之希冀。

是喉舌被封锁的时候变成了呻吟的呐喊，是噩梦中的窒息，是回忆，是想象，是一个八年中和恶势力抗争的女人心灵深处的灰色花朵。三千多个艰苦日子里的自慰剂。

　　在文化失去踪影，心灵枯竭到不可救药的沦陷区的生活里，我们不肯使思路中断，不肯放下笔，我们有不到气绝不使出版界夭亡的决心。于是以个人仅有而轻微得可怜的财力、人力和毅力相继着发表着我们的创作，其中没有功利，但却遭受到致命的经济压迫，现在终以不屈服的毅力使它出版了。当它和读者相见的时候，胜利和平声中没了的兴奋泪又不能自已地落满了字里行间。

　　现在我们是真正地活了，活了，在国歌声里的朝晨又和自己的魂灵相会合。那只终日抓紧心灵的无形铁爪已经抽回。我可以大声地呼啸了，自由！自由！只有在敌人践踏的时候最需要你。

1945 年 9 月 9 日晨

（发表于雷妍小说集《鹿鸣》，文章书局

1945 年 9 月版，署名雷妍）

星

五年前的夏日，每当晚饭后，我们姊妹都团聚在小庭院的花畦间闲谈，任花香沁入嗅觉，任清风吹着发热的头颅，任情感奔驰而说着极天真诚挚的话。我们都爱好文学和音乐，所谈的也难超出这些范围。

黄昏的情调特别使人兴奋，幽暗的淡光，更能引起人们悠远的思索，即使有些许的灯光也很好。院中微弱的光辉如一片烟雾，袅袅地萦绕在花枝叶片上，使它们变得更深刻、更引人入胜了。那夹竹桃的高枝迎风漫舞般地摆荡着，那么飘飘，那么多姿。房檐角上的蜘蛛网反射着金色的灯光，它辛苦的主人却伸长腿在上面偃卧着呢，是做着爱情的梦吧？这时候也许会有一两只蝙蝠，低低地扇着黑色的翅膀，下一瞬间却匿影隐踪地不见了。一切是穆静而奥妙的！我们就像在半透明的雾中游泳着。谁会相信白昼间竟有一轮炎炎红日呢？

那是一个黄昏时刻，美丽得难以描述！四颗幼稚的心灵交流着纯洁的意念和崇高的情感，他们在如此美景下谈着话。

"山弟，你的无题诗真好！北大教授 X 先生在文学季刊上发表了一篇论新诗的文章，特别引用你的《无题》来讲解新诗音节长短及协和的问题。他再三介绍给读者，要注意你诗内优美音节的铿锵与自然。"大姐充满友爱的脸闪着温柔的光辉，兴高采烈地对坐在她身边的弟弟说。

"大姐，别说那毫无价值的幼稚作品吧！"弟弟像有极大痛苦似的回答着大姐，弄得我们三个女孩子不胜惊讶了，一齐将怜悯的目光投向不安的弟弟，说着鼓励弟弟的话：

"《新诗》在编后诚挚地介绍你的诗给读者，认为你是青年诗人中最有前途的一个，作品也相当成熟了。"

"不，我今后再不写了。"

"那你以前干吗要写呢？既写了今后又为什么不继续了？我不明白。"大姐微愠地对弟弟说，温柔的声音有些改变。

"以前是为了得稿费，好去多买书看。"

"以后呢，以后没稿费了？"

"不，这刊物是几个职业诗人合资办的，时间和经济都不充裕，经费更是没着落。"弟弟为一些穷困的诗人不胜愤怒与茫然，天真纯朴的心灵被压抑着，既恨金钱却又需要金钱的矛盾意念深深地折磨着他。妹妹以温和、爱怜、同情的目光注视着哥哥，不肯轻易移开她的视线。我也感动地看着弟弟深垂的目光注视着足畔那株盛开的美人蕉，他那无言的深思，又不定有多少美曼的意境，他心中闪烁的彩色灵性光辉照得他内心更其光明了。他不能停笔，他的诗至少能点缀姊妹们黑暗的生活，他不是自私的孩子。我思索着弟弟的诗，我也听见大姐在沉静中对弟弟说：

"因没有稿费而阻挠你写诗是不值的，买书的钱家中可供给你啊。你知道，爹赞美你的诗，三妹含泪朗诵着你的诗，二姐在梦中背你的诗——那首《家中趣事》。我虽年长，也自认不如。你才十八，无论如何也该努力。"大姐是在半教训半鼓励地对弟弟说。弟弟无言地摇着扇子，不时仰视天空诸星斗。

夜色如墨，涂在庭院内的角落里；清风有意，夹杂着花香吹入人的感官。花畔成了蚊子最活跃的所在，嗡嗡地叫着，也许希望人去欣赏它们的大合唱。一向寡言而喜欢倾听别人说话的妹妹，没说一句话，大概蚊子也因她寡言而欺负她，它们都落在她腿上吮吸着她的血液，她恼怒地连三并四地打着，随后拼命地扇扇子，她一到夜中就更少说话了。

满天的星斗在我们头上发着一片光。妹妹最爱星星，她不怕累，能几点钟内不断地欣赏它们。十六岁的女孩子有一片洁白的心田，上面种植了不少怪诞的种子，梦幻般的话时时从她那小嘴里迸出。她爱月光和音乐，爱她哥哥的诗。弟弟爱着妹妹，妹妹恭敬着弟弟。弟弟那年是十八岁，比妹妹长二年。弟弟既有诗才也有科学头脑，他能说出极大的道理来，是些使人不易明了的见解，他能在深夜仍然不怠倦地去读那些讲哲理的书。如果和妹妹比他是爱说话的，比起大姐和我来就显得沉静多了。大姐是一个神经质的女孩子，聪明善感均过于我们三人。她时时尽着大姐的责任，不断帮助弟弟妹妹，可惜我们不能完全领略她的好心！

　　无边的岑静笼罩着我们，在恬静的庭院中，只听到花枝上昆虫沙沙行走的声音和金鱼在缸内击水的声音。妹妹又哼着小夜曲，点缀着夜色是那么神秘，一向善言谈的大姐今夜也寡言了。在无言的情境中，绮丽和绰约的梦影在四个孩子的心中荡漾着。

　　"大姐，我也想去学提琴，你的先生还收学生吗？"弟弟一提到音乐就那么感伤，那么怅惘，豪爽的声音中夹杂着迟疑的声调。他在淡淡的灯光下不断看自己那双大蒲扇般的手，好像是看它们够不够去学琴。大姐笑盈盈地看着她最可爱的弟弟。听到别人去学乐器就眼热心动的妹妹也再不寡言，她如一只善鸣的夜莺，以最悦人的声调说出她心内的夙愿：

　　"大姐，二姐！我早就决定暑假后去学钢琴了！你们给说说情吧！"

　　"二位大志可嘉，等明天我替你们去问爹。"大姐高兴地说着，不过想到爹可能会反对时，也不知所云了。

　　也许因为那夜色太迷人了，我们四人时时有片刻的沉默。短短的谈话更能给人深刻的印象！四颗天真洁白的心在清凉夜色中织成彩色的记忆之网，它铺在每人的心灵中。无边的幽静啊！那是人间的永恒。在那难以描述的情绪中，四个孩子被温馨的友爱陶醉了，四张脸上布满了快慰，手足之情是多么宝贵啊！这时候我倒希望我们不约而同地歌唱，声音会如一条绝妙的彩色带子，夹着同样美妙的灵魂，在星空下旋转，在花香中轻拂，最终停在高枝花朵的芬芳中，然后慢慢地散布在云端的星群之间。

　　"大姐，二姐，哥哥！将来咱四人把以往写的文章，共同出一个集子，叫'四人集'好不？"妹妹抛弃了她的幻想郑重其事地说。随后，又哼起她的小夜曲。

　　"诸位，还有，我们将乐器练好时，可以组织一个乐队，称'刘氏乐队'如何？"弟弟又提音乐，使我们感到他是一心向往着学音乐了。我欢欣地幻想着弟弟真成了音乐家时的快乐，不禁附和着说：

　　"还有唱呢，我们四人唱四品是最合适的了。"

　　"再提提运动，好不？最文雅的运动莫过于网球，我们四人可以单打，又可以双打。"大姐因暑间每天去学校内练网球，又补上我们未曾想到的一种玩法。我们好像比赛，一人说完，第二个人又赶紧接着说。

　　"还有，还有打麻将的时候，我们四人绝不至于有'三缺一'之患！"弟弟又顽皮地跳起来说。他变了，不再是文绉绉的诗人，也不是梦幻般的音乐家了，惹得四个孩子都不约而同地笑起来。在夏天的灯光下，有四张快乐的脸和一片和悦的笑声，在纯真欢欣的情形下，我无理由地说出一句冷箭般的刺人的话：

　　"算了吧！等各位都有了爱人时，还能想到今天的谈话吗？那时候早陪着各位的爱人玩去了。"是的，冷箭刺透了四颗热烈的心，击破了友爱织成的美丽梦幻的网。我马上后悔今夜说出这么煞风景的话，痛苦地不发一言，茫然地看着那布满繁星的天空。

　　"二姐，你看西屋房脊后的一颗亮星，它每天早早出来却晚晚落下，就是在深夜里也比别的星亮！"妹妹忽然很高兴地对我说着。此时，谁会信她一向的沉静呢？

　　"哦！在哪儿？"我终于因了妹妹的呼唤而平静下来，两只眼睛随着妹妹的手，去寻找那颗星星。

　　"那是我的本命星。二姐，等我离开你们时，你一看到它就如同看到我！"妹妹微抖的声音夹带着至高的友情，对着懊丧的我说着孩子的话，使深谈着的大姐和弟弟也向我们抛来一个询问的目光。清风是多情的，不时吹在我们略有睡意的脸上，亲切地轻拂着，我和妹妹又无话可谈了。睡眼勉强张开，我听到大姐和弟弟在讲述十九世纪法国诗人的轶事，后来又听到大姐拍打她腿上蚊子的声音，倒使有睡意的我微微一惊，我提议去睡，他们三人也赞成，于是彼此分开了。

日子是可惊异的。那一夜有着难以描述的美丽，可是那夜的情景谁还记得呢？我相信，除了四个已长大的成年人会追忆那段往事外，繁星与清风也会纪念的啊！

五年后的夏日，每当晚饭后，我和大姐依然在花畔间闲谈，花荫依旧，广阔的天空如故，但是弟弟和妹妹为了学业已不在故都，而漂泊到远方了。夏日的黄昏充满了诗情画意，使人不能不去思索。

昨天黄昏后，为了内心的极度烦躁去南海水畔独坐。清风吹起我的记忆，白云引起我的思念。一切是美丽的，我却苦思着弟弟妹妹。我有什么办法呢？只有祈求神灵保佑罢了，我也请清风将我的怀念带给他们吧。

夜中骑车归去，在归途上，行人已很稀少了。如水的碧天又布满了星斗，我仰观碧空而感到惬意。在将入胡同时，我看到在我头顶的一颗亮星闪烁着，变态的神经使我狂喜了。它是妹妹！我亲切地呼唤着妹妹的名字，我想去抚摸它，但又是多么不可能的事呢！我伫立在胡同口凝视它，忘掉了夜中那稀少行人的奇特目光，忘了在家等我的大姐。我的眼睛开始模糊起来，渐渐地看不清楚什么了，泪珠终于缓缓流下，那正是夜中凉风侵袭人的时候。

记忆与思念混成一个难以名之的东西笼罩着我，我想到四人集、乐队和他们二人的平安。

（编者略作删改）

（发表于《新轮》1943年第5卷第8期，署名芳田）

黑 十 字

正在午夜，陋巷里黑沉沉的，只是临街的一面小纸窗里还透出一道幽暗的灯光。这唯一的光映在对面的旧砖墙上，那些毫不齐整的、褪色的、写着"大仙爷真灵"和"对我生财"的破纸条，被晚风吹得零落地摇动着，更显凄凉了。深秋的夜原是凄凉的，巷口有一个模糊的黑影向前移，朝这小窗子移来，是一个人影，走得很迟缓，很费力。渐渐地走到灯光里，是一个老人，蓬乱的头发和胡须都是灰白的，遮着额和脸颊，但是一对灼灼的眼睛，正对着纸窗上一个洞窥探。晚风吹在灰白的头发上，头发随风飘着，像墙头的枯草。

老人几乎成了一座石像，在窗外一动不动地守候着，窥探着。看不出他有什么恶意，反倒显得他是在为一件不可知的事尽着忠心。

窗里的灯忽然灭了，他仍不动，陋巷上狭小的星空像一条钻光的带子，亲切地照着小巷和老人。窗口瑟瑟地响着，老人像一个褴褛的大球往窗里挤，窗纸撕得四面披拂着，窗格也折断得像孩子玩坏的风筝架子。老人进屋了，外面只有星光下的昏暗。

在昏暗之中不知要发生些什么样的事，昏暗正是一个令人难猜测的谜，是宇宙间的厄运。

桌上一个半长的白色洋蜡烛重新被老人点亮了，屋里和小巷同样的简陋，连箱子都没有。一张桌子、一个长凳，板床上沉睡着一个消瘦的青年。光头皮下缀着一张灰黄的脸，一条油污的线毯裹着修长的身子。还看得出旧蓝布衣裤，一只穿了洞的鞋套在泥污的赤脚上，另一只落在床脚下，他就这么沉沉地睡了。

老人并不看这睡着的人，只是弓着腰，伸着头，一走一颠地在这小屋里巡回，他似乎在找什么。墙角有一个木架，架上有一个粗花布包袱，他打开来翻弄着，除了一身夹衣裤和一双半新的鞋以外，只是一些旧手巾和破袜子。老人如旧地包好，他失望地坐在长凳上，凝视着垂着泪的洋蜡烛。他那个被胡须遮拂的嘴张着，灼灼的眼恐怖地瞪着。似乎看见了什么，他突然站起来，用那笨重的双手揞住眼睛说："天哪！了不得！！黑十字！！"

青年人被惊醒了，他把旧线毯甩在床上：

"你是做什么的？"青年已经站在老人的面前，像捉住小偷似的问着。

"黑……十……字……呢？"老人把双手拿开，惊魂未定地说。

"你到底是谁？上我屋来做什么？"

"小伙子，你睡觉以前看的那张契纸呢？"老人已经清醒了，问着。

青年人却沮丧地坐在床沿上，半晌不出声。老人的眼睛始终逼视着他。

"咱们谁也不认得谁，管我做什么？你怎么知道我的事？"在这深秋的夜里，从破窗子吹进飒飒的凉风来。但是那青年的脸颊上还冒出粒粒的汗珠，随即用袖头擦下去。

"说了吧！我绝没坏心，看我这么大年纪，也不像个恶人。你只告诉我：契纸上你画了押没有？就是那黑十字。"

青年依旧沮丧地摇摇头。老人脸上却现出无限的愉快，轻松地吐了一口气。

"谢天谢地！那么你女人呢？还有你那个小孩子。"

"她把孩子送给她娘去了……"青年说着声音渐渐低下去，不知是叹息还是说话，喃喃地，"明天她回来一同画押……人财两交。我把她卖了！"末一句声音脱口而出，愤懑而酸楚，"我把她卖了！"他又重复一句。

"现在不用卖她了。"老人像吩咐似的说。

"可是她要吃饭呢，我也要吃饭，一天我们要三四斤杂合面，拿什么买呢？"

"只为这一些吗？"

"这些还不够吗？只是……还有，我欠了车厂八十块钱。唉！还是我妈死的时候欠下的。不还不行了……"

"我在你窗外头整整守了五个晚上，"老人得意地说，"总算我没白守，那个黑十字你总算没画。"老人说着捶着腿。他现在才想起自身肢体的衰老。

"早晚也是免不了要画的。"

"不能！"老人从半敞的衣襟里掏了半天，掏出一个纸包来，交在青年的手里说，"这是一百块钱，收下吧……这回可不要再卖她了。"

"做梦吧！做梦！这绝不是真事。"青年并没接那纸包，只是凝神对老人看着。半晌，他才打开纸包，果然有一卷红绿不齐的票子。他一张一张地摊在桌上，摆成二尺长宽的正方形，他凄凉地笑了：

"这个小四方块，这是钱。钱！能买一个人！老大爷，您为什么不拿这钱自己花去？为什么给我？我们谁也不认识谁，我不过是个拉车的，不值得您这么……"

"我也不是什么高贵人物，我是个看门的。拉车的、看门的，都是下等人罢了，一样的人……老了，我已经不配当门房了，只是给人家看看后门，打扫打扫院子……还不如拉车的呢。好好地过吧，你有指望，你年轻。我回去了。"

青年拉住他，像久别重逢的父子，投在老人的手臂里。沉默中老人感到安慰，目光更加灼灼了。青年似乎在痛哭。

"您也是穷人，一百块钱太多了……"青年抬起头来说着，呜咽而怀疑地看着那老人的脸。

"一百块钱不少。对啦，你不要问它的来历吧。……我老了，可是也年轻过。有一年也像你这个年纪，庄里闹荒年，一家人没吃没用，两个孩子得时令症死了，只剩下我和老婆。"烛光突然加大了，灯芯太长，烛身要燃完，烛火突突的。

"你看！火心里好像有个大十字是黑的！"老人惊悸地说，"那年，我们饿急了，又没东西可卖，只有一个老婆是我的，我就把她卖了……那时我在契纸上画押，我觉得我是一个凶手！我像凶手似的抖着，笔很重，我用笔画了一个大十字，把她卖了三十吊钱。可巧第二年收成很好，我做了一年长工，存了五十吊钱。我找到那家去赎她，那家人不肯，因为卖她是死契，是我画了押。"烛光一闪就灭了，屋里一股子膻臭气。两个人在黑暗里再也看不出来哪一个是老人，哪一个是青年。只听得老人不休地诉着往事，青年叹息着。老人的声音更凄凉了，像夜里饿鸟的悲鸣。

"一个月以后听说她死了，不知是病死的，还是寻死的，反正是死了。因为我听人家指着乱葬岗子上一个新坟说是我老婆的坟。我恨我自己！在一个夜里到她坟上痛哭了一顿，就离开老家到外边来了。从那时候起，每到心里难受的时候，就见眼前有个大黑十字，在我眼前晃动。有时很小，像一个毒蚊子，一直刺着我的眼；有时很大，大得顶天立地地压迫着我的心。不过偶尔心里痛快就看不见了。最近已经有两三个月没见那可怕的景象了。六天前我开了后门，打扫后门外的树叶子和干枝子。我扫成许多树叶堆，可是一转眼就没有啦，都叫一个年轻的女人用手捧在衣襟里，一抱一抱地往你这门里运，我才知道这小条子似的胡同里还住着人家。后来一个三四岁的孩子追着她哭：'饿呀，我要吃饭哪！'追着她哭喊……"

"那就是小黑子！"是青年的声音，他的声音有些愉快，好像是说："小黑子仍旧是我的儿子。"

"他叫小黑子吗？那个女人啪地给了小黑子一巴掌，骂着：'别叫唤了，叫他听见连你也卖了。'卖人，饿急了卖人！我眼前又现出那个多日不见的黑十字。大的，越来越大，眼前一片黑，就看不见小黑子和那女人了……"屋里又沉默了，而且黑得一无所见。远远传来喊洋车的女人声，凄凉而尖锐。

"大街路北魏家的老妈子，一定是才打完牌。好几天没拉夜车了，真他妈的窝心。老大爷你住得离魏家不远吧？"是年轻人的声音，他对这好心的老人似乎很熟悉了，这么坦白地拉着家常，他已经忘记了忧愁。

"和他家隔着两个门，两棵老槐树底下那个小黑门就是我们宅里的后门……那天晚上我记着这个事，我在窗户外头听见你们吵嘴。她哭，你骂……第二夜你就打着她叫她答应；第三夜她答应了；第四夜你们抱着孩子哭……今夜我见你一个人看一张纸，我知道这是一张要紧的纸。我想毁了它，可是到现在我也没看见这张纸。"

"在我衣袋里。"

"还有蜡头吗？"于是屋里嘶嘶地响了一阵又亮起来。一个小得可怜的蜡在桌角上点着，两个人影又现在墙上。青年从衣袋里拿出一张折褶了的纸交给老人。

"这就是那契纸。"

"噢！给我吧！"老人站起来，把纸展开，看着，呵呵地笑着，把纸在烛火上烧。一阵金色的火焰，契纸化为灰烬了，在桌上飘舞着。

窗外现出一个小小的脸，焦黄而苍白。

"章大爷，快走！宅里的人方才到处找你。他们说你从账房偷钱跑了。你回去和他们讲明白，我知道你不是那样的人。"小脸上现出不平与焦虑，小小头顶上有着多日未修剪的寸长的黑发，污黑的小手对老人招呼着，脸上现出对老人的忠诚和关切。老人静静地站起来。

"这么晚了，你怎么出来的？"

"账房丢了一百块钱，账房先生闹得老爷也起来了。把所有人叫到廊子上，要审问。只是不见你，又见后门也开着，都说你跑了，叫门房到区里去了一次，大家才睡了。章大爷，我知道你不会跑的，我从后门溜出来找你。回去吧，等巡警来就糟了。"

"我是要走的，可是你怎么知道我在这儿，你这小鬼头。"

"您来了好几次了。前天和昨天我到后门外倒灰，后门总是虚掩着，我出来找您，在小胡同口外看见这儿有个人影，我悄悄走来看，才知道您真个在这儿。"

老人站起来，仍想从窗子里出去。青年被这孩子的话惊呆了，不过马上又清醒过来，突然跪在老人脚下。

"怎么办，老大爷？为了我的事让您怎么办呀？"

"起来，我不是为你，我是为我自己，从今以后那个黑十字不会再来扰乱我了。"

"就说是我偷的，你捉住我了。我求你！"青年固执地不起来。

"绝没人信，我这老手老脚的，怎么能捉住像你这样年轻的人？白白饶上你。你有希望，我老了。不要紧，老东老伙的，东家也不能把我怎样……"老人说着站起来，找着房门，拉开那简陋的门闩，颤颤巍巍地走了。青年惊愕得跪着起不来。

"别哭啊，小鬼头，老东老伙的怕什么？顶多一年不给我工钱。"

"不，他们要重办你。宅里没出过这事。章大爷你不能承认，那钱不是你拿的。一定！"

这样的对话从外面飘进来。青年的脊背上沙沙地冷起来，他追出去喊："是我！老大爷，是我！"前面两个人已经走到槐树下的小门边，他才赶出巷口。等他到小黑门口，两扇小门已经闭得紧紧的了。

一百块钱的魔力收获了双重的效果。陋巷里的小家保全了，青年人每天拉着车到处奔波着。没人坐车的时候，他就把车放在小巷口，对着小黑门，坐在车子踏脚处呆呆地望着。他期待着老人从门里走出来。

一天，他又坐在踏脚板上往小门里看着，小门"吱"的一声开了，一个十四五岁的孩子，满身污黑，拿了一把比他身子还长的扫帚、一个铁簸箕，低着头扫落叶。

"小兄弟，借光，老大爷怎么总不出来？"青年走过去问那扫地的孩子，这正是那夜伴着老人回去的孩子。他的脸仍然瘦小焦黄，神情很忧郁。听了青年问他话，把两个黑黑的小眼睛翻翻着，他心里对这青年

88

有说不出的怨恨，但是身子又习惯地躲闪着，怕这成年人会打他个半死。

"说话呀，老大爷呢？"

"死了。你又来借钱？"孩子举起扫帚来挡住脸，努力地愤恨地吐出这几个字。

"胡说！"

"真的，死了！"孩子见他没有打人的意思，于是放下扫帚，坐在石阶上哭起来。

"真的？什么病？"青年坐在孩子旁边。

"气死的，账房先生打了他一个嘴巴……还要把他送局子……还是老爷好……没肯送……可是晚上他就死了……"孩子捂着脸，哭得更伤心了。

"他死的时候你在旁边吗？他说些什么？"

"我向来和他住一屋的。他死的时候别人都睡了，他叫醒我，我在床边守着他。他说没救出我去，他教我长大了挣钱赎自己。可是我上哪儿挣钱去？宅里别人都有工钱，只是我没有，因为我是他们用钱买的。我手里只有八毛钱，还是章大爷过新年给我的压岁钱。他死了……谁再给我？……他后来就不说话了。呆了半天他又说了一些话，我就听不懂啦。什么'烧不完''黑十字''离她的坟太远'……"

青年人的眼充满泪，孩子也眼皮红红地望着深秋的晴空。一阵凉风吹落了无数的黄叶，金雨似的落在两个人头上身上，地上也洒满了，远远看去，很像一地的钱。

"小兄弟，有什么事找我，我叫王广，就住在那儿，你知道的，小胡同里。这儿有一块钱，你先收着，咱们慢慢存……总会……"

"不，我那八毛钱是奉公的；你给我钱我没地方放，他们又该说是我偷的了……"

打门里走出一个胖男人，大约四十几岁，看他那围裙上的油点，就知道他是厨子。

"好，你这扫门口的倒好，肉包子打狗一去不回来了。可是这些树叶子一点儿也没扫净，厨房的灰也不倒，菜也不择，充阔少交起朋友来了，贱骨头！"胖子骂着，狠狠地瞪了青年车夫一眼。孩子匆匆地站起来扫地，吓得像一个找不到洞口的老鼠，只是偷看着胖子的脚。

孩子扫完了地，把落叶堆在墙角，头也不敢回地随着胖子进到小黑门里，门又紧紧地闭上了。青年重新坐在踏脚板上，茫然地凝视着小黑门，一张钞票装了几次才装进衣袋里。近午的日光，把对街一个电线杆的影子映在街心。

"黑十字！"他叫着，惊悸地看着那恐怖的影子。

（发表于《时事画报》第85号1942年11月1日，署名雷妍）

乘风而去

　　陈甲三今天起得特别早，穿上昨天才洗净的蓝布大褂，脸也加功地洗了洗，马马虎虎地吃完一套烧饼果子，就高兴地打开抽屉，找出一个小纸包来。他的手微微颤抖着，心里也有一种异于平日的震动。不过脸上是布着笑容，而希望的光彩也照耀得红光满面了。他不时往窗外看，当他打开纸包时怕有人窥到他的秘密：那纸上的号码，尤其怕他表弟——老李。

　　他下意识地跑到房屋门前，把门重新关好，那小纸条却紧紧握在手心。转过身后，故意地假咳嗽一下。没想到却有一口痰从嗓子里涌上来，他无可奈何地抓了抓头发，然后咽了下去。

　　陈甲三总也忘不了新职业的趣味，就是他到××大学宿舍去做事。多少和他年纪差不多的小伙子，都每天夹着书包去念书，他每天眼看着他们非常高兴地上课下课，他们都好像没有一点儿愁事，他做过了两个星期，觉得自己的心也爽朗多了。最使他高兴的是，这些学生们没有一点儿架子，对他很和气，没拿他当下人看，都叫他"老陈"。他记得很清楚，三天前的上午，他正在三层楼上的宿舍过道擦地板，擦完后就要到自己屋子里休息，当他提着水桶和抹布走开的时候，忽然在他后面跑来一个人，那么急促地说：

　　"老陈，把这送到女院去，设法交给王××小姐！"说完就把手里的信交给了老陈，并且很温柔地说："劳驾！"这人老陈称他"孙先生"，是二年级的学生，人很漂亮，和气实在，也很阔绰。老陈唯唯地笑着答应了孙先生，就把信接过来小心地拿着，又拿起水桶等着他走下楼去。一会儿他到了女院，把信交给了女院门房就回来了。

午饭后，那位孙先生的同屋找老陈说，孙先生要他赶快到宿舍去，有事情对他说。老陈到了孙先生的宿舍内，看见孙先生正念一本书，很着急的样子，明天就考试了，他一向没有书，方才叫老陈到女院去借，已经借来，他狠命地念。不过这位先生有个习惯，只要一用功，非有零食吃不可，最好是干炒的瓜子，瓜子叽叽地响，能帮助他记忆。

老陈已很有礼貌地站在孙先生身边。

"老陈，给我买瓜子去，要干炒的。"孙先生笑着，和蔼地对老陈说，随着从口袋里掏钱，交给老陈五十块钱，又低头念书，也不管老陈走了没有。

地上的小白纸片，无声息地躺着，老陈好意地拾起来，预备交给孙先生。

"孙先生，给您这些纸片啊。"孙先生抬起头来，看了看老陈，老陈却将那些纸片送到孙先生书本上。

"啊，这是快信收据，没用了。这张是地面上市民抽奖的彩票，我家的，怎到了我的东西里？喂，老陈，送给你吧。"老陈从命地拿起那张小小纸片，谢过孙先生。孙先生打趣地说：

"老陈，我送给你一匹蓝布了。"他们都和谐地笑着。

孙先生的家就在学校附近，所以取奖品也不费事。在一号的报上，登出取奖品的日期和地点，老陈也都已知道，他希望这好日子快来到，他真想过会得到一匹蓝布，或者得到更贵重的东西。从一号起，老陈又添了一件极快乐的心事。

昨天午饭后回到家里，走进屋门，看见他母亲正同二姨在里间屋商议着一件事。他听到二姨说："三十啦，也该成家了。刚才我提的那姑娘保险好。姐姐也该给他打算打算。"后来他母亲说："我们这日子，二妹还不知道？娶了媳妇，给人吃西北风？""先订下，等外甥事好了再娶。"他母亲心动了，问她妹妹这姑娘的长相和年岁。最后他听到二姨说，她家就住在××胡同靠东口的烧饼铺。她家卖烧饼，她也常常在门口帮着招呼买主。主要的是要订，先得预备一匹海昌蓝布，别的什么也不用了。

老陈初次在门外窃听别人的话，没进去。却被一种新刺激弄得心神不定，一会儿高兴，一会儿静静的不知想什么，实际他在想一些没影的事。冬日稀有的温暖阳光，照得人怪暖和的。老陈在一种说不出的心情下，怅怅地在胡同里缓缓地行着。地上盖得很厚的落叶，舒适地偃卧着，老陈在上面走，他为那"吱吱"的清脆声响清醒了迷茫的心。他到××胡同靠东口去了，果然有一个烧饼铺，可是没有姑娘的影子。他装作买烧饼，走进铺子，里面仍旧没有姑娘，当他要出来时，忽然有个五六岁的小姑娘出来叫伙计。他不知哪儿来的勇气，对一个伙计说：

"这孩子是谁?"

"掌柜的姑娘。"

"她有姐姐吗?"老陈觉得不大合适，蓦地脸红起来。

"有，十八了。"伙计不怀好意地回答他，却狠狠地瞪了他一眼，他没趣地走开。

一匹蓝布成了老陈的心病。没事时，他就幻想着自己忽然买到了蓝布，交给他母亲，订了媳妇；过一年，自己积几千块娶了媳妇来；再过一二年，自己也当了爸爸，回家时，有儿子用小手扯他的衣角叫爸爸。他呢，必定抱起孩子来，高兴地抚摸他的小脸。

老陈近来很少有笑容，他被一件事痛苦着。工作时也比平常慢了许多，走路也慢了，处处显得老了不少。一天早晨，学校上课钟响过，许多年轻的小伙子，成群地从宿舍到教室去，他们是那么高兴，好像心里一点儿愁事也没有。"难道他们都有个好媳妇?"他不禁自忖着。

"老陈，发什么愣? 你得了什么彩啦?"当他站在盛煤的屋门时，有人这么对他大声说。

"哦，孙先生，什么? 有事么?"他有些话不由衷了。不过"得彩"二字在耳朵旁边特别响，"得彩，得彩!"他再三地重复着。两点钟后，老陈又变年轻了，因为他已知道他有的那种彩票可以得蓝布，并且有人会认彩票，认出他那张彩票就是得很多的蓝布，那人没说清几匹，反正说是很多。他拿出彩票来，反面正面地看了个够，又很用心地记下那号码来，那号码是〇〇〇四二。他恨自己为什么忘了这宝贝呢，干发好几天愁。不过他又自慰道："并没耽误订媳妇就成了。"

吃过午饭，把学校宿舍内的事物交给表弟老李代办，他到取彩的地方先认认门，省了明天找不到发急。从学校拐了几个弯就到了，他高兴得见到街上人也在笑。

一夜在微笑中容易地过去了。

广大的空场在早上七八点钟已经排成了十个长长的行列。不少怀着大希望的人们陆续而来。虽然人多，可是新来的不能站在前面，他们都耐心地排在后边，笑着，谈着，等着。不少妇女抱着仅仅几个月的孩子，也耐心地夹杂在行列里，拍着尚未睡醒的孩子，忍着胳膊的酸疼。还有老太太倚着拐杖伸直多年弯曲的背，苍老的脸上挂着甜的笑意，对身后边的孩子说："三丫头，得袜子、鞋、毛衣，都给你！"是的，成千的民众都在这清晨燃烧起希望的火焰，虽然不知趣的风开玩笑地吹着，噎得人都弯下腰去。风越吹越大，人也越来越多了，每个人都沉在希望的深渊中，也似乎忘了冷。可是这几千人民的希望都没有老陈大，因为他希望取走蓝布订了媳妇，做了父亲……

行列最前端的人已持券付款取货了，人们的情绪高潮膨胀了起来，伸长脖子看，同时也往前走了一步。

风狂了般地吹，远近秃秃的树枝随着节拍舞起来，电线也唱着疯狂曲。人们的脸上也都敷了一层厚厚的黄黑色的粉。老陈端紧了肩膀，他又背起那可爱的号码来了。为什么忽然忘了呢？是四十几呢？他不耐心地把彩票打开看看，紧紧地握在手里，是紧紧的啊！他忽然觉得有人推他，他就也往前挤着，手不知怎么松了一下，那宝贝彩票便乘风高去了。老陈忘了一切地去追，可恨那无情的白纸越飞越高，像一只善飞翔的鸟，穿过房脊，越过树梢，终变成一白点而失去了。全场内的人喧哗起来，都向那疯狂般的老陈抛过一个怜悯的目光来，有人问他：

"别急了，你对过号码吗？是什么？"

"是一匹蓝布。"老陈肯定地说。

"号码你还能记得吗？"

"○○○四二。"老陈呜咽地说。居然有好事者给他到大门外去对。回来告诉他说：

"按号码该是肥皂一块，并不是蓝布啊！"

晚上回到学校，老李早就在门口等他了，一见面就很高兴地问老陈：

"得了多少好东西？"

"一块肥皂。"

"在哪儿呢？"

"飞了！"

（发表于《敦邻》1945 年第 3 卷第 1 期，署名雷妍）

小 力 笨

——献给受压迫的小朋友们

一

西城有一条相当热闹的街。这条街上没有大商店，差不多都是一两间门头的小买卖，什么油盐店、酱肘子铺、切面铺、羊肉床子、自行车铺、不带电烫的理发馆，样样俱全。马路是柏油的，又是东西城交通的要道。街上还有座大庙，每十天有两天庙会，每逢庙会，附近的住家都来赶庙会，买东西，一时人挤人车挨车，比平常热闹得多，因此各铺子的生意都不错。

在北京开铺子，讲究是几十年的买卖才吃香。这几家字号，顶少的也有十年八年的历史了，老主顾、老街坊们，来买东西都认了门，见面都说几句客气话，什么"您还没吃哪？""今日个可忙活！"之类。主顾们手下一时不便，不但可以赊赊欠欠，并且有个婚丧公事，还得出出份子彼此帮点忙。

这几家，只有"美琪车行"是新开张不几个月的买卖。从前这里是家绒线铺，倒闭之后，房东自己收回来开了车行，虽然掌柜的是外行人，因为是老街坊，大伙并不欺生。

有一天下大雪，街上冷冷清清很少有人来往，中午时候，美琪车行有个青年学生推着车来补带，在门口叫了半天没人答应，就用前轮撞开

96

玻璃风门，把车推进来。原来铺子里面也静悄悄的一个人没有。只见这车行是一个大门脸，冷冷落落没有多少货，靠东边有个小木台，上边只摆着一个旧货洗澡的车子；西边玻璃竖橱里，挂着些车灯、链子、飞轮、中轴等等小零件；迎面横挂着一条竹竿，上面串着几根新旧外带；里面是账桌，后边挂着棉门帘，大概还有里间。这学生等了会子，还不见有人出来，就大声地嚷："里面有人没有？"这时候门帘里，钻出个小伙计，这孩子大约有十三四岁，长得虎头虎脑，黑黑的脸，挺结实的身子，瞪着双大眼睛显得有些呆气，他正一只手夹着个光屁股的孩子，一只手拿着条尿布，上面满是黄屎，孩子还哇哇地大哭。他一出来就连忙说："先生你等会儿吧！小少爷拉下了，俺一会儿就来！"说着又钻进里间去了。

学生被闹糊涂了，铺子里没有正经掌柜的，小伙计还得管孩子拉尿，真不像个买卖，既然来了，只好把车靠在墙上，回身坐在椅子上等着。

一会儿小伙计一拐拐地走出来，望着他笑了笑，就问："哪儿坏了？"学生道："后带瘪了，补补吧！"小伙计把车吊在铁链子上，拧下气门拖出内带，就一下下地打气。学生见他身上只穿着一件又大又破的军服上身，一条夹裤露着膝盖，光着脚丫穿着双比他脚大一倍的白皮鞋，就问他："你只穿这点衣服不冷吗？"小伙计苦笑着说："冷有啥法子！冻惯了就行咧！"学生又问："不会叫掌柜的给你买？"小伙计摇了摇头说："我们经理这还天天说我把他吃穷了，哪里还敢再要衣裳穿哪！"学生听了也替他想不出主意，只好陪着他叹了口气。

忽然听见小伙计口里吸着气，像是很痛苦，忙回头看他，见他蹲在地下，用手把带子伸在水盆里找破孔，见他那两只手，已经冻坏了，变成了黑紫色，肿得像两根胡萝卜，手背上一块块的疮口，结着些连脓带血的疮痂，被水浸着越发疼起来。可是这小家伙咬紧了牙就是不哼，只是狠命地吸气，仍然在水盆里试带。这学生看了实在不忍，就站起来对他说："哎呀！你瞧你的手，快放下吧！让我自己来好了。"小伙计忙

97

拦住他："你不要管，俺每天都得这样干，手冻了照样能干活。"学生看他这可怜的样子，十分难过，心里想："想不到到处都有被压迫被剥削的人，这是个什么世界……"

学生来了已经有半点钟，除了这小伙计没见到有第二个人，就问他："你们这里就你一个人吗？"小伙计说："多咧！"又问："别人哪？"小伙计往里间努了努嘴说："经理和太太还没起来，管账的先生上茶馆下棋去了，把式又串门去咧！他们都很忙，没工夫管买卖。"

这时候，听见有个女人隔着棉门帘在里边骂："小力笨，你他妈的死到哪里去啦？也不生炉子，诚心要冻死人哪？"小伙计忙答道："就来咧！就来咧！"说着带子已经补好，学生问他"多少钱？"小伙计说："看着给吧！"学生掏出钱先递给他一张五元的金圆券，他说："谢谢！"接着又给他一张十元的，跟他说："这个送给你，你到药房里买点冻疮药，治治你的手吧！"小伙计被这话吓了一跳，呆了半响，又连忙送还学生，发急地说："你真是好人！俺可不能要，这可不行，被他们看见又是麻烦哩！"说着把车子给推到门外。学生听他这么一说，想到他没有花钱的自由，也不再勉强他，就用手摸着他的脑袋同情地说："你怎么遇了这么个铺子？让我回头买些药给你送来！"说完就骑上车子走了。

小力笨站在门外愣了，听完学生的话，心里一阵酸酸的，眼里滚下泪来，可是一下想起他娘临别他时说的话："好孩子！在外边受了委屈可要忍着，我们穷人吃了苦没处诉冤，有泪往肚子里咽，不要成天哭哭啼啼的，叫人家说咱们没有骨头。"想到这里忙忍住悲痛，用袖子把脸擦干。这时候屋里面又骂了："小力笨！你这挨刀的，怎么回事？"小力笨慌忙地跑了进去，口里答应着："来了！来了！"

小力笨在美琪车行里，就是这样过日子。

二

小力笨姓王，叫柱子，是山东章丘人。这个地方的人都能吃苦耐

98

劳，男人们大多数在这做买卖，卖力气。柱子他家祖上可都是种地的。柱子他爹租了旧军镇孔家十几亩麦田，自己也有六七亩下地，辛苦一年，除了给东家租子，又得给县里缴钱粮，余下的常常不够一年吃穿，所以每到冬季，柱子他爹就和几个相好的合伙到省城里办点年货，赚点挑费，好在小日子人口少，平平安安的，过得还不坏。

章丘是富庶地方，自从日本鬼子到了山东，汉奸队伍就都看上这块肥肉，不断地你来我去地骚扰，老百姓每天只顾上应付他们，日子实在过不下去。

柱子记得在七八岁的时候，鬼子下乡来抓丁抢粮，开来了二三十辆汽车，把他们村子围了个水泄不通，挨门抢粮食，看见强壮的男人就捆起来，拖上大汽车载到县城去，柱子他爹一时没跑脱，也被鬼子捆了去。

柱子他娘拼命地找到县城，打听了好几天，才知道捆来的人都押在什么劳工协会，要等凑齐千把人就拉着到关东去当苦工，有钱的人家，忙花钱往回赎。柱子他娘也赶忙回去，又是变产，又是借债，好容易凑了万数块汉奸票，进城来托人交上去，可是没来得及，人还是被拉走了，钱也沉了底。柱子娘两个，只是在劳工协会门口，和他爹照了个面，没等说话就被牵上汽车，他娘俩也被鬼子那明晃晃的刺刀撵回来，就这样生离死别地拆散了一家子。

柱子他爹一去两三年没有音信，村子里跟他一块被抓去的，只有一个从营口坐船逃跑回来。柱子他娘赶去打听自己男人的消息，那人说："我们被拉走以后，到了天津就被人家分了帮，有的被装船发到日本，有的被运到南方去，运到关东去，还有在路上就被折磨死的。拉到关东去的大部分下矿去挖煤。我是被分到出人参的长白山里去砍树。苦工们脚上都给砸上铁镣，走起路来很不方便，因此很容易被狼吃了。后来我趁看守一时没注意，和一个同伴跑到深林里，用石头敲下镣，就在不见天日的森林里钻了十几天，每天吃松子榛子活命，碰见野兽就躲在树上，晚上也在大树权上睡，好容易钻出了林子，讨着饭到了营口。幸亏这个同伴过去是使船的，找到个认识的驾长，才算千辛万苦地跑回家来。"

柱子他娘一听没了盼头，就哭着回去了。家里没有产业，她领着柱子去住娘家。她娘家嫂子又容不得他们，从前借的债又没还清，日子实在过不下去了，只好把柱子交给个远房的兄弟，托他把柱子带出来学手艺。她自己到"旧军孔家"去当忙饭的使唤人，于是娘俩硬着心肠就离开了。

柱子被他叔叔带到济南，他叔叔是打铁行的手艺，就带着他到一家刀剪店里做学徒。柱子那年刚十来岁，力气小抡不动铁锤，只是一天到晚拉风箱，每天烟熏火燎呛得满脸乌黑，因为铺子的生意不大好时常吃不饱，拉风箱累得两个膀子酸疼。柱子虽然小，可是也有章丘人的特性，不怕吃苦，又加上他母亲的家教是"刚强不屈"，所以他总能忍受下去。

过了两年，刀剪店赔本关了张，柱子仍然没有学会打铁，叔叔又带着他到了北京。这里倒水的、掏大粪的、打铁的差不多都是老乡，大家都有些照应，叔叔不愿再和人搭伙了，就借了同乡一套补锅的家具，领着柱子满街串，高声地吆喝着："箍漏锅喽！"

补漏锅的生意还不坏，转悠一天足够吃喝。可是柱子的叔叔是从小吃够了苦的流浪汉，烦闷了的时候，就跑到大酒缸去喝酒，醉了之后又哭又闹，时常拿柱子出气，打他骂他。柱子虽然受了委屈，可是他知道叔叔是个好人，平常待他很不错，所以挨了打骂也不哭，也不怨恨，仍然小心地服侍着他。叔叔醒了酒又后悔，就买些花生和糖哄他。

秋天的时候，国民党一股劲儿征兵，征不到就胡抓一气。柱子和叔叔住在同乡家一向没报户口，一天半夜里，一大帮军警来查户口，不由分说就抓了叔叔，糊里糊涂地补了兵，从此柱子又失了依靠。

同乡家养不起一个大口吃饭的孩子，送也没个送处，就托人一手倒一手把柱子介绍到"美琪车行"当了徒弟。

三

美琪车行的掌柜，是从来不喜欢别人称呼他"掌柜的"。他嫌这个名堂又俗又小气，不像个有身份的头衔。他开这个车行也不过拿来玩玩开开心。他常对人说："开这个小车行并不想仗着它吃饭，不过一方面是拿它解解闷，一方面是准备将来搞大企业，暂时拿这小车行练习商业的技巧。"他命令铺子里的属下们，都称他为"经理"，连串门的都不得例外。若有不知趣的顾客，称他一声"掌柜"，马上就要看他的嘴脸。有的人知道他的毛病，就可以敲他的竹杠——进门来满嘴经理长经理短，回头买零件就能讨很大的便宜，修理车就能叫他白尽义务。

掌柜的姓胡叫理都，大家叫讹了都叫他"糊里糊涂"。他大约有三十来岁，又黄又瘦，像个烟鬼，嘴上留着一条比女人眉毛还细的小胡子，墨镜口罩不离脸的上下。每天离不了补药，什么"荷尔蒙""鱼肝油"，见一种买一种，还常去医院注射"葡萄糖"，可是不论怎么补，依旧入不敷出，一天比一天瘦，一天比一天没精神。

胡理都也上过大学，也票过戏，也讲过乱爱，也喜欢跳舞，外带着影迷、戏迷、杂耍迷、胡同迷，还有台球、回力球、赛马等等许多迷。太太没好意思多娶，只娶了三个：大的是明媒正娶的宦门小姐，因为人古板些所以不喜欢；二的是小脚老妈升的级，早已玩腻了；第三个最投缘，是红楼台球社的女招待。据说在二的和三的之间还有半个已经下了堂，那半个是从石头胡同接出来的姑娘，到家住了三天半就闹翻了，讹了一笔赡养费，散了个蛋。

胡理都虽然荒唐，但他那去世的老爷子确实有把刷子。是过去平津一带政治经济两界的权威人物。他能适应环境，并且会发财。他做着官利用势力去做买卖，赚别人不敢赚的钱，又会利用赚来的钱稳固做官的前程，很有套办法。想不到用心过度，五十多岁上就一命呜呼了，给胡理都母子留上十几所房子、几十顷稻田，和几处银号、绸缎庄的大买卖。他虽说留了这么多的家当，可是没有给胡理都留下能耐，不下几年，各买卖的经理卷逃的卷逃，舞弊的舞弊，接二连三地倒闭了，稻田也被人用势力霸了去，房子也卖得只剩下三四所不像样的，幸亏家里存的金条还没有飞，可架不住胡理都会花，也就剩得不多了。

胡理都到了三十而立这年，自己忽然要回头，立志要继续老子创番事业，先花了几根条子运动了个起码的官儿"科员"，不过干了几天就烦了——又得早起，又得按时上下班，还得拿挺沉的笔杆起稿，实在觉得没劲，于是随手扔了。又干过一阵子报馆，被人家坑了个一塌糊涂。胡理都正要泄气，帮闲的老吴替他定出了个计划，叫他自己收回那所门面房，先开个车行由小做起，将来学会了做买卖再发展，因此胡理都把一片天大的雄心，放到这个小小的自行车铺里。

门面大加修理，人事也内定了：胡理都自任经理，傍秧子的吴良新自荐为会计，请了一位刚出师的把式，又经酱肘子铺的老山东，荐来了徒弟王柱子。胡理都为着理想苦干一下，就住在铺子里；三姨太太因为离不开，也抱着孩子来同住。三姨太太对家里讲"胡理都需要人伺候，我同他去还可以帮他照顾点事情"，其实她是为了出来自由些，因为在家里上有老太太管着，还有两个先来的女人压着她，当然不舒服。胡理都一向称呼她为老三，所以大家背后也叫她老三。

一切都准备好了，就开行务会议，讨论起名。经理想起个"时轮"，表示要赶上时代，会计主张做买卖要取个吉利，还是叫"亨通"，把式没意见，可是内掌柜的老三偏要主张叫"美琪"，因为这个名字时髦，她平时就喜欢到"美琪"去看电影，到"美琪"去烫发，到"美琪"去买透风鞋，大家拗不过就只好依了她。第二天油漆匠，就在玻璃窗上写着"美琪车行""专卖新车""代配零件"。

车行开了张，门口挂上大伙送的喜帐子，电子话匣子播唱着《夫妻相骂》，闹得很欢实。小木台上陈列着半打"中"字牌的新车，皮带零件挂满了一屋子。新开张，经理主张薄利推销，头批货大牺牲照原本卖。不几天半打车卖光了，又拿着原数的钱到行里去批货，只推回四辆来，一打听原来钱毛了。胡理都想："等四辆卖完，就只能买回一辆半来了。"这样一想便着了忙，去请教同行，人家告诉他："每天得上市打听行市，还得消息灵通，光指门面不成，也得囤积倒把。"因此胡经理长了见识，车行安上电话，每天在外边联络同行，请人家吃馆逛窑子，结果还是老跑在人家屁股后头，货越来越少，本钱也不够活动了。这时候，他一赌气不卖新车了，转移到配零件和修理方面。几天以后，他又以为补带换条这些事真麻烦不值得伤脑筋，就把行政交给吴良新，外交赏给小把式，他就自由自在去寻乐。

四

王柱子头一天上任，大家就瞧着不顺眼，老三听他说话就烦了："听这怯八义，跟说相声说的'小力笨卖估衣'一个味。"吴良新向来有个成见"凡是乡下人就像牲口，都不如城里的狗懂事"，所以大嘴撇成八万；小把式也觉得这小家伙愣儿呱唧不能逗闷子；胡理都更和柱子不投缘，因为他头一句话就犯了圣讳，管他叫"掌柜的"，要不是为着常到老山东那里赊酱肉，面子磨不开，当时就得原封退还。

大家捏着鼻子把柱子留下，老三给他另起了个"小力笨"，代表了一切名姓，经理就叫老吴教他点烟倒茶伺候人的那一套规矩，和生炉子做饭等等杂务，又叫小把式教他修理车的手艺。

两位教师为了减轻自己的业务，加紧训练；小力笨见大家都瞧不起他，为了争这一口气，闷着头苦干，本来乡下孩子不比城里人少半个脑子、缺一只手，一两个月之后，杂务学习完成，伺候人的一套长班规矩也毕了业，修理车子方面，把式教的时候虽然老留一手，可是架不住小力笨一天到晚和车子拼上了，后来除了倒轮闸还闹不清楚以外，像那些拆拆上上修修配配早已不成问题。小把式怕他都学会了"呛了行"，要命不教了。大家对小力笨虽仍无好感，可是这小家伙真能干一气，大家也觉得"人真不可貌相"。

胡理都在歌舞场中，女人身上，花钱和流水一样毫不在乎，对待下人，可是瓷公鸡一毛不拔。老吴虽然在他上学时代就傍上这个秧子，几年来，帮吃，帮喝，帮着大少找乐子，可算唯一的宠臣了，若是当面向他借两钱花，就得撞钉子。老吴穷急，只好侧面想办法，每逢替他办事的时候，就捞他一笔，不然就挑唆混混们敲他一下子分点赃，实在不行，还可以叫他那外号"小粉包"的女儿，到胡理都面前，扭着屁股掏腰包，总可以达到目的。

美琪车行的独一无二的技术人员小把式，自从到柜好几个月，一根钱毛也没见着，向经理借钱，老说是没有，不然就推说买卖不好，挤兑得连根烟卷都买不起。小把式因为上了烟瘾，没钱买烟，急得满地拾烟头，实在窘极了，也逼出了办法——上市买货报谎账，修理车子偷着敲竹杠，得不交柜就马虎过去入了腰包；再不然，把人家送来修理的西洋车、东洋车，硬给换上坏零件，倒出好的来变卖，这些事瞒得了胡理都，瞒不了吴良新，有好处就得分给他点油水，不然他就给捅娄子。

车行的生意，越闹越糟，经理不会做买卖专门赔本，老吴和小把式是以自己赚钱为目的，专门捣鬼。有好车的主顾，被换了个乱七八糟，不敢再来了，被敲过竹杠的，都知道上当只一回，从此打门口过也不进去。买卖冷落了，大家更觉得轻松：经理也有工夫找乐子了，内掌柜也不嫌乱得头痛了，管账的每天吃饱了，提着鸟笼子上茶馆，小把式满街飞着串门。

大家都能玩，只有小力笨倒霉——一天忙到晚，累得四脚朝天，永远不得喘口气：一早起来，摘下门板、打扫屋子、倒夜壶、生炉子、打洗脸水、沏茶、买东西、做两样饭、洗尿布、擦皮鞋，经常的工作是哄孩子、喂孩子；游击工作是应酬主顾、修理车子；不但要伺候经理两口子、招待客人，还得给老吴、小把式当碎催，搭床叠被之外还要给老吴捶腿，给小把式搔背，直到半夜一两点钟，伺候这四位上司平安地倒在床上，才算被解放了，这才能拖着他那条破棉絮被，蜷卧在放车的小木台上。到这时候他觉得浑身酸疼麻木，就像散了似的。刚蒙眬一会儿，窗上发了白，街上有了行人，就又该爬起来下门板了。

经理两口子吃四顿饭，是早点、午饭、晚饭、夜宵，他们三个是两顿饭，小少爷是无数顿饭，五个半人却是三样子。

老三又馋又懒，又爱吃零食，所以他两口子吃饭很麻烦，自己不会做，小力笨做的嫌脏，每日买现成的吃，不是烧饼就是机器面条，菜也除了酱肉、香肠、罐头牛肉，没有热的，两口子吃腻了就下饭馆，觉得为做生意可真受了罪。

老三自己有奶不给孩子吃，听说孩子吃大人的奶不聪明，所以每天吃炼乳、奶粉和饼干，可是越吃越瘦，一天哭叫到晚，只是这个孩子，已把小力笨闹得晕头转向。

老吴、小把式和小力笨，他们三个人的饭最简单，经理每天限定三斤杂合面、一斤白菜，现吃现到对过油盐店去拿，不准超过，每顿饭都是每人大窝头一个，白水，白盐，熬白菜一碗。老吴把这菜叫"三白汤"，一到吃饭就皱眉，平常很少吃一顿，不是出去混饭吃，就是等经理两口子吃完，剩下的归他包圆，但他那一份不吃也拿走，不能便宜别人。小把式是有钱自己添菜，没钱硬着头皮强往下塞。只有小力笨吃得很香，一个窝头总不大够，撞着小把式没钱就把剩下的窝头扔给他；若是把式添了菜，小力笨还得分点给他。

五

美琪车行到晚上最热闹，是这半条街上的俱乐部。一过九点来钟各铺子上了门，大伙不约而同都到车行来凑热闹：老三的朋友们每晚在里间打八圈，老吴的朋友们在外间说说唱唱，经理是愣不参加，每晚上得去南城另有公干。

老三的朋友都是街上的有名人物，有理发馆的内掌柜还带着她心爱的大徒弟小毛，段上的严巡官，还有裁缝铺的潘大姑。老吴相好的这一群，比较通俗：有肉铺掌柜老山东，开钟表铺的老十三点，茶馆的棋友

105

"白吃人"，还有个倒了嗓也倒了霉可是科班出身的"现世报"。别看老吴长得像只老母鸡，可是唱小嗓的，老十三点是死学李多奎，"白吃人"是谭派老生，老山东也能喊几口黑头，"现世报"老板是琴师兼教师，每晚上不是《大保国》，就是《四郎探母》，大伙正计划到阳历年票一场，所以每天晚上加紧练习。

外间是对工戏，唱的是有板有眼干得带劲，里间打牌的也是钩心斗角一团热闹，老三和潘大姑两人向来貌合心不合，因为胡理都回来后，偏爱在潘大姑背后扒头，不然就替她打两把，两人啾啾咕咕的挺亲热，老三一见就撇嘴，撇着撇着就翻了。严巡官和小毛总是利害冲突，老三每次听的和，十之八九是小毛拆了副打下来的。老三每逢吃了小毛的好张子，总是冲他眯着眼笑，严巡官心里觉得酸溜溜的，就要找碴抬杠，若是严巡官一上火，小毛就软了，因为不敢得罪地方官。

每到晚上，小力笨也能抽工夫会会自己的小朋友——有理发馆的徒弟顺子，有裁缝铺的徒弟老么，有油盐带粮店的小伙计小狗子，还有钟表铺的少掌柜小十三点。他们有的来找人接人，有的来听戏，几个小家伙凑在一块，互相交换自己铺子里的新闻，各人骂各人掌柜的，或者诉说着自己受的委屈，每次大家互相诉诉苦，心里就觉得痛快一会儿。

一天晚上，小家伙们又凑在一起，顺子报告大家说："今天我们师娘和小毛师哥两人躲在里间不知啾咕什么，师父回来看见就蹿了，要撵师哥走，师娘就像疯子似的大哭大闹，师父没法，白瞪了会子眼就算了。"老么说："今天我心里别提多痛快了，我们师父给个空军做西服裤做糟了，空军一试穿不上就火了，没等说话，上去就一耳光，嘿！这个别提多脆了，'乒'的一声，师父的半边脸就红了，要不是大姑过去拉着，和空军讲交情，还得来几下。"小狗子又骂他们掌柜的没良心："净往配给面里掺白石头粉子，人家吃了都拉不下屎来，你说他够多缺德？"小力笨当然也有苦诉，只有小十三点，他不能骂他爹爹，却跟着大家骂别人的掌柜，所以大家也不拿他当外人。

小力笨是本行里上上下下的煞气布袋，经理每逢和太太吵了架，或者生意赔了本，总是拿小力笨出气。他怕小力笨身上脏，向来用脚踹，轻易不用手打，小力笨为了饭碗，不敢反抗只是挨着，但心里却气得乱颤，只是翻一翻眼就算了。老三每逢吃了醋或者孩子哭了，却是专爱打小力笨耳光，老吴是用旱烟袋锅敲脑袋，不过小力笨不很怕他，抡过十来下，看在他是先生面上，只接受他一两下。起先小把式也打帮捶，有一天大家都没在家，小把式又找他的便宜，被小力笨撞了他一羊头，小把式捧着肚子，蹲了半天才起来，从此不再凑热闹了。

小力笨挨了打，不但不哭，连哼都不哼，虽然不反抗，也没有屈服的神气，打他的人都觉着这小家伙可不是个孬种。

他虽然十分坚强，但到底是个小孩子，一天到晚挨打、受骂、吃气，身上疼，心里更觉着疼，每逢他们骂他的时候总是要带累他那亲爱的母亲，他一听着心里的火就要喷出来，觉得真不如挨打痛快，憋上好多天，实在忍不住了，就趁一早一晚没人的时候，跑到庙里已坍了的大殿石台上，爬在残破了的金刚身上，放声大哭，发泄发泄一肚子怨气，哭完反觉痛快了，就仿佛小时住在舅舅家，受了表哥们的欺侮，伏在娘的怀里诉委屈似的。倘有人来了，就连忙跑开，怕人家看见是他，丢了母亲的脸。

六

小力笨到了美琪车行，转眼已经三四个月。冬天到了，身上仍旧穿着来时的破衣服，终日被冻得索索地抖，幸亏没有闲着的时候，忙出点汗来也能搪搪寒气，只是手和脚可被冻得烂七八糟了。经理两口子，一瞧见他那双烂手就恶心，叫他干活嫌脏，不叫他做又懒得自己做，老三吵着要雇老妈子，胡理都说雇了来没地方放，结果老吴替他们想出法子，把他女儿小粉包叫来白天帮忙。

小粉包长得比她爸爸可帅多了，说话又甜又动听，眉毛眼睛都能说话，走起来像风摆杨柳。老吴拿女儿可当宝贝，卖过好多次钱，当过好几回礼物，也叫她下过班子、串过公园，早晚总能想法子把女儿又捞回来，爷俩的戏法可真有几套。

小粉包一到，马上这半条街都起了反应。经理一天到晚很少出门，小把式也不满街飞了，严巡官和小毛这两位晚上的牌客，白天也常来走动，大家都表示欢迎，只有老三觉得地位动摇了，不只胡理都投降了，就连平日争着奉承自己的客人也暗暗倒了戈。因此老三发出母老虎的威风，把小粉包骂跑，把客人争夺回来，差点没把老吴的会计开革了。小粉包虽然正面做戏失败，却把本领转移到地下去，从此胡理都的南城上班改成了吴宅行走。

小粉包事件告一段落以后，小力笨曾被重用了几天。每当经理出门之后，老三就打发小力笨跟随侦探监视行动。有一次小力笨奉令到老吴家里打探动静，恰巧经理在那里，问他来干什么，小力笨说是太太打发来的。小粉包冷笑着往外推胡理都就说："快走吧！别在这里给我招祸。"胡理都挂不住了，拾起条棍子把小力笨打跑。小力笨受了委屈，回来还不敢说实话，又被老三揍了两耳光子，从此小力笨丢了兼差。小把式却趁此机会毛遂自荐，担任老三的私人侦探，并且讲好了车马费。小把式拿了老三的车马费，趁经理不在吴家他就去孝敬小粉包，回来再假造报告，两头落好人。

当下雪的第三天，又刮起了西北风，空中的电线被吹得吱吱地拔哨子。已经化了的雪，被风一吹又结了冰，走路的和骑自行车的人们，接二连三地摔着跟头。

胡理都中午起来之后，想出门又怕伤风，就披着皮大衣，围着炉子和老吴聊天，老三抱着孩子，站在窗前看街上的行人，每次有人摔倒，就引得她哈哈大笑。小力笨这时没有活做，身上觉得更冷，正抱着肩发抖。忽然老三指着外边笑道："你们瞧哇！那个推车的学生都摔成泥猴了，刚才又来了个屁蹲，把眼镜都砸啦！"大家正想过来看热闹，可是门子被人推开，那个摔成泥猴样的学生已是进来了。

胡理都对零碎顾客向来不爱理，老吴也只是坐着点点头，淡淡地说声："你来啦？"小力笨忙跑过来迎着，接过车来正想问，仔细一看，原来是前天补带的那位学生，这学生的近视镜也摔断了框子，棉袍上满是泥，车把也摔歪了。他进门后，先掏出手绢擦手上的泥。小力笨给他正过把来，就问他："别处有摔坏的地方吗？"学生笑着对他说："我不是来收拾车子，是给你送东西来了。"说着从车子上摘下书包。先取出一盒药膏、一包药棉花、一卷纱布，递给了小力笨，又拿出了一件半旧的蓝绒衣，就告诉他道："这是冻疮药，你在睡前把手洗净，把药抹在棉花上，贴在破的地方，再用纱布裹了，几天就会好的。"又把绒衣交给他说："我也很穷，没有多少衣服，不过总比你好些，这件破绒衣穿上也可以挡挡风。"小力笨一手拿着药，一手拿着绒衣，只是呆呆的说不出话来。旁边看的人们也闹得莫名其妙。

吴良新觉得这可是新鲜事，便踱过来问那学生："你们早就很熟吗？"学生说："我们前天才认识。"老吴又疑惑地问："那你为什么平白无故的送东西给我们学徒的呢？"学生笑着说："你觉得很奇怪吗？"老吴说："这真是很少见的事！"学生说："其实这是极平常的事：前天我来补带，看见你们学徒的身上还穿着单衣，手都冻成这个样子，我实在觉得不忍。因为我是人，这孩子也是人，人类都应当有互助的义务，所以我尽我自己的力量，来送给他一点儿东西，替他解除一点儿痛苦，你认为我做错了吗？"这几句话把老吴问了个白瞪眼，他只好站在一边抽着旱烟生闷气。

小力笨手里托着东西，看看经理板着脸，看着太太撇着嘴，管账的也生了气，这学生虽然好心好意地送了东西来，可也是个娄子。于是低声地说："先生！谢谢你的好心，俺可不能要，俺怕……"学生就安慰他说："小兄弟不要顾虑，我们是好朋友，彼此帮点忙不算什么。"说完搬出车去走了。

等他刚出了门，吴良新就骂上了："他妈的！上这儿来挑拨是非，装他妈丫头养的……"经理搭了茬："哪是挑拨是非，简直是想来共我的产。"老三也帮着乱骂："我一见学生就有气，吃饱了撑的转腰子，哼！都是些八路。"老吴越骂越气，劈手夺过小力笨的药一甩腕子就扔到街上。这时候小把式忽然跳了起来，伸手就拿过小力笨的绒衣，问是谁的。老吴赌气说："是个八路送他的。"小把式说："管他七路八路的，先穿穿再说。"拿起来就钻脑袋伸胳膊，穿上后，转身又跑了。

老吴后悔晚了一步，被这小子捡了便宜去。小力笨气得脸煞白，身上乱颤，心想："真是没有穷人的活路。"这时忽然被人踹了一脚，原来是经理又教训他："你这王八蛋！若再勾引学生来捣乱，瞧我不砸断你的狗腿！"

小力笨实在不能忍受下去了，就瞪着眼道："人家好心好意地给东西，怎么是来捣乱？还让穷人喘口气吗？"胡理都气哼哼地道："怎么啦？你还要造反哪！"小力笨说："造反也是你们逼的！"胡理都道："好！我先叫人收拾了那个学生，看你还造反不？"

晚上严巡官来打牌，他把这件事告诉了巡官，并且求巡官押起学生来，不然也得揍他一通。严巡官一听，脑袋摇得像货郎鼓，吹胡子瞪眼地说："这年头学生可惹不起，好家伙！一来就罢课游行，成群结队地反饥饿、反内战，市长见了他们都挠头，在我这段上你们可别给我惹事，出了娄子，吃不了兜着走。"说得胡理都凉了。

小力笨却觉得奇怪，心想："这些坏家伙们怎么会怕学生呢？学生都是好人，哪里叫人可怕，真是可笑，看来还是硬干的好。"

七

自从东北的国民党垮了台，风声越来越紧，北平的头子们都慌张起来，三年前飞来的那一帮劫收大员们，又忙着准备飞去。胆小的顾不及东西，撒丫子早跑了；胆大些的，先送家眷到香港、台湾，自己在这里忙着卖房子、换金条，把从前接收来的汽车、沙发、钢丝床，抬到大街上拍卖，简直是鸡飞狗跳乱成一团。

穷百姓们，看着这群虎头蛇尾的家伙们，露出这种走投无路的可怜相，就冷笑着说："这些臭虫们，把人们都吸干了，到了要紧的时候，就是会长了翅膀飞，看你们早晚哪里跑！"

美琪车行的客人们，也终日议论纷纷，见了面互相传着谣言。胡理都一听了心里就哆嗦，吴良新、老十三点那些人们，也都垂头丧气说是"劫数到了"。

这天晚上，传说张家口撤了，一时人心惶惶，美琪车行的晚间俱乐部也停止了娱乐，胡理都也没出门，牌也没打，清唱也吹啦！大家都聚在里屋谈论八路。小力笨也和他的小朋友们围坐在小木台上谈论八路，小十三点学着他爸爸晃着脑袋神聊的样子说："我爸爸可说啦！八路都是些杀人不眨眼的魔王，那才叫邪门哪。"小力笨和小狗子听了一齐摇头，顺子、老么却觉得有些害怕，小力笨就驳小十三点说："我小时在家也见过八路，他们都好极啦！进门先叫大爷大娘，说话可亲热啦！住在人家家里，还给担水扫院子，帮着人们干活，可惜老驻不住，庄里人都盼他常去驻防，哪像你说的这样。"

小狗子四下看了看见没人，才低声地说："你们可别告诉人，我在老家还当过八路的儿童团呢！"大家一齐吃惊地啊了一声，顺子说："真的吗？那你也是小八路啦？"老么说："他们到底杀人不杀？"小狗子说："你们不用听他们造谣，八路军才讲理呢！他们不只不杀人，连打人骂人的事都不许。我们每天和他们一块玩，他们教我唱歌、认字、还讲故事给我们听，他们是帮助我们穷人翻身的，不过他们对欺侮人的恶霸、当汉奸的坏蛋，是恨得了不得，有时候提起他们来，让受过气的穷人们诉苦、告状、陪审，其实那些坏人们，就像我们掌柜的那么可恨，说真的杀了都不多。"顺子问他："你们儿童团都是干什么？也扛枪当小兵吗？"小狗子说："不是的，我们在闲着的时候，就一同开会、读书、唱歌、扭秧歌，也有时替大人们到村口去站岗。"顺子和老么听了都放了心。小十三点还不相信，就问道："你在家当儿童团多好，干吗到北京来受这个洋罪？"小狗子说："我才不愿意来哪！是我爹在这里三番五次地托人把我带出来学买卖的，我要知道是这样，姥姥也不出来呀!"说得大家都笑了。

大家又说又笑正在热闹,胡理都从里间蹽出来,一见就火了,开口骂道:"你们这群小兔崽子们要造反哪?别人正烦着呢,你们却在这里吵秧子,真他妈混账,都给我滚着!"小家伙们见事不妙,全都溜了。

过了几天,胡理都过生日,两口子一早就捯饬起来,胡理都穿上狐子皮袍,老三修饰得花枝招展,老吴特意套上了马褂,小把式也穿上新大褂,只有小力笨仍旧是破军装,踢里踏拉透底的白皮鞋。

经理起来后,老吴忙带领着小把式、小力笨走进来拜寿,大家先向经理两口子道喜。老吴头一个跪下就磕头,经理两口子忙拉着说:"年轻不敢当!"第二个是小把式,跪下恭恭敬敬磕了三个头,又给太太道喜磕了一个,老三一高兴,赏了他二十块金圆。小力笨见他们这样,真憋屈极了,心想:"凭什么给这块臭骨头磕头?"正愣着,被老吴推了一下:"你还不给经理拜寿?"小力笨一看情形,不磕是不行了,就马马虎虎地趴下,也不知是点了几下脑袋,忽然老三蹿了:"你他妈诚心咒人啊?哪有给人磕四个头的,你当是祭祖宗啦?"说着,乒乓五四!小力笨挨了好几下耳光,老吴又把他拖到外间一通臭骂。

一会儿,街坊朋友们都来出份子,有的送寿桃寿面,有的用红封套装着寿敬。里间是堂客,外间是官客,满屋子是人。今天买卖暂停,小力笨忙着沏茶,搬椅子,外带碎催。小粉包今天也露了脸,绿大衣,粉旗袍,一进来满屋都香喷喷的,寿星老受了三鞠躬礼,心眼里乐得冒泡。客人们不约而同过来好几位,围着小粉包开玩笑,老三一见她来就翘了嘴,可是今天是好日子,又当着好些人,不好意思翻脸!只是一扭脖子,来个不理。

小力笨奉命到街口宴春楼要来两桌炒菜面,大家风卷残云地吃菜,惊天动地地划拳,就听一片"两相好""五魁首"地乱喊,堂客们比较安闲,可以唠叨起家务没个完。胡理都一会儿到里间来敬酒,冲别人都是虚让让就算了,让到潘大姑这里,你送过杯来,我推过去,折腾了半天,潘大姑才和胡理都一人喝了一杯完事。老三一边看着,心里就直往

112

外冒酸水，好容易才咽回去。

等让到小粉包这里就麻烦了。这个涎着脸说："你非喝不行！"那个扭着屁股说："嗯哼！我们不喝吗！"拉拉扯扯实在不可开交了，小粉包才接过酒杯只喝了一半，却把剩下的一半送到胡理都嘴上，他就迷迷糊糊地一仰脖子喝了。大家正参观这幕"合欢酒"，忽然"叭嚓"一声，一个醋碗扔了过来，泼溅了大家一身。原来老三的火山爆发了，于是骂的、喊的、哭的、劝的乱成一锅粥，后来也不知道是怎样拉倒的。

八

第二天，老三没消气，清早起来抱着孩子回娘家了。胡理都晌午醒来，见太太晒了台越发不高兴，就想找底下人的碴。老吴看他脸色不好，就提着鸟笼子上茶馆了，小把式不知深浅，串门回来，唱唱咧咧也不干活，经理一看就骂上了："你这小子成天吃饱了就串门，也不照应买卖，你当我这儿开养老院啦！趁早给我滚着别他妈装孙子玩啦！"骂得小把式直白瞪眼，想回嘴又怕砸了饭碗，听着吧！真叫憋气，只好推过辆车来，摔摔打打地修理。小力笨一看经理这样，就知道脱不了一顿胖揍，只低着头一声不响地干活。

经理骂完了小把式，又想拿小力笨出气，可又找不出毛病。恰巧小力笨一回身，撞翻了水盆，这下他可抓住了错，不容分说拉过小力笨，抄起一根铁火锥，就在身上乱抽起来。刚打了两三下，忽然自己的手腕被人拉住，抬头一看，见是那天送药来的学生。刚想犯少爷脾气，翻脸骂街，忽然想起严巡官的警告，不觉塌了气，这才放开小力笨。

那学生很不客气地质问他："先生！我看你也像受过教育，为什么对待个小孩子这么残忍？他犯了多大的过错，你用铁器来打他？倘若你们的孩子被人这样虐待，你是不是能够忍受？你这种行为太不人道了！"胡理都瞪着眼不服气地说："这是我们铺子里的规矩，你管不着！"学生见他不说理，越发理直气壮："为什么管不着？社会上一切不合理不

113

道德的事，每个人都有过问的权利。像这种虐待幼童的行为，不但法律要处罚你，舆论要制裁你，群众也要干涉你，请问谁给你们立下的这种封建规律，哪一项条例上明文规定叫你们虐待学徒？他们是来学工作的，却不是你的奴隶，也不是你的囚犯，更不会给你立过打死勿论的卖身契，你究竟是凭着什么？"胡理都被问了个张口结舌，只是涨红了脸气得要放炮，实在没法下台，就愤愤地走出门去，使劲把门子摔了一下，表示他的尊严。

小力笨站在一旁，听着学生替他讲理，又见经理狼狈地走了，痛快得了不得，就不由得扑在学生的怀里，仰着脸，含着笑，眼里却充满了感激的泪，学生拥抱着他，温和地问："打伤了没有？我送你到医院去检查检查吧？"小力笨摇头说："哪里会娇气到这步田地。"学生笑着嘱咐他："小兄弟，以后不要只是忍受，他再打你不要怕，和他反抗，不然这些无人性的家伙，是要永远欺侮你的。"

小把式自从小力笨挨打，一直是旁观看热闹。但后来见学生打抱不平，讲的理都说到自己心里去，就不禁想起自己学徒时候挨打受罪的事，现在自己脱出了火坑，实在不应该看别人的热闹，再不该帮着欺侮人。因此很觉得后悔，就走过来，对学生说："您老可真像小说上的侠客，除暴安良，对待我们小师弟太好了。请问您贵姓？在哪里恭喜？"学生说："我叫丁毅，就在东边仁大读书，好啦！让我们坐下来谈谈。"

大家都坐在小木台上，丁毅就对他俩说："我不是侠客！但你们也不要崇拜侠客，因为侠客是个人英雄主义，只能卖弄一时的身手，却不能解决问题。要想解决问题，还是要靠自己来奋斗，要靠大家来团结，才能打倒欺侮人的坏家伙。"小把式他俩听了不大很懂得，丁毅就解释道："比如说，掌柜的打你师弟，你们俩可以一起和他讲理，一同去抵抗他，他以后自然不敢随便打人了。若只是等着我来帮你们，那就错了，因为我不来的时候，他依然还是欺侮你们。"小力笨接口道："你的话真对！以后我们一定要和他斗！"丁毅说："好！我要走了，以后再来看你们！"小力笨恋恋不舍地送他到门口，就问他："什么时候再来呀?"丁毅沉吟了一会儿说:"最近情况变化得很快,说不定哪天就要有很大的变化,以后有工夫再来找你们谈吧!"说完骑上车走了。

丁毅走后,小把式对小力笨的态度马上转变了。当时就把那天抢的绒衣脱下来,叫小力笨穿在里边,和他又有说又有笑,闹得小力笨直不好意思。恰巧小狗子来了,小力笨告诉他刚才的事情,乐得小狗子翻了个跟斗。

傍晚经理两口子和老吴都回来了。经理一进门就怒冲冲地说:"小力笨赶快卷行李给我滚蛋!"小力笨却不听那套了,马上反问:"为什么叫俺走?"经理道:"你这小子勾结八路,扰乱我的营业,不送你到警备司令部就算便宜!"小把式接嘴道:"没有凭据随便说人是八路可不行!"小力笨道:"随他送好咧!"

这一闹经理倒没了主意,老吴一看风头不顺,忙把经理拉进里间,悄悄地说:"现在八路可快来啦!你和他们结下冤,将来可是麻烦。"经理一听火气满凉了,老三觉得不忿,说道:"就凭这么个小傻瓜就敢造反?真他妈的没了世界。"

老吴从里间钻出来就装好人,对小力笨说:"你这孩子太不知好歹,哪能和经理顶撞,我刚才给你讲了半天情,经理饶你这一次,你乖乖地去赔个不是,得!这事就算完了。"小力笨噘着嘴只是摇头,小把式抢着道:"没犯错就胡打人,打完还叫人赔情,讲理不讲理?"老吴说:"这里面又没你什么事,你搅的哪份乱?"小把式说:"我们都是吃气的,他挨了打,我也挨了骂,杀人不过头点地,干吗欺侮人没个完?"小力笨接口道:"叫他爱怎么着就怎么着,就是不能给他赔情。"老吴一瞧这小家伙豁出去啦,小把式又跟着起哄,因此就说:"好了,好了,以后再说吧!天黑了快做饭吧!叫你们吃饭总不是欺侮人吧?"

这一场风波就算糊里糊涂地了结了,从此经理他们很少举手就打人了,可是常常不给他们吃饱,小力笨虽然肚子时常饿得咕噜咕噜叫,但总觉得日子渐渐好过了。

九

　　一天，忽然听见炮响，起先大家以为是试炮没注意；后来西北边炮声越来越密，跟着机关枪声都隐约听见了。大家都说："呀！这会儿可真来了！"

　　第二天果然证实了，满街挤的都是军用车，各种番号的军队。城外的人们，男女老少都进城来，满城慌慌张张乱成一片。大家都觉得奇怪，想不到八路来得这么快，就像从天上飞下来似的。城虽然被围了，幸亏城里还没落炮弹，大家才稍稍放点心。

　　围城以后，苦难的日子开始了。物价一天上涨好几次，金圆券简直成了废纸，街口上叮叮当当挤满了银圆小贩，"买两！买两！"地叫着。青菜渐渐看不见了，肉也成了稀罕物，家家户户都住满了兵，老总们随便拿人东西，还打骂人。每家都得出个男人去当民夫，有的派到东单天坛去修飞机场，有的派到城外去挖壕，或者去拆靠城墙近的房子。这些被拆了房子的人家，被撵到马路上，眼睁睁地看着自己的产业被扒了个土平，一家大小哭哭啼啼。大家一想到长春就发愁，恐怕将来要被饿死，有钱的人家抢着储藏食物，穷人们整天愁着没饭吃，又加上城外的枪炮不断地响得震心，大家真像热锅上的蚂蚁，坐立不安，六神无主。

　　美琪车行也住上兵，胡理都怕老三在这里出麻烦，就把她送回家去，小把式和小力笨，一个替铺子出夫，一个替经理家里出夫，一天到晚做着义务劳动。买卖也没法做，每天干赔挑费，胡理都从来没愁过，现在也每天唉声叹气。住在车行的老总还是挺横，一来就骂街，动不动就打人，胡理都为了耍少爷脾气，曾被司务长打过两耳光，幸亏老吴会对付，张罗着和他们打牌，又替他们设法卖军服军米，渐渐闹得很投脾气。

　　小力笨冬天去拆房子就替人家心疼，又见人家哭哭啼啼更不忍得下手，常挨监工老总们的踢打。他恨极了，每天盼着："八路快点打开城

116

吧！百姓真受不了啦！"

小把式去挖壕子更悬，有一天正干着活，不知从哪里飞来了一颗炮弹，就听轰隆一声，他被震得躺下了，炸起来的泥土盖了他一身，他以为这下可玩完了，呆了半天，觉得自己还活着，敲敲脑袋也没碎，爬起来一看，旁边躺着两三个；也有兵，也有民夫，还有一两根被炸断的胳膊腿。回来以后，愣儿瓜唧了好几天。

这样过了一个多月，就听说天津被打下来了。死了好多人，大家听了越发提心吊胆，见面都说："糟糕！饿不死！也得被炸死！"这时报上也嚷和平，绅士名流们也乱要和平，大家也都阿弥陀佛、上帝地祷告："和平吧！和平吧！"

好容易快到过年的时候，忽然传出了好消息。北平当局接受了人民的忠告，向解放军投诚。和平了！不打仗了！大家都松了一口气，可是又听说有一部分军队要自由行动，大家又开始担心，都盼望解放军赶快进城。

刚过了年，小力笨到街上去给经理买烧饼，看见满街是学生、工人、老百姓，有的拿着小纸旗，有的喊着口号，人挤人，人跟人，汇成一条人河向西走去。只听一片喊声："欢迎劳苦功高的人民队伍！""北平人民解放军万岁！""毛主席万岁！"

一会儿，渐渐地传来鼓声、喇叭声，只见一大队穿草绿军装的队伍远远地走来，军乐队所吹奏的，正是他小时在家会唱的歌："起来！不愿做奴隶的人们……"他听着这熟悉的调子，看着这一排排整齐的青年兵士，觉得心跳得很厉害，高兴得眼里流下泪来。

解放军一队队的一直往里走，好像越走越多，再也过不完。两边看的人们都称赞："嘿！你瞧一个个的又年轻又结实，真叫棒！""哪儿像国民党的军队，吊儿郎当的样子！""这样生龙活虎的队伍，怎么会不打胜仗！"小力笨一直等到都走完了，忽然看见自己手里还拿着烧饼，才想起经理还等着吃，心想："糟了！这回准得挨揍。"

回到铺子里，看见经理和老吴正坐在那里发愣，小力笨送过烧饼去，经理只是瞪他一眼就算了，小力笨很觉奇怪，心想："你们也知道害怕啦？"

十

北平解放了，旧时代、旧社会的一切罪恶、一切不平等的现象，不知不觉很快就消灭了好多。解放军对待市民，和和气气规规矩矩，政府干部们，办事又认真又负责，真能给人民解决问题，知识分子们纷纷要求学习改造，受压迫的劳动群众已经团结起来。过去对共产党狐疑的人们，渐渐也认识了真理。文工队和学生们，每天在街头敲起锣鼓扭起秧歌，除了那些自以为高贵的遗老遗少们感到看不惯，一般市民们，很快地对这种娱乐也有了兴趣，表示欢迎。小孩子们成群结队地学着扭秧歌，高唱着："东方红，太阳升……"每个地方都表现着一派新生气象。

解放后小力笨很是高兴，听见街上有锣鼓响就往外跑。看着别人成群结队地扭秧歌，他一边看得很眼馋，不觉也手脚乱动，乐得嘴也合不拢，别人唱歌他也跟着哼哼。有一次看见一群小学生，在街头讲演，都是十二三岁的男女小孩，可是人家却知道得那么多，讲得又是有条有理，一想："自己也和人家差不多大，怎么就糊糊涂涂什么也不知道呢？"心里就觉得很惭愧。

回来以后，他就问上过小学的顺子，顺子告诉他："这就是念书的好处。上了学就能知道很多事情，也可以学会很多玩意。"小力笨想，不要想上学了，简直是没那个命。可是自己又不甘心当个糊涂人，就求着顺子教他读书。其实顺子也只上过两年初级，知道的并不比小力笨多，只好拿念过的旧课本来教他。不多日子，这老师就没的可教了，常常无法回答学生的问题，只好自动辞职。

后来小力笨忽然发现无线电里有说评书的，可以听到很多故事。每当老吴拧开电匣子听评书，他也跟着沾沾光。这说评书的说的是《水浒》，是反抗封建大官僚的故事。小力笨简直听迷了，有一天不听，觉都睡不好，心里老惦记着。老吴是最爱听潘金莲挑帘裁衣、潘巧云偷和尚那几段，可是小力笨却爱听武松打老虎、李逵骂大街、花和尚拔杨柳。

小力笨听《水浒》很受感动，听听这些梁山泊英雄那种坚强不屈的反抗精神，就觉得做一个人实在应当这样，不该老受人家的欺侮，老当受气包，应当像武二郎一样："劈开木枷，把敌人打下水去……"

胡理都自从解放后，一天到晚提心吊胆，买卖无心做，玩也没心绪，只是坐在铺子里发愁。每次回家，就嘱咐家里人，白天也关紧大门，少出去，少惹事。

自从胡理都表示消极以后，美琪车行货光了，主顾也没了，眼看就要关门大吉，老吴看这情形暗暗着急，知道车行要是垮了，看样子恐怕帮不上了，就用尽心血想办法，好来维持自己的饭碗。

一天他俩在一块闲谈，胡理都表示要把车行倒出去，省得不死不活地拖下去。老吴连忙劝道："你别泄气呀！好吗！这年头哪有自绝生路的，你没见叶市长出的布告吗？现在是保护私人财产、繁荣工商业，咱们这儿也得算半工半商的生产买卖，你得打起精神来干才行哪！"胡理都搔着头皮说："已经成了这个样子啦！怎么个干法呀！"老吴说："咱们已经撑起这个架子来了就好办得多，想法折变点东西，重打锣鼓另开戏。多囤点货，响得火爆着点。到了多会儿，也得有买卖人吃的饭。若是你关了门，一来坐吃山空，二来没职业容易招风，你甭犹疑，听我的没错。"

胡理都向来没主意，听了军师的话也觉得有理，就一狠心再干他一家伙，可是家里的金条早已光了，便把老太太和三位少奶奶的首饰都敛了出来，经老吴的手，七折八扣地变卖了。这才又批来几辆新车，匀了好些零件、车带，重新油漆门面。又安装了两块画着电影明星的广告牌，老三又回来当她的内掌柜。依着胡理都还要添人，老吴说："现在下人不好应付，有这两个傻小子也照样抢一气。"从此整个工作，还是

119

压在小把式和小力笨的身上，美琪车行总算是又开了门。

自从物价稳定了些，买卖也容易做了，车行的生意比从前好了。附近的机关团体为着解决交通问题，也常来买车。经理一看买卖好起来，也不胡逛了，一天到晚高高兴兴地应酬主顾，干得很起劲。

买卖好工作也随着忙，两个小家伙有时忙得连吃饭的工夫都没有，成天累得头昏眼花，经理两口子起先不敢像从前那样作践人，但后来看看街政府、派出所都很好，并不来管他们的事，他们认为这些人们老实，用不着怕他们，旧脾气就又犯了，渐渐地又吓天喝鬼地骂人，对小力笨又开了打。

小把式向经理要求待遇，经理仍然说没钱。小把式说："也不能白给你们干活呀？"经理仰着脑袋说："爱干不干！我这里就是这样儿！"小把式一赌气加入了"小五金业工会"并且要求调解工资。

工会把胡理都叫了去，把政府所定的劳资两利的政策告诉了他，又批评了他一顿。因为小把式是技术工人，大家商定了每月二百斤小米的工资，食宿要资方负担，年终还要挂花红。胡理都没办法，只好捏着鼻子接受了调解。小把式算回来前半年的工资，听说家乡也解放了，就请了一个月假，回家去看望他的母亲去了。

老吴一看小把式有了办法，他也红了眼，就千方百计地钻进车业的工会，回来后把胡理都好唬一通："工会里可说你家是官僚资本，应当没收财产，我替你说了半天好话人家才算把面子都给了我。现在会里说会计是技术职员，比技工都得多拿，好在咱们是自己人，你就每月给三百斤米得啦！"胡理都听了又害怕又心疼，好说歹说，给老吴定了二百六十斤。

现在只剩下小力笨了。既无工资，又受虐待，老吴怕他也要闹花样，就偷偷对他说："你可别妄想跟我们学，你们学徒的不满三年出不了师，不能给人家要工钱，也得听管教，受支使，现在人家会里可说啦：'徒弟是铺子里的寄生虫，将来得取消！'你老实点听我的话没错，不然砸了饭碗就得饿死！"小力笨一听心里觉着冰凉，他虽说有反抗性，可惜太忠厚，就真信了老吴的话。

小力笨心里难过极了，想想真没了出头的日子，好容易盼得解放军来了，以为可能翻身了，可是现在解放半年多，并没有一个人来理过他，又听说要取消学徒的，真是没了活路，饭也吃不下，觉也睡不好，每天愁眉苦脸的，一天比一天瘦了。

十一

有一天晚上铺子里没有人，小力笨一个人正坐在小木台上发愁。这时小狗子和顺子来找他玩，三个人坐在一起心上沉沉的，互相叹着气。小力笨见顺子两眼又红又肿，像是哭来着，就问他："怎么啦？又挨打咧！"顺子点点头轻轻地说："早上一顿刚才又一顿。"小力笨听了叹着气说："真他娘的活不了啦！解放军也不管我们，丁毅也不知哪里去了，人家仍是欺侮个没完，你说可怎么好？"顺子哭着说："我们一块儿去上吊得啦！我是真活腻了。"小力笨摇着头说："死了可不是个办法。"小狗子很急愤地说："死啊！也不能白死，得和他们拼，反正不让我们活着，也不能叫他们得便宜去。"小力笨说："拼就拼，我也不在乎，就怕人家不和你拼，却哄我们走，那就糟糕咧！"这句话正是三人的心病，不觉都没了主意。

这时门一响跳进个人来，吓了大家一跳，一看原来是老么，今天老么冒冒失失的特别高兴，笑着对大家说："你们想上学不上？"三个人一齐问："到哪里去上学？"老么说："刚才街长去我们那里串门，就问我想念书不，我说想念书就是拿不起学费。他就说，这个学校不要学费，每到晚上你们闲着的时候才上课。我忙问是哪里，他说，现在我们街上成立了儿童夜校，失学的小孩们都能去上学，书还是白送，你们瞧！这可是个好事吧？"小力笨听了高兴得蹦起来，拉着老么就说："走！走！上学去。"顺子却少气无力地拦住小力笨说道："你们先别忙，你想想掌柜的们，能叫去吗？"这句话说得大家愣了。小狗子就问

121

老么："你师父愿意不愿意?"老么说："街长说的时候他没言语，等街长走了，我就说明天念书去，我们师父哼了一声就说，念他妈老鼠！也不撒泡尿照照你那个德行，觉着怪不错的。看样子大约是不愿意。"顺子说："简直就是不愿意嘛!"但小力笨却高兴地说："不管他们愿意不愿意，反正我们上学不是坏事，我们都去和掌柜的说，看他们为什么不叫去!"于是大家都说："就是这样办，撞钉子也认啦!"

第二天，经理回来了。小力笨鼓了半天勇气，才硬着头皮，去要求经理允许他上夜校。经理居然没蹿，就淡淡地问他："夜校管饭不管饭?"小力笨："只管给书，不管饭。"经理马上板起脸来说："要是那里能管饭，不要说上夜校，就是一天到晚你永远住在那里我都欢迎；若是吃我的饭要上你的学，我这里不是粥场，趁早给我滚着!"小力笨一听是"猴吃胡桃"满砸，停了一会儿，抽了个空到对过想问小狗子。没等他问，小狗子就凑在他耳朵上说："没等和掌柜的说完，就挨了两个耳光加一脚。你说的怎么样啦?"小力笨伤心地摇摇头就走了。在街上遇见老么，他冲小力笨扮了个鬼脸，就说："早上我一说，师父就叫我卷行李走人，幸亏师哥替哀告了半天，罚了跪也没让吃早饭。得！这上学算是吹啦!"说完就走了。小力笨又去找顺子，顺子委屈地说："今天又直找我的碴，还敢说上学的事，说了也是白挨顿揍!"

小力笨不能去上夜学，又失了一次望，精神越发坏了，做活的时候少心无肝。近来经理对他，也不打，也不骂，只是冷冷地看着他。小力笨一见他那种神气，就知道他又要想坏主意收拾人，只好提心吊胆地等候着，别的一点儿法子也没有。

过了几天，小力笨到街口上去买东西，看见一群化装扭秧歌的，敲着锣鼓在马路上走过。忽见有个推车子的跟在秧歌队后面，原来正是丁毅。丁毅看见了小力笨就走过来亲热地握着他的小手，笑着说："喝!少见！少见！前些日子去找你，你们柜上人硬说你回家了。我还以为你走了哪。"小力笨："俺每天盼着你!"

丁毅拉着小力笨走出了人群，到了个僻静的墙根，就问他近来怎样。小力笨说："解放了，还是照样受欺侮，解放军也不来管我们，人家依旧拿我们不当人。"丁毅听了就安慰他说："小朋友，你要原谅政府，因为政府现在需要办的事太多了，实在是照顾不来。他们若再欺侮你，就到派出所去和他讲理，不用害怕，现在政府是我们的了，一定会替我们说理。好啦！我们还要去游行，有消息我去找你，回见吧！"说完，他骑上车去追大队，小力笨乐得像驾云，蹦蹦跳跳就回来了。

晚上，小力笨寻到了小朋友们，把遇见丁毅的事告诉大家，并且说："他叫我们受了欺侮，上派出所去说理，他说政府会向着我们。"顺子说："不行吧？派出所的严巡官，和掌柜的们都有交情，他会向着我们吗？"老么说："那个外号叫阎王的严巡官呀！他早就吹啦！现在蹬三轮了。那天我亲眼瞧见那小子拉着大胖子走过去，流的汗有黄豆那么大……"小力笨说："你们没听见人家学生唱歌吗？'团结就是力量。'我们只要团结起来，就什么都不怕了！"大家都说："对！我们团结起来！"

十二

小力笨所担心的事情终于实现了，有一天老吴又领了个十四五岁的孩子来，还扛着行李，拿着包袱，进门就干活。等吃过午饭，胡理都把小力笨叫过来，却很和气地对他说："你到我这里来，也一年多了，一向很辛苦，不过现在生意不好捐税又重，实在养不了许多人，你还是另到别处去想法子吧！"说着，掏出二百人民票，伸手递过来，一边说："这是点小意思，你拿着坐车吧！"

小力笨并不是傻子，一见老吴又领了个熟手来，就知道要坏事，现在一听经理这套笑里藏刀的话，就明白了他们的鬼把戏，只是冷冷地看着他们。等经理送过钱来，赌气接过来，三把两把撕得粉碎，这一来大家都愣了，想不到这小家伙这么倔强。老吴就说："你怎么不懂面子呢？还等人家往外轰吗？"小力笨这时挺着胸叉着腰，气愤愤地质问老吴："凭啥轰俺走？"老吴说："你不好好干，人家就许轰你。"小力笨说：

"俺到底干坏了啥事?"正说着,忽然被人打了一耳光,满眼冒金星,原来胡理都又犯了少爷脾气。小力笨现在可不吃这套了,不假思索地就回敬了一拳。

胡理都想不到挨了这下子,捧着胸口乱叫起来。于是老三、老吴都加入了战团,三个人围起小力笨来乱打。小力笨虽然拼了命,可是打不过三个大人,终于被撺出了门外,鼻子也打破了,手也擦伤了,脑袋也被打肿了。

可是小力笨决不屈服,还要爬起来冲上去。这时对门的顺子、小狗子都跑过来,把打败了的小力笨扶起来。但小力笨气急败坏地说:"别拉着!俺得和他们拼命……"顺子和小狗子劝他说:"他们都是大人,我们打不过,还是到派出所去讲理吧!"于是他俩攒着小力笨就走。老么忽然在后面赶来,毛张飞似的说:"等等我!我也要去说理!"

他们到了派出所,所长一看来了四个小孩,哭的哭,叫的叫,还有一个头破脸肿鼻子滴着血。所长以为他们自己打群架来着,先不问他们来干什么,就把小力笨拉进了里间,用脸盆里的冷水给他洗鼻子,洗完后用药棉花塞上了鼻子,又在他手上脸上被打破的地方,涂上二百二十药膏,然后才把他领出来。

顺子他们一看,小力笨被抹成了花脸,禁不住笑起来,引得小力笨也笑了。所长就笑着说:"你们也太淘气了,闹翻了就打,打完了又好了吧?"小力笨愣愣地道:"俺们没打架呀!"所长问:"那么你们和谁打架来着?"

小力笨就把胡理都虐待他的情形一五一十都说出来了。因为所长也是个乡下穷孩子出身,当然非常了解一般穷孩子所受的痛苦,于是很同情地说:"你的苦楚,我已经很明白了。现在我保证解决你这个问题,你们经理这种非法行为,政府是绝对不允许的。"还没等说完,顺子、老么、小狗子已经等不住了,跟着都诉起苦来。所长只好让他们一个个地说。老么就说:"师父不让我上夜校,还罚跪、挨打、不给饭吃,刚才为我熬煳了粥,就要轰我走。"小狗子说:"我到柜上三年多了,掌

124

柜的还不给工钱，平常也挨打、吃气。"顺子也说："一天也不知道要挨几顿……"

所长听完后就说："你们的情况都大同小异，关于打人的问题我可以来解决。至于劳资问题，和工作问题最好是让工会调解。你们入过工会没有？"大家说"没有入过"，小力笨说："我们那管账的吴先生说工会说过，不满三年的徒弟是寄生虫，不许要工钱，只准听管教，受支使。"所长说："那完全是他胡说，区政府有个职工总会办事处，他们是专管这些事的，我负全责帮助你们到那里解决，你们都坐下等会儿好了。"说完，就叫警察去传这些掌柜的和美琪车行的吴良新。

胡理都一见派出所来传，他就吓毛了，哀求老吴替他想办法。老吴说："我连自己都顾不了，哪里会替你想？反正到那里多磕头少说话就是了。"他俩只好心里打着鼓到了派出所。进门一看，四个小家伙乐嘻嘻地和所长说话，心想：这官司是准输了！

所长见他俩来了，也待他们很和气，光让坐下。就问胡理都说："你为什么打工徒呢？"胡理都说："没有的事呀！"小狗子抢着说："打人打成了这样，还不认账！"所长忙拦住小狗子，又接着向胡理都说："你做错了事情应当坦白地承认错误。"胡理都分辩道："我做错了什么事呢？"所长说："也许你自己还不清楚，你听我告诉你：第一，你无代价地使用劳工；第二，你在他工作以外又剥削他的体力；第三，你无理地限制工徒的自由；第四，你对工徒使用殴打体罚；第五，你现在又对他无理解雇。你应当知道现在是无产阶级翻身的时代，而工人在今日是最光荣的阶级，你这种反人民的封建行为应当受严厉处罚。不过现在政府是宽大的，倘你能觉悟，能改过的话，可以宽恕你一次。你的意思认为怎样？"

胡理都听了这些教训，自己良心上也觉得做得太过了，就说道："我承认做错了，我一定改过就是。"这时其他三位掌柜也来了，所长依然很和平地一个个批评他们的错误，纠正他们的思想。回头又向胡理都说："你要当着群众坦白出自己的罪恶，并且要立悔过书，保证不再重犯才行。关于我对你们四位的批评，你们接受不接受?"四位掌柜不约而同齐说"愿意接受"。老吴见没有问他，以为没有自己的事了，就向所长说:"我先回去吧?"所长说:"还有你一点儿事，到职工总会办事处再说吧!"说了就带他们一同去到职工会办事处，去处理劳资和工作问题。

大家到了职工会，由店员组和手工业组的负责同志，根据四个徒弟的情况分别地调解。因为小力笨已经搞通了技术，所以给定了六十斤小米的工资，食、宿、衣服都要由资方担负，除工作外不再为资方服役杂务，工作时间外行动自由，并不准无理解雇。顺子和老么因还不会手艺，所以定了每月三十斤米的工资。小狗子已超过学徒期限，应按店员待遇，每月工资一百斤，其他的和小力笨一样。吴良新假借工会名义捏造谣言，送交法院依法判罪。

从职工会出来，四个小家伙乐得又扭又跳。掌柜的们却是垂头丧气，随着所长又回到派出所。恰巧街长、各闾长和许多工人代表，正在开会讨论，筹备庆祝人民政协的事，等会开完，所长就叫胡理都当众坦白。胡理都红着脸，吞吞吐吐地诉说着自己过去所做的罪恶，这种自我惩罚，实在比在法院受审难受得多。说完了，又饱受到群众的批评。胡理都虽说丢了一次人，可解决了一个问题，就是证明了政府仍然承认他营业，并没有把他当成官僚资本家，老吴的话完全是造谣，因此打定了主意以后要好好做生意。

这条街上，经过小力笨他们勇敢地斗争出一条大路之后，各买卖家的小徒弟也沾了光，全都获得解放。儿童夜校，突然增加了一二十个学生。本区各行业工会，也添了一批小会员。

从此"小力笨"这个侮辱性的称呼，再也没有人敢叫，"王柱子"这个名字又用起来。后来王柱子入了本区的青年团，还是个积极团员。

1950 年 2 月 27 日夜

(第一版《工人出版社》1950 年 8 月出版
第二版《川北人民出版社》1951 年出版，署名崔蓝波)

新生的一代

一九五〇年十二月初的一个星期六的晚上，才下完雪，很冷，高中二班住校的同学都准备排自己创作的话剧——《朝鲜儿女》。六个人一窝蜂似的拥入二十五号宿舍去。本来这屋子一向就有"大茶馆"的称号，谁都喜欢上这屋来，现在又因为住在这屋里的唐丽华是导演，所以她们就更不往别处去了。

词儿记得半生不熟，戏又要在下星期一演出，她们可真急了。排戏的时光，唐丽华又有点口吃，一句话要好几秒钟才说完。倒多亏同屋的"小辫儿"——施云，一面帮助提词儿，一面帮着导演。

"这……这……这哪儿成？憎……憎……恨做得不够。"唐丽华看她们表演得不够认真，说完就用劲搓着两只手坐在床上不言语啦。施云也不理她，把两条小辫往后一甩，对着满屋的同学说："演下去！你们看，这样！"自己做出形象来，给别人看……

这么一来，演得生动多了，唐丽华才有了笑容。屋子里的人也直给她们鼓掌。

施云坐在窗台上，嘴里打着锣鼓，又预备叫她们排下去。睡觉钟固执地响起来了，大家没奈何，只好回到自己屋子里去。

宿舍里吵吵嚷嚷地乱了一阵子，好像过完火车才放人通行的哈德门城门洞儿似的，真热闹。

一阵热闹过去以后，施云的同屋都忙着整理被褥，迅速又敏捷。施云说："一，二，三！争取两分钟收拾完，躺在床上。"两分钟过后，

127

大家都躺下了，只有施云仍然坐在窗台上不睡。灯熄了，从窗外的枯枝缝里照进一片月光来。施云的侧面的影子静静地向外望着。几个同屋小声说："累了一天啦，还装风雅赏月哪？"

"还不快睡！"

"明天还到街上宣传哪！"

施云依旧不动地说："我练习守卫哪！我练习着在月光底下往百步以外或是更远的地方看东西！……朝鲜的气候已经到零下三十八度了！……唉！只这么念叨，拿嘴关心他们有什么用呢？"有一个同屋平常顶爱嚷嚷，听她自言自语的，一时睡不着，就呜啦呜啦地叨唠着："得啦！快十点半啦，她不睡就别管她啦，别出声了，吵死我……啦！"说完，这位就睡着了，而且还打起呼噜。

整个校园里一点儿声音也没有，同屋的人都睡着了，只有马蹄表的滴答声十分清脆地响着。施云自己又自言自语地说："《新儿女英雄传》上写着，牛天水和小梅他们好几个革命同志……都睡在冰上。在冰上睡……我呢？"她一下从窗台上下来，到床上睡下。原来还有一位同屋没真睡着，见她睡了，才像放了心似的说："你怎么把思想搞通了？"施云也没言语。只有马蹄表响得更清脆了。

天一亮就六点多啦，大家都起来了，施云还没醒。大家想叫醒她，又看她睡得很香，不忍心叫她。忽然一个同屋——许芹惊讶地说："你们看，她没盖被子！"

大家一看，她真没盖被子，不知道她的被子哪儿去了，看了看她身底下也没铺着。只见她用短棉袄包着脚，盖着自己一个旧大衣，还盖着许芹一件大衣。大家忽然想起她开学的时候本来有两条被子，因为帮助一个同学交饭费，卖了一条。可是这一条又哪儿去了？

等她醒来，大家都问她，她笑着说："反正不冷，你们何必多问？假如它有更重要的用处，比给我盖还重要，那你们不就安心了吗？"

早晨的时间都够忙的，一会儿都要到洗脸房、饭厅、操场、琴室、课室去……也就没工夫再追问她，她才好像放下担子似的，吐了一口气，哼着新学会的朝鲜的民歌，走出宿舍去。

九点半街头宣传大队出发了，第一大队到东单广场上，红旗飘飘地领着十六个人一小组的腰鼓队。后面宣传员和一班同学总共有六十多人，敲着锣鼓绕场走着圆圈儿。不一会儿，人可围多了，小孩子就来了百十来个，一部分同学领着他们唱《东方红》。这群孩子唱歌的能力可真不小，只要一提头儿，连《保尔·柯察金》的插曲都会唱。所以这些孩子一方面是群众，另一方面都成了小宣传员。唱着唱着，东单广场上鼓乐喧天，人山人海的热闹极了。

宣传开始了，许芹的快板是第一项。她昂起头来，近视镜在早晨的阳光里闪耀着："说美帝，道美帝，提起来美帝真可气！……"

接着下去应该是拉洋片，再一项就该是街头剧《鸭绿江边》了。

剧里有一个角色是施云扮的，可是现在她还没有来，这可抓瞎啦！她们连忙又找了个演快板的同学来，为的是拉完洋片施云如果还不来，就先用快板顶上。

大家正着急，远远地看见施云跑过来，两脚的土，脸红得像胭脂，口罩上都是水珠，嘴里的热气在冷空气里不住地往外喷。

大家都问她："你今天怎么失信啦？都把我们急死了！"她喘吁吁地说："可……晚……啦！你不知道，我们小组的慰劳品还没做完，差一点儿完不成任务。"有人问："你们小组不是做完一批了吗？"她笑了一下，兴致勃勃地说："又赶做了一批大棉围领和棉手套。"说着她脱去外衣，用卡针把小辫子别好，化起装来，准备演《鸭绿江边》，一点儿都没感到是来晚了。她心里想着那么些厚棉的东西，围在战士的颈上，戴在战士们的手上暖烘烘的，多么好！真高兴啊！

这些日子的晚上，二十五号宿舍里更热闹起来。忙着墙报、漫画，忙着编献词，为的是欢送将来离校入军事干部学校的同学。同时这屋子也成了理发馆……有小辫的同学为了要参加国防建设，都把头发剪短了，在小桌子上已经排好了几条辫子，地上都是碎头发。施云的头发齐齐地垂在耳朵边，她拿着镜子一照，对许芹说："还长，要丹娘那么短的!"许芹说:"得了,丹娘那样的?没有推子啊,那是男孩子的样儿……我看你就对付一点儿吧!真是的,不剪的时候留那么长的辫子,要剪就剪那么短。"施云再三央求说:"劳驾还不行吗?那个样子方便!"许芹只好用小梳子托着把她的头发剪得短短的。剪完了她高兴地蹦起来,拉着许芹就跳起红军舞来,踢踢踏踏的,屋子又小,碰得别人直嚷嚷:"你看你,人家怎么画画儿呀?"她笑着蹲矮了身子,一条腿转着跳,另一条腿甩着,看不见挨地,像一个秋千。两只手一会儿托着短发的头,一会儿又紧紧叉住腰,脸都累红了才停下来。

慰问信、慰劳品都收集在学生会办公室里,真是堆积如山,五光十色的。黑板报、大字报上写满了做慰劳品的班级通讯和消息。在校长室里挤满了通讯小组的同学,准备在麦克风前面向各班报告慰问信和慰劳品的总结果,校长、学生会的负责人也都忙起来。一会儿,各班扩音器全响了。

大家都小声说:"这是校长讲话哪!"一会儿教师、工友的代表也都讲话了。末后由学生会报告受表扬的班级和小组,大家一声不响地听着:"高二第十六小组,一共做了棉手套二十双,毛手套六双,棉围领十个……她们小组一共才八个人,就做了这么多的东西,而且是手工仔密精巧的。……但这都不算,主要的是她们的精神是值得大家学习的。大家都知道施云吧?她是一个经济情况不太好的同学,没有做慰劳品的材料,她在没人注意的时候,把自己仅有的一床被子拆了,洗了,不声不响地躲在实验室后边的小堆房里裁成手套和棉围领……"大家都像开水似的翻起花来,鼓掌欢呼……响成一片。

第十六小组是高二丙班的一个小组,所以丙班全班听了报告都欢腾起来,大家的目光都光辉灼灼地看着施云。她不好意思地用手帕把脸蒙起来,才剪完的短发,可以看见耳朵和脖子一下子都羞红了。同座的把手帕给她揭下去,她又笑着用手蒙着眼睛。大家喊:"施云!施云!"也有的人说:"原来如此!怪不得她好些日子不盖被子呢。"

晚饭以后,许多同学往二十五号宿舍送被子。

一个星期以后，大家逐渐地转入正课学习。不过还有一个大问题在同学们心里存在着，那就是：参加军事干部学校到底批准没批准呢？那些已经报了名就等着审核结果的最是焦急，可是总没有消息。各班里还都准备开欢送会。施云是报了名的，她报的是空军，她听人说空军给女同志的名额少，她一想到这儿就心乱，后悔那时候为什么不报海军呢。想着想着，就后悔起来。因为她虽然瘦瘦的，但身子骨可强，在十八岁的女孩子群里并不算矮，体育课上她是大排头第三个人。她眼睛特别强，听觉也好，在音乐堂上考"和声"、听"音阶"，都没错过。她父母都去世了，是姑姑带大的，姑姑一向不限制她的行动。近年来姑姑自己的孩子多起来，对她简直是没工夫过问。那么她是没有家庭问题了。至于政治水平，她是一个青年团员，历史清白，还有什么问题呢？可是一想到女同学在空军的名额太少，心就焦急。可怎么好？万一批不准可怎么好？她也知道前线后方同样要紧，如果批不准不应当闹情绪，不过还是担心得厉害，假如批不准可就痛苦啦。她有时跟同学谈，有时候就自己想，分析哪一方面的可能性大。近来她的神气都有点发滞了。

十二月二十七号早晨第一堂课才开始，就听扩音器里报告："请大家都到大操场集合，有重要的事报告——公布名单。"同学们没容报告完就都跑向大操场去。每天从西楼到大操场，往往要拖五六分钟也走不完，这会儿，也就不到三分钟，一下子就在大操场集合站好了。校长庄严而愉快地念着九个人光荣的名字，念一个大家就欢呼一阵，九个人名几乎念了一刻钟。念完以后，九个人被同学们高高举起，五光十色的纸屑在金色的太阳光下，像彩虹的阵雨似的纷纷地撒在九个人的头上、身上、脸上，她们笑着眨着眼，每人胸前都佩戴了一朵大红花。腰鼓队跳着，敲打着，老校长和教师们也愉快地追在她们的后面，校长灰白的头发上也点缀上喜洋洋的彩色纸屑。

可是九个人里没有施云，大家都很奇怪，又怕她难过，就都来找她，拉着她去追那些人，绕校舍狂欢地游行三周。她很好，很自然，并没闹情绪，笑着跟大家一块儿欢呼，跑跳。在班级的小型欢送会上，她还把自己的思想过程说了一遍："……我看完《攻克柏林》以后，心情更坚定了，像阿廖夏那么要紧的钢铁工人到了祖国需要他到前线去的时候，他就放下铁锤拿起枪来。我不也是应当在打倒美帝、消灭了一切帝国主义以后再学习吗？而且我是健康的，我就下了决心要参加国防建设。当学校团总支批准我报名的时候，我乐得流出泪来……"她停了一下低低地说："不知道为什么没批准我……可能是我的条件不如这九个同学……"她低下头，短短的头发，垂在前额。大家都不作声，担心，怕她哭。

几颗亮晶晶的泪落在预备送给同学的小纪念册上，她并没哭出来，用右手小指把泪一抹，抬起头来，笑了一下，就庄严地说："就要离开我们的新战士们，请你们记住，你们是毛泽东时代最优秀的青年，你们是光荣的！可是我们也坚决努力学习，做你们的后备军……说不定不久会在祖国光荣的岗位上相见……"说完，就坐下了。唐丽华是被批准了的未来海军，她站起来，把自己的红花摘下来，给施云戴在胸前。她说："按说，你一切条件比我好得多，可能是因为我的体重比你重。我没什么说的，这朵光荣花送给你……我不会忘记自己的重要任务，也不会忘记你的嘱咐……"大家的掌声响成一片。

接着大家争着给同学念自己创作的诗朗诵，跳舞、唱歌、敲锣鼓……没有一个人不把自己的拿手本领献出来的，施云又跳了一段红军舞。

等施云一进宿舍，看见自己的屋子变了样，啊！真好啊！是谁把这屋子布置起来的？挂了两个红灯——还是十月一日用过的，粘着纸剪的"光荣"两个大字。窗子上用红纸剪了许多窗花，房顶上五颜六色的彩纸条，由中间的灯罩辐射到四墙的顶上。屋里虽挤满了人，并不是乱哄哄的。

一见施云大家就都叫起来："小辫！不，施云！你上哪儿去了？"施云说："我到图书馆去了。是谁把这屋子布置得这么美？"大家说："为了唐丽华，也为了你。你在这爱国运动里起了带头作用，我们需要你，前线同志们也需要你这样的人做后方工作。"施云心里无限地高兴，脸上和眼睛里都闪着愉快的光。

她等大家要回屋睡觉去的时候，大声说："我告诉你们一个好消息啊！明天咱们学校又要成立第二批军事干部学校报名处了。我要再一次报名！再批不准，我就等第三次。你们知道这一次有许多部门，而且女同学的名额比上次多了，有的部门女同学可以占百分之五十呢。"

"你报的哪一部门？"许芹问她。

"军医大学！"她说完，大家就唱起新学会的朝鲜民歌来，仿佛通过这歌声，不管在前方和后方，都联结成为一个方向！

（发表于《北京文艺》1951 年第 2 卷第 2 期，署名刘植莲）

姣　姣

一

"芩！芩！来呀！你教我的那段已经弹完了。"当我见到姣姣和淑芬并肩坐在马缨花树下弹六弦琴的时候，我沿着墙边溜开了。我每一次见淑芬和她在一起，心里就有一种说不出的懊恼。而且现在她又在弹我教她的那段《加勒瑞德的月光》，就更加倍地恼她。我轻轻地用脚尖踏着校园里的柔草走着，却被她看见了，而且欢欣地呼唤我。

"不，我头疼，到宿舍去躺躺。"我支吾着，走着。

"撒谎！"姣姣像个掠水的燕子飞奔而来，拉住我。我只得也和她坐在马缨花下，神不守舍地望着九月的晚霞，我知道暑假快到了，我又想着别离。

"你听着，留心听。我再弹弹，许多的音没有你弹得自然。"她说着，把琴放在膝上，弹着。在这溽暑天气，在这翠羽似的马樱花树下，听着这醉人的南国音乐，不禁使我抛下懊恼而心旷神怡了。淑芬很喜欢体育，对于音乐并不感兴趣，我偷看她脸上有些悒悒之色，我不知为什么更加欣悦了。

"还是那段《青青的夏威夷》是你的拿手，弹弹！"我说，我还是不住地注视淑芬。

"我走了，你们……"淑芬站起来，仰着头甩甩她的短发走了，头

134

也不回地。

"晚上见！在刘姥姥屋里，有大情人请吃糖！"姣姣大声说。淑芬没说什么走向宿舍。姣姣无言地弹着，我随着唱起来。我们的情绪如同两缕柔练，被音乐的力绕成一条美丽的索子，牢牢地锁住我俩的心灵。在曲子终了时，我们都默默地望着巍峨的校舍。

"还有半个月就季考了，我为什么念不下书去？芩！你呢？"她放下琴抱着膝说。我听了，忽然记起一件事情来。

"整天和马淑芬在一起，除了闹碟儿，就是请吃糖，再也没好事，还念什么书？"我愤愤地说。

"还不许玩玩吗？你好，你整天看小说，也没见你拿正经书本。"姣姣红着脸，嘴噘得像朵未开的玫瑰。不过她越噘嘴，我越生气。

"看小说怕什么？功课反正不能不及格。你礼拜六上'光明'看《恶魔》去，还以为我不知道哪，跟她们学吧！"我说着气愤地站起来走了。

"看电影怕什么……"我走开还听见她在唠叨。

刘姥姥的卧室离我很近，我是四十一号，她在四十四号。我晚饭也没吃好，勉强上了一点钟自习。下了自习就在屋里看书。同屋出去了，屋里很静，其实我的心并不静，看了半天，书还没翻篇儿。突然一阵笑声，大约是刘姥姥屋的同学，在打趣大情人，我真烦她们那股劲儿，一会儿天真，一会儿装大人。我用一个手帕的两角把耳朵堵住，还是看不下书去。姣姣太可气了，我一片好心劝她，她一点儿也不肯听。从先对我的那种情感哪儿去了呢？我恨马淑芬，她把姣姣教坏了，姣姣那个静美的灵魂是经不起恶气氛熏陶的。刘姥姥倒没有什么，她的年龄并不大，只是很有趣，在游艺会上，专门扮老妇人，碰巧也姓刘，所以大家都叫她"刘姥姥"。至于大情人，我不十分熟悉她。她比我们高一班，年龄似乎也大些。在礼拜六礼拜日，时时有男人来拜访她。于是"大情人"这个绰号就很自然地代替了她的真姓名。她自己也很乐意地接受了。有人在叩着我们的房门。

"进来!"我仍然堵着耳朵。刘姥姥来了,圆圆的脸,微长的下巴,短短的头发水淋淋的,似乎才洗完头。

"走,艾芩!到我屋里去!"她进来就拉我。

"得啦!我真怕那份闹劲儿。我也不爱吃那糖。"

"不是叫你吃糖,还有正经事和你商量。你不去,大家等你呢!干吗那么大架子呀!"刘姥姥好性格,说得那么郑重其事的,我只得跟她去了,走过一段甬道到了她的屋里。

嘿!人真多,床上一个挨一个的,小圆凳上、书桌上、窗台上……几十双乌黑的眼睛向我射来。我微微一窘,她们鼓掌了。奇怪,怎么向我开起玩笑来。

"艾芩烧盘了,哈哈!"她们笑着,喊着。

"我一辈子也不会烧盘的,谁像你们!"我说着不由自主地脸上烘得热了起来,大约真红脸了呢。大情人坐在桌子角上,长发上结着一块杏红丝条,脸上有杏黄色的胭脂。平平的鼻子和脸,幸亏一对眼睛闪闪的,不然实在不美。我坐在床边一个空隙里,很挤,比电车上的座位不相上下。窗里送进阵阵晚风,有珍珠梅的清香气。不然在这五月末的天气里,屋里这么多人,早就呼吸困难了。

门外一阵阵的笑声,刘姥姥像个旋风似的把房门开开,原来是两个同学把姣姣也拖来了。马淑芬坐在窗台上,冷笑了一下。我的脸仰着看墙上周璇的像,她们把姣姣猛然推在我身上,我好像已经预觉这举动是必然的了,可是窘得脸烘烘的,一阵爆发的哄笑。

"艾芩,请吃糖!乔姣姣请吃糖!刘姥姥真棒!"

"刘姥姥胜利!说合成功万岁!"一群狂了似的同学们大声喊着。窗外站了许多别的同学,对那脸转向窗外的马淑芬做各种询问,我只觉得耳边嗡嗡的,什么也听不清。姣姣挣扎着躲开我,大家又把她推倒,她像一条钩上的小银鱼那么用力地摆脱。

"乔姣姣!别捣乱,因为给你们说合,把大情人请吃糖的事都耽误了。"一个同学说。

"坐好了，要打睡觉钟了。"刘姥姥焦急地说。

"刘姥姥讨厌，说合什么？我们根本没闹意见。你不信问马淑芬！"姣姣终于坐在我旁边忍耐地说。不过那两个拖她来的同学始终不离开她，好像怕她跑了似的。我什么都没说。只见刘姥姥从大情人背后把几个纸包拿出来放在桌子中央。

"吃吧！大情人请吃糖，她快订婚了。"她说。

"讨厌，你才订婚哪！"大情人笑着掩饰着说，把一对乌黑的眼睛眯缝着，装睡美人的样子。大家一窝蜂似的抢着，姣姣借机会也想推开我，我按住她小声说："我给你抢去！"我抓了一把糖抛给她，自己吃了一块。娇娇似乎高兴了，悄悄对我一笑。小小的面庞微现红晕，特殊的长睫毛的眼睛，低垂着眼帘，笑着，随手给我一粒糖豆，她自己也吃了一粒。我释然了，看看窗台上的马淑芬，正把糖一粒一粒地抛给窗外的同学，脸还是没转过来。

"吃了大情人的糖，以后可不许再跟她开玩笑了。"刘姥姥边吃边说。

"没准！看兴头儿吧！"大家乱哄哄地答着。

第一次的睡钟响了，大家还留恋着，不肯走开，吃的声音超过了说话的声音，不过还有嬉笑的声音。第二次睡钟响了，电灯灭了，大家"啊！"的一声叫着跑开了。

"谢谢！""谢谢大情人！""谢谢刘姥姥！""以后谁再请吃糖也在这儿！""这个还预约吗？""预约便宜！""哈哈！"

大家这么嘈杂地喊着，踢踏地跑着，无灯的甬道里乱成一片。

"等训育主任查完卧室，上校园去等我。"姣姣握着我的手说。

"好！回头见。"我们匆匆地奔向各人的卧室，换上睡衣躺好了，正正的一动不动。大约有五分钟吧，平底皮鞋的声音走在洋灰甬道里。我躺得更安静了，而且闭上眼睛，果然听见别的卧室的门响，渐渐地走近了，我的门开了，照例有一道强烈的手电灯的光在我们屋里晃着，照得我的眼睛直闭不住。我用力闪闪地闭住，一会儿她走了，我们深深地呼出一口气。

"你睡了吗?"我小声问我的同屋。

"我等会儿还上地窖去念英文,明儿有听写。别说话,她耳朵可长啊!"声音比我起码还小一倍地回答,我再也不问了,她一会儿坐起来向窗外探探头。

"我走了。"她穿着一双特备的软底鞋走了,一点儿声音也没有,不知道我能不能做得像她那样好。于是我探头见训育主任的屋里有灯光,有人影,她在房里。我穿上胶底鞋,学着同屋的样子,轻轻地推开门,走过长长的甬道,走下高高的阶石,到了花树丛后的校园里。天上有月亮,只是半个,倒还亮。石凳上姣姣坐着等我。

"你什么时候出来这么早?"我走近她去问。

"她查完卧室,我就从窗户里跑出来了。"她说,我很惊讶她的大胆。

"讨厌!我们的卧室大,一共六个人,她像数元宵似的数着,一个人还能丢?真讨厌!"她说着,握住我的手,很诚恳地。

"你没生气吗?"我怯怯地问。

"生什么气,我早忘了,反正你是为我好。"

"马淑芬生气了吧?"

"管她呢,其实她的心很好,并不像你想的那么坏。"

"有什么好?……"我说一半就停住了。

"芩!我有一件事应当告诉你,你可不许……不许责备我。"她说着,在月亮的微光下,看着我的面庞。

"说吧!什么事?我怎会责备你?"

"你知道我认识了×大的一个学生吗?他待我很好。你要是看见他,一定赞成我跟他好的。"

"是马淑芬给你们介绍的吧?"

"不是她介绍的。她介绍的……另有一个。"

"看看——不几天,两个男朋友了。那么,是怎样认识的呀?"我说着，望着空中的月将要被一块灰云遮住。

"听哪！芩！你总好像不高兴似的。在北海认识的，有一个礼拜，和……"她停顿了一下，我说："什么？"她又接下去说："和淑芬在北海划船，划进荷花丛里出不来了。他一个人划着船，看见我们的样子，过来把我们的船给划出来……他问了我的住址，给我寄来一封信。"

"训育主任没看见？"

"落款写得很清楚，并没人检查。"

"淑芬介绍的那个人呢？"我不知为什么总忘不了淑芬。

"那个人是××球队的大门，很棒，可是我不很喜欢他。"

"那么你喜欢那个划船的是吗？你也该请吃糖了，还在刘姥姥的屋里。"我讽刺着。

"你可别对外人说。好芩！你要是说了，我就不……"她惊醒地说。我笑了，点点头。月亮果被灰云遮住了，四外黑暗而沉寂。姣姣的脸在我眼里模糊了。

"石头太凉，我们回去吧。"我这样说着。

"芩！你是不是又不高兴了？"她担心地问着，似乎又在眨着长睫毛的眼睛。

"我为什么不高兴呢？替你也应该快乐呀！"其实我的心里的确感到忧郁。这么一个完美的人，不知道要开始什么命运了。她是在和异性谈恋爱的哪，我自己还不知道恋爱究竟是怎么回事；但是……我不知为何对姣姣生出一种月亮被灰云遮住的感觉。

"请你星期六到光明去好吗？他也去。你看看就知道了。"她在请求着我。

"哪一个他？是大门，还是'划船'的？"

"看你！自然是——划船的，他叫佟飞，那个大门叫马恒捷。"

"马淑芬的什么人？"

"她的堂兄弟吧。"

"那么，你是叫我看佟飞了。你到时候可别理我，我冷眼在你们旁

139

边看看就得了。"我说。

"好！你可别失信。"她说了我们就站起来，并肩在沉沉的阴暗的夜庭院里走着，到甬道里分开了，她的卧室在楼上。

多么喧哗的所在呀，光明影院的卖票处已经挤满了人，我生疏地坐在一个沙发的角里，等着拥挤过了再买票。可是不断的人从门里进来，好像怕来迟了似的，挥着汗往里匆匆地走，男的、女的……青年人居多，我十分惊讶地看着他们，眼睛已经晕花了，我只得闭闭眼。

"你的票在存票处，快拿了进去。"一个人拍着我的肩膀说，是姣姣，说着她又进去。我找到存票处拿了票，进到里面。呀！多少黑色的头颅啊！台上垂着华丽的幕，放送着女人歌唱。良久，我看见姣姣和一个青年坐在靠柱子的地方，我悄悄地坐在他们后一排的把边处。大家都在看说明书，我却忘了这一招儿，无聊地看着台子。假如是音乐会，或是学术讲演该多好呢。这么多的听众，就是话剧也好些，我真不喜欢那些肤浅的平面的电影。只是多日不看电影了，也许电影进步了，我自己宽慰着。

姣姣对那青年说了一句话，他站起来到外边去，正好经过我旁边。外表看起来很好，和姣姣很配和，只是为人怎样，岂是一瞥之下所能明了的。衣服太考究了，是个贵族大学生的气派，这一点似乎不合我的脾味，好在姣姣也很考究衣饰的，我也就放心了。

我不觉向前看去，姣姣正回头对我一笑，我也会心地报之以微笑。她见我高兴，满足地笑着抛给我一块奶油糖。我正想取笑她这么早就请吃糖，她却急促地回过头去，他已经进来坐在姣姣身旁。我想这就是所谓的一对情侣了，我又无聊地看着垂着广告幕的前台。

马淑芬从我旁边过去，后边跟着一个伟岸的青年。马淑芬机警地看见姣姣，又指给那同来的人。于是他们向姣姣走来，正巧姣姣的前排有两个空座，他们坐下。我扭过头去看墙上的明星照片，不去看他们。心里却不明白姣姣的心，她不是怕别人知道吗？可是为什么到这喧哗的场

140

所来呢？

电铃一响，全场的灯都熄灭了。五彩的广告照片，把千百条视线集拢去。广告、标语……很久很久才交代清楚，正式电影开始映演着。那么黑白分明画的布景，那么非唐非宋的服装，演的却是清朝的一个故事。女的那么萎靡扭捏，男的那么贪婪地追逐，倒也载歌载舞。他们用带节拍的声音对着话，只是他们想表现的是什么呢？令人捉不到一个中心，反正一切很欧化，拥抱与接吻的场面也不少，我想应是一部爱情片子。

电影散场后，被群众拥出大门口，强烈的日光刺激着我那在暗中被放大了的瞳孔，流出许多泪来。

暑假中我思念姣姣，只是不常见她的信，我怎能不知趣地总去打扰她呢？写了信，封了口，甚至于贴上了邮票，却没勇气投递，心里凭空增了些许惆怅。

一天早晨，我才洗完澡，女仆送给我一封信，很厚，是姣姣寄来的。白封皮有蓝和银的斑点，这是姣姣最喜欢用的信封。我快乐地和女仆握握手，她莫名其妙地笑着走了。我看姣姣的信。

芩！

无论如何先得请你恕我。早收到你的信了，只是一天到晚胡忙，总没得工夫写回信给你。随你怎样骂我，我都甘心地承受了。芩，只要你不再怪我。

秋后我也许不继续升学了，因为飞想结婚呢！你一定为我高兴吧？在六月的月下我们已经订了婚，我妈都同意了。飞虽然还是学生，他的家境很好，我们未来的生活是没有问题了。只是我们八九月再行婚礼，那时你就可以回北京了吧？我等你。没有你参加我们的典礼，我是不会愉快的。飞也知道你，他知道你是我唯一的好朋友，所以等你回北京再行婚礼他也同意了。你啊，在开学以前到。

141

可笑马淑芬，因为我没有和她的堂兄弟交往，还来质问我，好像我有和他交好的义务似的。我只好把和飞订婚的事告诉她，许多同学都知道了，刘姥姥还去看我呢，她还打听你的消息。芬，容我在这儿停笔吧。

你一定又看了不少的名著吧？

祝你愉快！

姣姣

我不信这事是真的，太快，太快了！不可能呢。而且姣姣只有十八岁，结婚似乎太早。男人结婚以后能读书，而她却辍学了。

姣姣不再和我同学了，姣姣不再和我同学了！在马缨花下不能再一同弹六弦琴！姣姣再也不是乔小姐了，人家要称她为佟少奶奶或者佟太太。少奶奶、太太这些名称是跟姣姣联不上的……毫无系统的许多不十分愉快的意念在脑子里乱哄哄地搅起来。再也平静不下去。

二

窗外飘着雪花，卧室的暖气还不算暖和，为了一道难做的解析几何题，弄得我烦躁起来，把做题本子抛在抽屉里，从书架上信手拿了一本嚣俄的《哀史》①看着。我很喜欢这本书，这里主人公的遭遇多么动人哪！几次为这故事流过泪，几次和姣姣讲述这里面的情节，她对于看书不十分认真，但是每当我讲给她听的时候，她都那么凝神地听着，有时还落着泪说："芬，不要讲了，我忍受不了。人间不会有那些惨事的。"

我拍着她的肩膀安慰她说："不要哭，哭会损伤你眼睛的美丽。"这时她果然会用手帕轻轻地拭着泪。姣姣实在是太重感情了。

———————————

① "嚣俄"是民国早期对"雨果"的译法，其发音来自粤语。《哀史》和《可怜的人》都是民国时期对《悲惨世界》的翻译。

142

她结婚已经四个月了呢，几次访她，见她住在清雅的小家里，做着小巧的针线活儿，等着她丈夫的归来。他们屋里有钢琴、六弦琴，有成架的琴谱。她的佟飞也很喜欢音乐，而且唱得很好。在这时佟飞一定回去了，姣姣又在弹六弦琴了吧？可惜今天只有星期四，要是星期六，我一定去看他们。我把墙阁里的六弦琴拿出来，轻轻地弹着旧而阔别的曲子，思念着姣姣。这个曲子反复地弹了两三遍，又黯然地把琴装在盒里挂了起来，悒悒地伏在桌子上，困困的，困困的……

"喂！艾芩，吃饭去！"有人呼唤我，可是我还没十分清醒，有人在推我，是刘姥姥，我醒了。

"你可是太颓废了！下得这么好的雪，不说在外面去散步，倒在屋里睡起来。吃饭去。"她好心地说着。我慵懒地起来，挽着她走向饭厅去。我也许病了吧？不但不觉饿，而且一闻一股陈旧的米饭味儿，心里一阵难受，可是我忍着了。只听得一阵阵敲打菜碗的声音，别的同学们有的已经把汤喝光了，叫厨师傅添汤，她们真是一群饥饿的小燕子呢。忽然听见一阵喧闹声，从第十桌发出来，那是刘姥姥的一桌人，只听见刘姥姥在喊：

"一，二，三！"三字才喊出口，其余的五个人就一个字、一个字地很清楚地喊着："艾——芩——请——吃——糖！""艾——芩——有——个——碟——儿啦——碗儿！"全饭厅都哄笑起来。

果然有人拿着饭碗边敲边走到刘姥姥的桌边问："艾芩的'碟儿'是谁？"

"你等着吃糖就是了，问什么？反正是'姣姣第二'！"

这种无理取闹的举动，在饭厅里是很普遍的现象，我倒不在意，只是她们把谁又硬派成了我的"碟儿"了呢？我好奇地看了那桌人一眼。

"你们看艾芩找碟儿哪！"一个同学含着饭说。我只得坐好了吃饭，胡乱吃了一碗就要跑出去，刘姥姥拉住我，我的同屋却把淑芬拉拢来。这真是太可笑了，无论如何淑芬不会拉成我的朋友。可是她们不管三七二十一地把我们俩拉到院里，挤到走廊的柱子旁，淑芬似乎很老实地任她们拉拖，只是微笑着。我也把那轻微的厌恶的心抹消了。

"大家都是朋友！何必拉？再拉我就恼了！"我也笑着说。

"亲戚有远近，朋友有厚薄。这会儿你没有姣姣伴着了，再拉一个淑芬补缺！"大家七言八语地说。

"请吃糖没事；不请吃糖没完！"大家要耍蛮。

"请！马上叫王妈到街上去买行吧？放松手。"我说。大家不放我，终于我和淑芬每人拿了一元钱叫王妈买来糖，在刘姥姥屋内吃完了才罢。我已经被她们闹得头晕目眩了。

第二天从洗脸房出来到饭厅去，走在阶石上，淑芬从对面走来，雪后的朝日照在她的脸上，她短发上还戴了一顶小红帽。见我她又微笑了，从先对我扭头不理的样子一点儿也没有了，那么昨天她们闹"碟儿"是事出有因了。只是她怎么能喜欢我呢？

"到没人的地方去看。"她交给我一个折成三角形的纸条，悄悄地说着走开。我把它放在袜筒里，吃完点心，在卧室看那个纸条：

艾芩：

　　对于她们闹碟儿的事，你厌烦了吧？怪我呢，我曾经对刘姥姥说你是个可爱的青年，她说我夸你，于是有了昨天晚饭时那一举。艾芩，自从姣姣离校后，我们俩感到同样的惆怅，我知道。可是你和姣姣的友谊还可延续下去，我却得罪了她，没机会再见她了。我是多伤心哪。艾芩！你应许我做你一个较近的友人吧，反正我们的糖也请了，她们不会再闹、再捣乱了。不要总是躲着我呀，除了你我是再也没机会得姣姣的消息的，你觉得姣姣幸福吗？但愿如此。祝你好！

　　　　　　　　　　　　　　　　　　　　淑芬

我真没想到她对姣姣有如许厚的情感，我被感动了。我同情她，我将尽力地完成她的愿望，因为我的力量足可以办到呢。

星期六午饭后，成群的同学在总务处门口挤着，喊着领出门证，我在人群里看见淑芬，我向她招手，她走出来，有人故意地咳嗽，我装作没听见。

　　"你的出门证领出来了吗？"我说。

　　"快了，已经叫到三十号了呢。有事吗？"

　　"快去领吧，我还得等。一会儿一块儿出门……"不等我说完，她就跳到人群里，体育家特有的敏捷。她随即又挤出来，跳到我旁边。

　　"你也快去！三十九号了。"她说。

　　果然我的四十一号的出门证领到手，我们的心情马上活跃起来。一同洗了脸，把蓝大褂一脱，穿上大衣走出校门去。飒飒的小北风吹在脸上，感到新鲜，我们像一双出笼的鸟，淑芬尤其喜形于色。

　　"你回亲戚家吗？到我家去吧。"她说。

　　"不，我们到姣姣家去。"

　　"那怎么行呢？我们吵过嘴的。"

　　"什么叫不行啊！有我哪。姣姣一直是温厚的，她见了我们一定快乐！"我们说着已经走出小胡同，到了大街上。

　　"好，我同你去！随她怎样待我，我见见她也是好的。"她说。于是我们急切地坐车去看姣姣。

　　姣姣见到我们，快乐的眼里含着泪，幸亏睫毛长挡着了，不然她真个哭了呢。她挽住我俩到她的房里。似乎是一个小客厅，也像一个书房，同时又是一间音乐室，相当的清雅宜人。

　　"真没想到你们会同时来看我。别的同学都好？"姣姣挽着我们坐在一个大沙发里，询问着。

　　"都好。大情人也结婚了，刘姥姥还是大家的中心人物。"我说。

　　"淑芬还没忘我，我真高兴！"

　　"永远忘不了你。只是你的心里除了佟先生还能有别人吗？"淑芬说着，不自然地笑着。

　　"别取笑了，小姐！我也不用表白，我近来夜里常梦见你们呢。"

姣姣感慨地说着叹息着，美丽的脸似乎消瘦了，头发梳在后面，颈项上堆着两三个发卷，十分的俏。只是不像从先的姣姣了。女仆倒茶来。

"不要茶，煮点热热浓浓的咖啡来，这两位是我最好的朋友。"姣姣对女仆说。女仆笑着走开，茶在矮几上，热热的水汽上升着。我忍不住地喝了一口。

"渴吗？"姣姣看着我问，像一个贤良的小主妇。我点点头，她也陪我喝了一口。

"今天是星期六，你先生要回来吧？"我问。

"那么走吧！"淑芬急促地说。

"怕什么？他很欢迎我的朋友们呢！可是今天他不回来了，到天津去看他母亲。幸亏你们来了，不然我也要回家去看妈妈。太闷，太无聊。"姣姣有些伤感了。姣姣幸福吗？我得不到解答。

这个星期六的下午，在姣姣的招待下，我们沉醉地谈着，歌唱着，弹着琴。到六点，我们应当回校了，七点以后就不能交出门证了。但是姣姣不答应，留我们吃晚饭。淑芬北京有家，每星期六可以回家住宿，我的家在外埠，必须七点返校的，我焦急地要走。

"没关系，我打电话给训育主任，替你请假。别看我，在学校的时候训育主任还特别垂青呢。等我试试。"她说着果然给学校打电话请假，出乎意外地得到允许，我快乐地拉住淑芬跳起来。姣姣放下电话，对我们笑了，闪着长睫毛的眼睛。在她的眼光里，我又见到了同学时代的姣姣，我凝神地看着她。

"看我干吗？变丑了吗？看相片册子吧！我到厨房去看看。"她拿了许多相片册子，其中有一个最大的我接过来，淑芬也选择着看。姣姣出去了。

相册的第一页是佟飞的半身像，第二页又是佟飞的半身像，很像一个电影小生。第三页对着佟飞的像却是一个少妇，我想该是姣姣，不是，是一个面目完好的少妇，比姣姣胖些。我很奇怪地翻到第四页，是姣姣和佟飞结婚的合影。以下有许多他俩的新婚俪影，差不多的，姣姣都曾送给我。淑芬递给我另一个本子，她把我的大本子接过去。我偷偷留神她翻到二三页时也现出惊讶的神色来，只是没说什么。良久，姣姣回来了。

"慢待了。"她笑着说。

"你太客气了，对，自己去做。"淑芬略显不安地寒暄着。

"别客气了，不是抢糖吃的时候了吧？"我见她们太客气了，忍不住地说。她们都笑了。那个完好的少妇的半身像，始终浮现在我的意念里。谁呢？贴在佟飞的对面。

"这张照片是谁？"淑芬这样问姣姣，正是指着那少妇的像。

"他的姐姐。"姣姣答着，看看钟。我觉得她脸上似乎有一种特殊的情绪笼罩着，我更加狐疑起来。

晚饭非常可口，几个月来，在学校吃着粗淡的饭食，偶尔吃这么精美的小菜，又是良友亲手调制的，真是不忍骤然下咽呢。餐桌上淑芬已经没有初来时的那种拘束神气，坦然地和姣姣谈着，姣姣却不停地问着学校里的事，甚至于洗脸房里的情形都问了。

真奇怪，她既然这么怀念学校，又为什么不再入学呢？

饭罢，淑芬回家去了，我却留在姣姣家里。在柔美的灯光下，我俩无言地弹着琴。她弹钢琴，我弹六弦琴，没有商量什么调子，只是我伴着钢琴弹奏就是了。奇怪，姣姣再也不弹愉快的曲子，似乎有千丈愁事压在她心里。琴声由淡淡的忧郁转到强调的感伤，由感伤再升到狂烈的悲愤，她伏在琴上哭了。我呆呆地把手里的琴放在桌上，拍着她的肩，不知该如何安慰她。

渐渐地她停止了哭泣，抬起满是泪痕的脸看着我。一枝梨花春带雨，我不知她受了什么委屈，同情地看着她。

"走，到我卧室去。"她挽着我到她的卧室去。室内的色彩很美，是粉红和白的谐和色，粉红的帘子、幔帐、灯伞，白色的墙、床单、围屏，还保存着新房的状态。女仆正往暖瓶里倒水，把炉火收拾好。

"你去吧，不叫你不用来。"姣姣对女仆说。然后室内就只有我和

147

姣姣了。

"屋里太燥了吧？开开窗子好吗？"她用特殊的温柔调子说。我点点头，对她过分的温柔感到不满。她原来本也温柔，但还有点儿倔强，现在却一味地柔顺起来，真是嫁人的效果。窗子打开一半，在粉色的灯光下，看着窗外的夜色，觉得十分隔阂，看着遥远的星空更显得是另一个世界的景象了。我出神地坐在她妆台前的小凳上。

"芩，你为我难过了吗？不要那么动情感哪。你睡下好吗？我们灭了灯谈话。"姣姣蹲在我面前说。可是她只有一个床。

"我睡在地板上吧？给我一条毯子就行。"我说。

"别！这么一个大床，不好睡下两个人吗？好好的睡在地板上做什么？"她似乎微愠了呢。

"也好，只是，不习惯罢了。"我从小凳上起来，她给我一件绸睡衣，我们躺下，灭了灯。窗外的黑暗略袭进来，我把被子往上拉一拉。

"芩，你对我结婚是不是有一点儿反对？"

"没有，一点儿也没有。"我掩饰着说。

"那我真失望呢。"

"怎么？我不明白你的意思，姣姣。"

"你以为我结婚后很幸福是吧？"

"……"我再也想不出适当的话来掩饰了。我只好沉默。

"大相片册子里第三页那个女人的像，你看见了吗？"

"见了，那是谁？"我忍不住地问。

"我已经告诉淑芬了，那是他姐姐。但是，芩，不是的。她是佟飞的妻。"姣姣的声调异常地哑了。

"你呢？你才是他的妻呀！"

"我，我自己也很难说他把我当作什么。好在我觉悟了，随他去吧……"

"姣姣，你在说什么？你怎么甘心做他的妾呢？"我不胜愤愤地说。

"我不是甘心，我起初不知道那女人是谁，他只说那是他的一个远嫁了的姐姐。我想，姐弟是手足，相片贴在一起算什么呢，我并没注意。只是近来，他改了……"

"姣姣，你太痛苦了，还是不说好吗？"

"不，芩，我只能跟你说了。爸妈对他还好，只是对于我们过于急促地结婚很反对呢，我不肯听，我起初对他真是迷了似的恋着。芩，你不会嫌烦吧？我把一切都讲给你听吧。往后的结果，我虽然不敢定规，可是我也略有些计划……"

"只要你讲出来心里高兴，你就讲吧，我也没什么的。"我心情似乎已静下去，等着她讲，她微咳了一声说：

"结婚后一个月内的生活是太美了，我们真是只羡鸳鸯不羡仙呢！终日守着，听着他醉人的歌声忘了一切。天地虽大，只有他是我的命、我的灵魂、我的心。……对于行婚礼时他父母不到场的事完全忘掉，他随便说一个理由我就相信了，他的口才很好。他说：'你嫁的是佟飞呀，管别人做什么？只有我是最爱你的人……'

"他一个月的假，很快地就过去了，以后每天下课回家来仍是很快乐地伴着我。星期六下午、星期日整天，他仍是不离开我，他预备功课也不许我离开他。但是近来他改了。"她停了一下。

"这么短的日子连情感都会变了吗？"我好奇地问。

"事实使得他变了。他一切用度完全是家里供给，这个月的用度家里却没汇来。他花钱很不节制，一旦没有钱他就受不了，时时发脾气。最初两天，我还安慰他、劝他，并且我和爸爸说好了，暂时接济我们，等有了钱再还。可是他似乎另有苦衷似的，毫不以我的安慰为意。前三天他竟然和我不客气起来，他说家里因为我才不给他寄钱的。芩！我当时还莫名其妙地哭着请他恕我，我又说一定努力叫他父母喜欢我，我要求到天津去见他父母，他不许……后来他才告诉我他家里还有一个妻子，我是他在外边偷娶的。芩！我受了多么大的侮辱呀！可恨我当时并没感到，还只是说：'没关系，只要你爱我，什么我都不放在心上。'他说了这些话以后，见我并没大兴旗鼓地闹起来，他就安静些了。只是

149

以前的那些热情再也没有了。而且有三个星期六回家去，星期日很晚才回来，我……才知道他对于我并不是真爱……芩！我真想离开他。"

"恐怕你办不到呢。"我说着却听到她的饮泣声，我深知她太痛苦了，由她哭个痛快吧！

"爸爸妈妈还不知道他的欺骗行为呢，知道了一定不会答应他的！"姣姣哭着说。

"那么，你打算怎么样呢？"

"我一定离开他，我还去上学。不过芩！"她半果断半犹疑地说，"离开不是太容易的事吧？"

"你不知道，你……"姣姣伏在我肩上痛哭起来，激起我再也忍不住的不平。

"你还有所顾虑吗？你怕他吗？"我说。

"不！"

"那么是什么呢？姣姣！冷静一些想仔细啊！"

"医生说我有小孩子了。"说着，她哭得更厉害了。我真不相信这一切是真的，我不知道怎样安慰她，更不知道应当怎样指示她逃脱这个困难。她在我肩上哭得多么凄楚呀！夜风更冷地吹进窗来，炉火似乎没有方才那么暖了。

"姣姣，别难过，我去关上窗子。"窗外静静的夜色，遥远的星空也令人感到凄楚。大街上传来阵阵的桂花元宵的吆喝声。窗子关上了，听见姣姣的哭声，我把火炉弄暖，重新躺下。

"你还是向伯父伯母说了吧！他们年纪大，经验和知识都比你多。"我说。

"可是叫爸爸妈妈太伤心了，多么对不起！"

"那么多的顾忌还了得？"

"也好……"她的哭声似乎暂告停止，我也放心些了。不过想到她的遭遇又不禁愤愤，那么不忠实的人居然有那么大的吸引力，以至于使无辜的姣姣走着最痛苦的途径。学校虽然没有教导人怎样去恋爱，但也

150

没人教导青年们怎样去躲避诱惑。我对于那些遥远的学科不胜其怀疑了。我们又谈了些琐事，钟敲两响才各自沉沉入睡。

第二天清晨，我要回学校，她还是挽留不放。

"你今天上午赶紧回家跟伯父母去说明吧，不要再延迟了。"

"你不要跟淑芬提这些，她会笑话的。"唉！这个多虑的小姐，我只好答应着离开她。

三

又一个暑假已经过了一星期，我还住在学校里。因为姣姣要住在医院，我很想知道她的平安信息后再离开北京。

在一个下午，我在××医院见到了姣姣。大约是暑假的第十天吧，她握着我的手落下泪来。我笑着说："不要哭，哭了眼睛就不美丽啦！"她苦笑着拭去眼泪。

"还好吗？"

"和阎王爷握握手又回来了。几乎见不到你了呢！不是人受的滋味。"天哪！我真怕看她那啼笑皆非的样子，脸上苍白得几乎和她的衫子一样，长发梳成两条辫子。

"男孩还是女孩？"

"男孩。"

"佟先生来过吗？"

"……"她摇摇头，眼泪随着落下来。

"你不要伤心哪！身体会受伤的。"我这样说着，却不明白佟飞为什么这么不尽责任。

停了很久她才忍住泪说："我们离婚手续已经办好了，今后再也没有瓜葛。只是可怜这孩子生下来就没有父亲。"她的声音抖得那么厉害，还好，没掉下泪来。

"你先休息休息，健康复原了再谈吧。"我见她实在太弱了，忍住好奇和愤慨的心抑止她。

"你也许奇怪吧，不早不晚的，在这时离婚。可是你不知道还有更可气的事呢！佟飞的妻子在法院控告我妨害家庭呢！幸亏父亲请律师替我辩护，结果无条件地离异了。也好，今后清楚了。"

"无条件地？你精神物质上的一切损失他都没补偿？"

"随他去吧，爸爸不肯叫我要一个钱，爸爸说和没结婚一样地供养我和孩子。"片时沉默。护士催我走，怕她太累，我只得走了。她坚约我明天再来，我答应了她。我忘记父亲催我回家的信了。

淑芬还不知道姣姣的近况。一天她来学校替一个朋友索简章，见到我。

"艾芩！你怎么没回家？北京有了爱人吗？"她兴高采烈地说。

"胡说！谁像你们……"

"刘姥姥可交了一个男朋友，是我给介绍的。"

"你最爱管这些事！男的可靠吗？"我不免想起姣姣的事。

"自然，是我的叔伯哥哥。"

"马恒捷？"

"你怎么知道？你认识他？"她惊讶地问。

"你又来了，我干吗认识他？你不是给姣姣介绍过吗？"我后悔又提起姣姣。

"真的，许多日子不见她了。咱们去看看她好吗？"

"她上天津了。"我脸上热烘烘地撒着谎说。淑芬是很厚道的，并没看出破绽来。我们在无人的校园的长道上散步。

"上天津了？她的婆家？"她问着。

"是的。"我点点头，暂时沉默了。

"她什么时候再回来，你知道吗？"她微叹地说。

"我想不会太久的。只要她回来我就通知你。"我更加惭愧地说着。

我们坐在藤萝架下，淑芬的脸色似乎平静了，我才放下心去。夏日的阳光照在灿烂的花畦里，我记得那一片草花还是我们全班在春天里种

152

下的，泥土弄湿了每一双白嫩的手。淑芬最能掘土，以至于她的脸都有泥点，我们嘲笑她，她还生气地说："做活像做活的，种地像种地的，谁像你们娇滴滴的小姐！"刘姥姥那时也挺用力地捡土里的石子和碎砖，毫无偷懒的心。可爱的天真姑娘们，没想到这时能见到我们当日的成绩，更没想到刘姥姥已经有了男朋友。一切不可测的变化呀，真使我愚蠢的脑子想不清了。

"刘姥姥还那么快活吗？我很想她呢！"我打破沉寂地说。

"刘姥姥很高兴的，你等着吧，开了学准有糖吃就是了。"她说。

"你哥哥结婚了没有？"我又想起姣姣来。

"当然没有。我伯父可不是老古董，他喜欢儿子自由恋爱呢。"

"可是，交男朋友就为结婚吗？"我是在心里思索的，不知怎么脱口说了出来。

"你真矛盾到家了，交男朋友既然不为结婚，还问我哥哥结婚了没有做什么？你心里一定有秘密，你怎么神经不集中了？"淑芬率真地说着，她又恳切地约我到她家去。我知道她家的弟兄很多，不愿意闹些是非来，婉言谢绝了她。

又探望了姣姣两次，她的孩子我没看仔细，在护士的手里睡着，红红的脸怪可怕的，也不好看。

"他的父母都很美，怎么这孩子这么丑？"我在婴儿室的门前小声地跟那护士说。

"很好看的孩子呢，他出生只有六七天，自然没有多少好的五官，所有的孩子都这样，一出满月就好了。"护士笑着说，又极有趣味地看了我一眼。

"先生！我能到婴儿室去参观一下吗？"

"院章是不允许的……只是您……也好，等我把他放下，给你穿上院里的衣服。"她匆匆把孩子放回去，给我拿了一件消了毒的白衫子、口罩，悄悄地带我进去。一片幼小的哭声，像雨后池塘里的青蛙互相响应着。

"他们饿了吗?"我小声问。

"才吃过奶了,他们哭着好玩的。"绿纱窗外浓荫的树木,光线不十分强。沿着墙根有毗连的双层小白床,床栏里躺着人类的萌芽,一个一个地裹着白单子,露着红红的小脸儿,有的小手在外边动,却是白嫩的,都那么丑,有的睡着,有的动着哭,有的似睡非睡,听别的小同伴在哭,也应答地哭两声睡去。看到这情况使我记起幼年时代儿童画报里的蚂蚁幼虫育室。这些个小人儿,再过十几年,就会演出许多社会剧来,真是奇迹,我想。又见到成打的小褥被、小磅……我不敢久留,辞了护士,告别了。

第二天,我乘车回家去。到家后,妈说我胖了。姐姐的孩子正好在我家,她只有两个生日,会说话了。那么细嫩的声音,像呢喃的燕子,我终日不离地哄她玩。姐姐倒抽暇做了不少的事。

"她在满月里也像个小红妖怪似的那么丑吗?"有一天我抱着她问姐姐。

"一脸的胎毛,红红的,我倒觉不出怎么丑来。"姐姐笑着回答我。

"你见过满月里的孩子吗?"姐姐又问着我。

"见过。一个同学的孩子。"我说着忆起那像雨后池塘里的青蛙似的一片哭声。

六年的中学生活已经告一段落,大学生活又开始了。在×大没有一个熟人,我只得常去姣姣家。去年秋天,她到上海去读书,孩子在家里由她母亲照顾。她的姐姐嫁了,家里除了个用人以外,人很少。那个孩子非常可爱,绝不是医院里的那个红脸小妖怪的样子,假如不是我亲自见过的事,我真不相信一个孩子会变得这么快。她的母亲大约四十六七岁,是一位和蔼而微胖的老太太,她的父亲也常见,他也只四十余岁,高身材,很镇静,很少说话。不过见到姣姣的孩子就笑逐颜开的,和孩子说些难懂的话,孩子笑着张着手索抱。

姣姣很少有信给我,只能从她家得她一些消息。最好的朋友千里迢迢,不免时时牵挂,尤其在星期六或星期日感到孤单。

刘姥姥和马恒捷结婚后倒很幸福，我去看过他们一次，只是马家景况不十分好，马先生毕业后，在一个中学教体育，还要担负一个家庭的用度，经济上不免窘迫。刘姥姥在一个小学教书，比婚前黑了许多，而且婚前那些风趣与活跃的精神也减少了许多，我真不忍多见她。淑芬倒好，她在××学院学体育，仍然保持着昔日中学时代的风度，她现在成了我唯一的朋友。

一个秋雨绵绵的星期日，淑芬带着许多糖果来看我，我真诚地欢迎她。我们在窗下桌边并坐着，吃着，谈着。

"这就叫作'同窗'是吧？"她笑着说。

"这叫'同志'，志皆在吃！淑芬，你的新同学都熟了吗？"我吃了一片饼干说。

"早熟了。同班自然不用说，同楼住宿的没有不认识我的。"她顽皮地把葡萄皮吹成泡又咬破了说着。

"不过，比起中学时代的情感来差多了。"她又补充着说。

"比如在那时候，要是喜欢的朋友，为她做什么都可以，不喜欢的，看都不肯多看一眼……记得从先总觉得你可气，不随和，就不想理你，一心一意地喜欢姣姣。等姣姣一走，觉得你的确不错，比别的同学都可爱，所以又和你诚恳地做了好朋友。现在不是那一种心情了，大家在一起嘻嘻哈哈，分开了谁也不记着谁了。"她又吹了一个葡萄泡。

"我在学校认识人太少，同屋也是客客气气的，没有什么话说。她总有人找，整天不在屋里，我倒很安静地读了不少书。同班们见面一笑，点点头过去了，没有话说。男同学更生。

"我的确太不随和了……淑芬，我对你也一直地不喜欢呢，就是姣姣在学校的时候，我总以为她和你学得过度活泼了呢。现在我才明白，她是天性多感了，以至于……淑芬！我再也替她隐瞒不了啦！"我拉住她的手。

"怎么了？她有什么不幸吗？"她的眼睛闪着惊疑的光。我一泻无余地把姣姣的遭遇全盘述说了。淑芬的泪像秋雨似的连绵不断地垂下。

"你应许带我去看看她的孩子吧!"她垂着泪说。我答应了她。不到十分钟,她又把泪拭去,面上复原了,而且马上微笑了一下。

"其实有什么可难过的,有一次经验对她未尝没益处。像佟飞那样的男人,姣姣不难找到呢,她多么美呀!多么可爱呀!"她说。

"不过她伤心太厉害了,不会再轻易地去爱另一个异性吧?"

"她只有二十几岁,其实还是一个孩子呢,怎会有那么长久的伤感观念?"她肯定地说着。我想她是对的,姣姣心里充满了活力,是不怕波折的。我用力拍了一下淑芬说:

"你对了!"

秋雨下得更响了,把红顶课室楼和爬墙虎的叶子洗得异常鲜艳,配着灰色天空的背景呈现出柔和的色彩。谁说灰色天空不美呢?

"淑芬,你是喜欢春天还是喜欢秋天?"

"看看,你们学文学的人这股子酸劲儿!我真受不了,你也叫我跟你悲秋吗?"

"不是,你冤枉我了。我是觉得秋天很可爱呢。目前的色彩使我直觉地如此想。"

"哪一季都可爱,冬天我也爱!只要有温暖的衣服。"

"你的话里显然是不喜欢冬天哪!我'也'爱,哈!你这学体育的也怕冻,还要温暖的衣服。"我们笑着,争论着,几乎又恢复了中学时代的情形,可惜刘姥姥不在场,于是我们又谈起刘姥姥来,以至于大情人,还有许多别的同学的事,天南地北无拘无束,直到晚九点,雨停了她才回去。

一次到姣姣家去,听她母亲说,她又订婚了,而且对方是一个异国人。她母亲叫我写信劝她小心。我回到学校以后,果然给她写了一封很恳切的信,无非劝她小心而已。但是信寄去一个月,还没消息。我只好练习忘记她,免得多一份牵挂。

忘记姣姣真是一件很难的事呢!

新年后的四五日,接到一份裱得很考究的喜帖,她又要结婚了,是和那个异国人。我到她家去，想多得一些她的消息，她的母亲现出很难过的样子。她的孩子已经会走了，一个三十多岁的女仆看着他。我见这被父母抛弃的孩子，不胜感慨地叹了一口气。

"姣姣太没主意了，不听话，到底要和那鬼子结婚。她父亲给她寄了一笔款子，据说结完婚到外国去住。"

"她不回北京来看看吗？"

"大概不。这孩子好像不是她生的！"说着，她看着在地下走着的孩子。孩子的脸型很像佟飞，长睫毛的眼睛很像姣姣，还不十分会说话，只是嘴里"妈妈""妈妈"地发着原始的声音。我蹲在地下温柔地和他说着短句，渐渐地熟悉起来，我抱他，他又笑着走开。那一笑，丛密的长睫毛的眼睛真是姣姣的缩形。我呆呆地看着他，他回着小头又对我笑着，以后我就和他做了朋友。

每星期六我总要带些玩具或糕点去看我的小朋友。在春天他已经会说话了，见我就喊艾姨，"艾"字的音很像"阿"字。有一次我抱着他在院里玩，他却伏在我的耳朵上悄悄地叫"妈妈"。奇怪的呼声，他的小心眼里多么需要妈妈呀。我并没回答，他失望地用小手摸着头，从我身上挣扎下去。

我真对不起他！我为什么不能答应他呢？我怕什么呢？他失望的小脸上似乎罩着一重霜，依着房门不动，看他的女仆从屋里出来。

"怎么了？阿庄，为什么不和艾姨玩？"女仆问。他把小头藏在她的衣服里不说什么。

"他烦了，你带他看金鱼去吧。阿庄再见！下礼拜六再来看你！"他看了我一下，摇摇手说："见！"我惆怅地对乔伯母告别回学校去。

一天我才下课，听见号房喊有人找我。到接待室才知道是乔伯母派人来接我，说阿庄生病了想艾姨。我坐上他们的车，匆匆地在一个洋货铺买了一个大头的机器人，心情异常紧张地去看姣姣的孩子，我的小朋友。

冬天的白昼太短促，我到他家时天已经黑了。在乔伯母的房间里静悄悄的，有几个人守着一个小床，乔伯父在堂屋里徘徊着，见我来，他站住往里让我。

"也不请你休息了，快去看看阿庄吧，他不住地喊艾姨呢！"乔伯父强作笑容地对我说。我走到小床边，乔伯母垂泪对我点点头没说话。阿庄焦黄的小脸儿仰着躺在小床上，长睫毛的眼睛微闭着，像一个失意的大人似的闭着眼。我的泪不由得落下来，但我赶快用指尖抹去。

"他是什么病呢，伯母？"我的声音很小。

"最初是不思饮食，睡觉不安，发烧。大夫说是受凉停食，吃了药并没见效，好像丢魂儿了似的……可怜的小宝……"她又垂泪了。

孩子的眼睛突然张开，像在寻找什么。我微微低下身子去，叫他看见我。

"艾姨！"他清楚地叫出来，伸着手要我抱。

"我能抱抱他吗？伯母。"

"当然！"乔家伯父母同声说。我把他抱在胸前，他安适地闭住眼睛，身上滚热，而且一些重量也没有，我觉得如果抱不紧就会从我的手里飞出去似的。我酸楚地抱着他，念起久别的姣姣。他又睁开眼睛，我把那大头的机器人给他，他似乎很高兴，但一会儿又厌烦了，小眉头皱得那么难过。

"要什么呢，阿庄？"我小声问。

"艾姨！"他的眼睛张大了看看我。

"妈妈！"他又这么叫了一句。

"好宝宝，你多么乖呀！"我记起春天他叫妈妈的事来，我不忍再让他失望地安慰着他。

"我再叫'妈妈'，艾姨说'嗯'！"他笑了一下，要躺在床上，我放下他去。

"到外屋去听……"阿庄喊。

"宝宝好了，这么支吾艾姨吗？"乔伯母拭着泪笑着说。几个女仆也随着笑了。我到堂屋，见乔伯父也不徘徊了，对屋里笑着，而且对我

158

现出感激的样子。我很不好意思，站住，只听见屋里发出那么悠长的凄厉、弱小的呼声："妈……妈……来……"我哭着跑进去。

"你没答应：嗯！"他说着似乎还叫我出去。我按照他的意思又走出去，第二声更迫切、更尖锐、更酸楚的呼叫，又自屋里发出：

"妈……妈……"

我努力地应出声来，再去看他，他可真高兴了！又要我抱，我坐在桌边和他一起玩那大头人。那个大头人的脸很有趣，孩子自然地笑了。渐渐地他睡在我的手臂里，我轻轻放下他，拍着他……他沉沉地睡了。

乔伯母张罗开饭，夫妻俩对我说不出的感激，以至于我感到不安了。

我为阿庄破例地请了一天假，第二天早晨他已经痊愈了，而且精神也很清楚。我尽我所有的力量向他解释了，他才放我回学校去。年假又陪他住了三天，他很健康了。乔伯母拿我当姣姣似的看待着。

四

出乎意外的，阿庄在初春的时候患脑膜炎死去了。星期六我还和他玩了一个下午，星期二他就死了，据说是四点钟的急性脑膜炎呢。病的时候已经失去知觉，大夫来了就死了。可怜的阿庄，没见到他的真妈妈就死了，痛苦的小灵魂，就那么渺茫地消散了。姣姣知道了，就能无动于衷吗？乔伯父更少言语了。那么温馨的一个家庭，失了这么一个小生命却立刻凄凉起来，没有趣味，没有欢乐，没有操纵情感的中枢……我也不愿意再进到那个院子。隔些日子去看他们，也只是片时的，再也停留不下。

四月一号，学校里过着万愚节的把戏，到处发生着未曾有的趣事。平日里不可一世的教授先生们也未能逃脱地上几次学生的当。人们总是容易长进的，上午闹得那么厉害，下午上当的人就少了，骗人的也没有新伎俩。

吃完午饭，忽然有人喊："艾芩小姐电话!"我想这又在骗人哪，谁给我来电话呢，我装作没听见。"艾芩小姐电话!"是看电话的老张。我想这没错，哪怕在电话里上个当呢，就去接电话。

这个快乐我该和谁讲呢？我放下电话，真乐得想和老张握握手，可是他没有这么欧化，不行。我一个转身从电话室跳着出来，几乎碰倒一个人，原来对面走来一个同班的男生。我急收住脚，他对我点点头，我也点点头跑了。真了不得，我听见有人在背后笑我呢，我不管，我到卧室去。

下午只有一小时的课，是×教授的哲学概论。我真怕他那一口非内地的国语，他究竟今天讲了些什么，我一个字也没听见。我心里只是在想："姣姣回来啦！是乔伯父来的电话，绝不是叫我当四月一号的'傻瓜'吧？不会的！他是我的老前辈呀！那么姣姣真回来了。从国外……真的。"我一直思索到下课。

我真没想到在急切希望见一个人的时候，车子会走得这么慢，我有几次想换车，但是车夫已经满身汗淋淋的，而且别的洋车都被他赶过去，我只得忍着。到了乔宅门口，我十分感谢车主，多给了他几毛钱。我自己也不知道怎样走到房里来的。

姣姣简直完全改了，叫我再一次初见到她感到一百二十分的惊异！那么浓艳的装束，那么消瘦的脸庞，长睫毛似乎用人工卷得向上翘着，这自然是在异国学得的化妆术。眼皮像哭过红红的，只是她的眸子里的视线还是姣姣的，乌黑闪亮而忧郁的眸子，对我直射出许多哀怨。她拉住我，唇在抖着。

"芩！我还能见到你!"她说着不知怎么地倒在我身上，再也没有声音。

"姣姣！姣姣!"她晕了啊，我和女仆抱她到沙发上，乔伯母急急地过来摇她，我们给她抹了许多红灵丹，用冷水拭着她的额，她才醒过来，我的汗也把衣服湿透了。

"好些吗，姣姣?"我问着。她点点头。

"从回来就哭，见了你没哭，就晕了。你好好劝劝她吧，真是总叫你操心！"乔伯父在椅子上说着，可怜地看着女儿，又看看我，我知道他心里还同样地想着阿庄。女仆拿些洋酒来，姣姣奇怪地大杯喝起酒来。渐渐地她已镇静，叫我坐在她旁边，足足有五分钟，我们彼此想不出话来说。只听着靠墙那一座大时钟嘀嘀地响，寂静漫长的四月下午，有充足的阳光照射着窗外的鲜艳花木。姣姣身上发出强烈的化妆品的香气，我的精神感到炫迷。

"我真成了鬼啦，芩！你说实话，是不是很厌烦我？"

"你真忍心冤枉我！因为听说你来了，急得在学校里跑着，几乎撞倒人！在街上催着车夫，也几乎引起车祸！你倒冤枉人……"我委屈得要哭，但是她的神经很不健全，我是不应当再刺激她了，我忍着。

"生气吧！芩！你是最不会掩饰的人。你还是那么可爱，书生气更重些了是吧？我送你一样好东西吧，还生气吗？"她真站起来，从书房的抽屉里拿出一包东西来，长方形的，交给我。真的像姣姣说的一样，我不加掩饰地急忙打开纸，纸里还有一个精致的绒盒，有金字和红玫瑰，我以为是化妆品，上面却签着是《但尼生全集》①。再打开绒盒，那华贵的书皮在我眼前发光了，但尼生的半身像好像古希腊的浮雕镶嵌在一个微低的椭圆形里，摸摸真是浮雕，超凡脱俗！花纹都是凸凹的柔皮做成的。原版的官禁书册呢！多少但尼生的长诗，都有精美的插图，我似乎在梦里见过这么一册书，只是梦里的那书绝没有这一本美。

第二天早上我才回到学校。晚上在灯下，在我的日记本上又写了密密几页纸。熄灯了，我又点上蜡烛，写到十一点才罢。

日记的上段从大家互相愚弄的趣事写起，写到姣姣赠书止。下段是这样的：

---

① "但尼生"现译为丹尼生（Alfredlord Tennyson，1809—1892），是英国维多利亚时代最受欢迎、最具特色的诗人。

我和姣姣别了两个年头。初见感到久别重逢的兴奋，千言万语不知从何处说起，而且从两个绝对不相同的环境说来，有无限的生疏隔在两个人之间。直到晚饭后，她对我这本色的样子已经熟悉了；我对她那欧化派也不感到新奇了，我们的真情感也自然地流露出来。她留我住在她家，她和我在灯下谈起话来。最初，她提起阿庄来，痛哭了半小时，渐渐地止住哭泣，一样一样地问着阿庄的事迹。

　　"他和相片一样吗？"

　　"他最喜欢谁？"

　　"他也知道在远方有他的妈妈吗？"

　　她问着，我小心翼翼地答着，但有几次她又哭起来。我真怕她再晕过去，我设法用不相干的话支吾着，她才稍微停住了那些关于阿庄的问题。

　　月亮升起来了，照在那面大玻璃窗上。夜风吹着白纱帘，飘飘地舞动着。

　　"我们灭了灯，把窗子打大一些好吗？要不然到凉台上去看月亮。"她说。

　　"在屋里吧，北京的四月初，夜里是冷的，你会着凉呢。"

　　"你是说，我不如你健康吗？不，我身体上并没有病。走，到凉台上去。"她固执地挽着我，我很久不见她这仅有的倔强。在灯光下，我注视着她微愠的眼，和那嘬得如未开的红玫瑰似的嘴，我又见到马缨花下的姣姣。

　　"那么，我们添些衣服再去不行吗？"我小心地说着"我们"，她才拿出两件毛衣来，我们各穿了一件。室内和凉台上的灯都灭了。到凉台上去，坐在两把纤巧的椅子上，她面向月光，但是缕缕的白云却依傍在月边不去。她的脂粉在饭后已经洗去，苍白的脸很像在医院的样子，只是睫毛上翘一些罢了，也像阿庄冬天那次病在小床时的样子，现出十分憔悴的颜色。

"在月下该弹六弦琴呢，可是我的琴弦断了，什么时候你替我买些新的来好吗？"她说着，眼睛并不看我，只是迷茫地望着远处，不是望月，她望着的是天边。

　　"好，我一定替你买来。没琴弹，谈谈心吧。"我说了，又觉得失言了似的，谈什么心呢？又是谈阿庄，我心急得突突地跳着。

　　"是呢！我们有几年没谈心了。"她很正常地说着。

　　"你这次来北京打算住多少日子啊？"我开始要和她谈心了。

　　"永久住下去了。"她苦笑了一下。

　　"你的先生肯吗？"我自然说的是那个异国人。

　　"他啊，他已经没有了。"她的眼睛更望得远，显得迷蒙了。

　　"姣姣，怎么回子事？我真闷死了！"

　　"死了，明白吗？我做着他的孀妇呢！可怜的好心人。"她大约经过痛苦事太多了，说这句伤心话并不落泪，只微微叹了口气，其实是喘了一口气，她内心的情绪一定又紧张起来了。

　　"他还不到三十岁，人很能干，也很健康。我在一个外国教授的家里认识了他，不过我绝对没想到会和一个外国人结婚……他为人很豪爽，虽然只是一个商人，但是一个少见的天才……"她很兴奋地说着，好像是说着与她不相干的故事似的。

　　"一定会唱吧？"我又想起佟飞。

　　"自然，还是一个好钢琴手呢！他有一双大手，是天生来为弹钢琴键子的。在那个教授家里，时时为我纠正弹琴的姿势和手法。你知道我是那么动情的人哪，渐渐地我觉得他很好了，他真诚地说了他对我的爱，当时我对他并没表示。不过，

163

当我一个人孤零零的时候，寻思他的为人，并不像一般的异国人那么轻视中国人，他是一个西乐厂的经理，在上海有支店，他手下全是中国人，待遇都很好。谈吐之间，他很少说'我们国''你们国'的字，总是'我们'或'你们'。我教了他许多中国诗，他都能背得纯熟。一次，也是在月下那教授家的凉台上，他唱着古恋歌，神情超越地，叫我做着古色古香的梦幻，我想起许多异国青年相结合的故事，还有的是你讲给我听的呢！"她笑了笑，又接着说下去，"越是在大都市住久了的人越有一些荒诞的梦幻，来摆脱物质文明气氛的高压。"

"哲学意味的话呀，姣姣！"我笑着对她说。

"真的，我在梦幻的月下答应了他的求婚。结婚后精神、物质都很快乐。我忘了一切地生存在梦幻里。"

"难怪我信上的劝告不生效果了。"我心里这样想着没有说出来。

"后来随着他回国去。在异地，并没感到什么生疏的痛苦，因为一切有他。多次的跳舞会上，他珍重地把我介绍给他的亲友。我穿着中国衣服，他们有的拿我当作动物园里的动物似的看着，也有的在嫉妒着。我觉得很少有人像他那样可爱，所以渐渐地跳舞会不举行了，只是晚上到剧院坐坐或去听音乐。多少名家的演奏啊！芩！在那时我特别思念你，因为你是我音乐上的启示人呢。"

"不敢当！"

"我和他常常讲到你，他说等你毕业了，到他的家乡去读书呢……

"在外国住了十个月，我患起乡愁来，吃也想吃中国东西，看也想看中国东西，特别地思念阿庄。"提到阿庄她又沉默了。良久，她才喘了一口气，接下去说：

"我很对不起他，以往的事我没告诉他，他以为我思念父母呢。他伴送我回国，同时他还答应了在北京和我同住几个月呢。

"到上海他忽然得了肠热症，两个星期，吃尽了许多治肠热症的药都没留住他，他死了，葬在公墓里。为了我怀念故乡倒使他身葬异地，我太自私了。芩！我却有一个奇异的念头……"她神秘地笑了。

"不，我这念头，你听听对不对？人世上没有一件十全的事，这个道理我早就知道。他如果不死，说不定我们的爱起什么变化呢；现在他死了，始终如一地爱着我死去，我终究获得了一个完全的爱，那么足够我一生回味的。……不是吗？可怜他却做了我情感的牺牲者……"我偷偷地看她，似乎没有什么不正常的颜色。她的话也许是彻悟的解语呢！

"还有呢，他还留给我一个没出世的孩子。小阿庄又会活起来安慰我和爸爸妈妈。他的遗产足够我和阿庄用一生了。芩！我该满足吗？"

"你是个聪明人，能往快乐上想，再好不过了……"

乔伯母把屋里灯燃得雪亮，把我们叫进去，有热莲子粥给我们吃。不久，我伴着她睡去。

姣姣这次生了一个女孩，很美，白胖得像个洋娃娃。她并没给这小女孩一个美丽的名字，还叫阿庄。阿庄又把乔伯母夫妇的笑容唤回到脸上。姣姣又努力地练起钢琴来，她只有二十二岁呢，谁又知道她曾两经沧桑。

［发表于《民众报》1942 年 9 月 20 日（2 万字征文获奖作品），署名芳田］

客自远方来

当落叶透漏出冬的第一次消息，北平的太阳就减少了温暖。清道夫从未光顾过的小巷陌已经积了深厚的枯叶层，黄的、棕色的以及保有着憔悴的绿色的，任性地相互压着、遮蔽着，呈尽了自然界的开阔。像西北风便是冬天的号角，悲凉而残酷，吼叫着，不肯停息。

三间洋灰地的房子，没有炉火，没有阳光。一个初冬阴沉的午后时光，世界上在此时也有温暖吗？如有，在什么地方呢？孩子们瑟缩着颈项，带着满脸灰土，从学校回来了，源却仍不见归来。在这样的天气，总该一家人相聚着，纵然喝一杯热水也可以略得欣慰。于是我冒着风寒，伫立在门外等待着。薄命的山桃叶子像干瘪的刀鱼干一样，一片一片地落下来，打在脸上微痛而感到凄凉。

从灰黄色的风尘里缓慢地走出一个人来，头低垂着，耸着双肩。走近来，使人看到那么一张瘦削得可怕的脸被灰土遮遍，一件暗色的薄棉袍，说不出它究竟属于哪一种颜色，只好以当时感觉来说那是灰色的，穿在身上是会和任何一个落魄人的神情相和谐的。突然一阵过于猛烈的恶劣旋风把他吹到一个突出的墙角里，我也用双手遮住我的脸孔。

当我把手从脸孔拿下来的时候，源仍然没有影子。不过墙角避风的那个人，却没走开，当我看他的时候，他也在注视我，似曾相识的神情，在准备向我打招呼的勇气。像这么一个可怜的人，像一切有过失意历史的人，像一切有过哀痛往事的人，在人类平等的原则上，他是个灵魂受了打击的角色，总不会有害于人的。我感到无限的悲悯。

"您找谁家？门牌多少号？"

"您……您可是刘太太？我看见您很面熟。刘源在家吗？"他略向前走了半步说，声音却不畏缩，因此使我记起这的确是一个熟悉的声音，多年以前听到过的。因之更记起这一对深而黑的眼睛也似乎是熟悉的，那是源中学时代的同学，但是往日的神情却完全消逝了。

"陈先生吗？风太大，睁不开眼睛，现在才看出来。请到家里坐，刘源就要下班了。"

"我是从这儿路过，没想到你们住在这儿。"他坐下以后淡淡地说，望望案头的日历，若有所思地再也不说话了。我除了感慨以外，找不到什么话来说。孩子们在内室唱着，大声读着国语。窗外吼着风。

源的车铃响了，我如听见什么喜音似的，跑出去开门。

源初进房见到这位不速之客，略现惊讶，因我在大风里没得预先告诉他，但很快，他已经认出这来客是他的同学。他们热烈地抓住对方的手臂，什么也说不出似的，只是"啊……啊……"

"啊……啊……老刘你好！"

"真没想到，老陈！真是西北风把你吹来了！"

他们相别已有九年，而陈先生却有了很大的酒量。他叫源去买酒，我不忍叫他们很快地分开，就自己去买了半斤酒和一些我们这个阶级里所能买到的小菜。

普通人只要饮到酒，就会掘开话泉，滔滔不绝地说下去，直到他们精疲力竭时才止。但是我们的客人却反常地更加沉默起来，目光注视着酒杯，良久才一口气饮下一杯，再对空杯子注视一下。源替他接着斟酒。

等灯光燃亮以后，室内却感到温暖，也许是因为酒后的客人脸色由苍白转为红润所致吧。

饭罢，风渐微，客人把源拉在一张长椅上坐下，他开始说起话来。好像他并不问对方是否要听他，他却要说，毫无顾忌地：

"离开北平九年了，北平还是那么爱刮风。你记不记得从先我是一个健康的人，从来不管什么风雨。现在不行了，一遇见大风就头痛、心烦，好像跟谁都有仇似的，谁都对不起我。"他说着把那散乱在前额的短发用手指叉了几下，似乎是愤恨，又像是无聊。

"我们都恨这大风，不过我并不因为这风而不喜欢北平。因为这风是从蒙古吹来的呀。"源轻松地说。

陈的左嘴角掀动了一下，不知是表示嘲讽呢，还是冷冷地微笑了一下。又是一次短暂的沉默。

"七七事变以后两星期我走的。你知道那时候火车是多么拥挤啊！说来中国人也真能干，军阀们打内战的时候，人们就逃难，由乡间逃到城里，由中国地面逃到外国租界地。路上人马水泄不通，火车顶上都坐着人……七七事变的时候，逃开沦陷区的人就更多了，多少有志向的青年都到后方去工作，不怕艰难地……自然也有许多人是因了生命财产值得多而逃避战争的。但是我，和我一样的所有中国男儿，却都准备在后方团结好，拿血肉和敌人拼个死活。我和老张——就是那个外号叫张飞的人一同走的，还有他弟弟。那天到车站上，早就人山人海地乱成一大团，不用说座位，就是站着也没有地方。我们从车身爬到车顶上，伏着身子，大家握紧手臂，等着时间的安排……开车自然没有准确的时间，燥渴、饥饿、愤怒，一切苦难像狂风暴雨似的袭来……最痛苦的是有几个人不知为了什么被日本兵捉走，他们的行李被踢散在地上，许多馒头被人践踏着，没有人去拾。这该是他们的母亲或姊妹在他们临行时做好的；但他们都含着愤恨的目光被敌人带走了，谁知以后的结果怎样了呢？"他的唇似乎是干裂了，用舌头不住地舔着，我正好替他们泡好茶水。

他喝茶的姿势也和饮酒时一样，注视着杯子，然后一口气喝完。

"你知道，九年前我的家就住在这个小胡同……家，家……每个人都有一个家不是吗？"他的声音有些颤抖，他的话被些适度激动的情绪噎住了，使我听了半晌得不到畅快的呼吸。

"我的家，有母亲，有妹妹，也有一点是够她们生活半生的财产。

但是因为我到后方去了，没人照顾她们……妹妹被敌人捕去询问我的下落……有壮丁到后方去的家庭，都受过这样的审讯。但是她却一直没回来……刘太太……给我一杯浓茶，浓的……"他伸着手把空杯子送过来。

"事情已经过去了，还是不提吧，省了伤心。"源低声说。

"伤心？愤恨罢了！'伤心'是女人的事。后来母亲为这事急病了，她老人家已经死去四个年头了……"他说着用力猛咽了一口茶。

电灯突然熄灭了，孩子们叫着跑出来，有的扑在我身上，有的找洋火，源已摸索着把小油灯准备好。

"在抗战期间我们时常在一灯如豆的光线下，准备着次日的袭击战，我们用菜油来点灯。你们这是用的什么油？"

"煤油，舶来品，现在停电期间，家家都买些煤油预备着，很便宜。"

"油灯下的景色，比电灯光来得古雅，是不？这一点儿金色的小火焰，把咱们照得模模糊糊的，像一张弧光摄影。"我有意把客人沉痛的思绪冲淡一些。

于是孩子们问起什么是"弧光"来，乱成一片。客人和源又在低声谈话，我就丝毫听不清楚了。后来，陈大声地笑起来，我又把注意力从孩子的包围中抽出。我见他昂着头，狂笑着，最小的孩子把头紧紧地扎入我的怀里。

"笑话，我这样的人还成家？自己都没地方住，娶了妻放在什么地方？而且她还要生孩子……"他说着，语声仍含有狂笑的颤抖。

"那么，你现在还没离开军队吗？事情顺手不？待遇怎样？"源急切地询问着，大有代他谋职的意思。

"离开军队？当然离不开，我是真正杀过敌人的将士……"看来他是以军队生活为光荣的，我们也替他高兴。只是他的一身灰色长袍，又不像国家的杀敌将士……他似乎察觉出我们对他的怀疑，缓缓地解开外衣襟露出里面的军服，也是布制的，灰暗颜色的，但是看不清标志。

"清洁班！"源惊讶地喊出来，"你的职务是什么呢？"

"也是一名班长呢，像我这样一个人还能做什么？我管理××队清洁班所有的扫帚，早上发，晚上收，并不累。今天大风天，怪别扭的，披了件旧衣服出来到老地方走走，没想到遇见你们。"

一种莫名其妙的悲哀袭上我的心，我想哭，我忍不住这个大的哀痛。听说他在评校是高中理科的高才生呢，抗战杀敌以后却抑郁地做了一个清洁班的班长……那一些毫不工作毫无学识的人，反倒"冠带"起来……

"那么，你的报酬当然太少了，多么苦。你想不想改行？"源问，急迫地望着陈。

"改行？改什么行？开铺子？一则没本钱，二则我也不会奴颜婢膝地服侍那些依财仗势的买主；做公务员，资历又不够；卖力气，身体也不行了……你难道也叫我去教书吗？你们教书的报酬又怎样呢？一天喊干喉咙，还终日写什么调查表，交文凭，照相片。人家说你们教书的人，一个月要填写十张调查表，交一打多相片。调查表上连三代都要写清楚，谁记得曾祖的名字和祖母的娘家姓氏呢。一个不小心，来个'群起而攻之'就得下台，证件少了还经不起教育局的索要呢。我一生就一个高中毕业证书，七七事变的时候还弄丢了。你说叫我改什么行？"

原来他知道的事情还这么多，又是这么世故，清洁班的工作又有什么不好的？"早上发，晚上收"简单的十几把扫帚，工作有限，倒可以修养身心。

他把衣襟扣好，站起身来，看了看孩子们，摸摸大孩子的头，就告辞走了。源留他电灯亮了以后再走，他不肯，只好托了一个火光摇摇的煤油灯送他走，胡同里风比院内大，灯灭了，在黑暗中他似乎回过头来望着我们。

"我们的门口你记住了吧？有工夫再过来谈谈。"源喊着说。

"好！你们回去吧……"他的声音被风咽住，他的影子陷入黑暗中去。

在黑暗中已经摸索了半小时，灯才又亮了。

"陈是怎么回事？"我问。

"一个方头颅的人罢了，跟他一起到后方去的张飞，已经做了××机关的科长。他怎么行？在学校的时候，就是一肚皮的不合时宜。"源答着，同时看着墙上的"功课表"。

室内渐冷起来，我们都要批改考卷，就把许多旧报纸堆在一个铁丝笼内，用火点着，又把旧草绳也放在火上烧，纸灰飞得很高。孩子们笑着，跳着，像儿时在除夕燃放爆竹一样的欢乐。

火光里，长椅上有一个生疏的小册子，大约是客人掉下的。里面薄薄的几张纸，写着些短句子，多是些作战地名和敌人伤亡的数目。我们看似乎没什么秘密就约略看看，如果事关紧要就给他送去，不然就代他保留。

小册子首页写着："三十年购自贵州。"

末一页写着："母亲逝世三周年……妹妹和母亲团聚也有三个年头了。也好，我杀死的敌人有几十个了，尽了职责的人也不会再有什么希冀……'家'的陈迹已经湮没了，我永远是孤独的……"

源悄悄地合上那个小册子，我们相对默默地叹息着。窗外又吼起风来。

[发表于《新自由》1947年第1卷第4期
（1月15日出版），署名东方卉]

171

改　　造

　　轻轻地，轻轻地，杨先生从杨太太身边坐起来，钟正敲十二点。下弦月的光，从窗纱上洒入屋里，杨太太在银色的光波里沉睡着，那么安适，那么恬静，那么放心。

　　杨先生已经拖着鞋，缓缓地走回窗下，他推开窗帘，仰望着澄朗如洗的天空，如有所思地唱叹着。

　　夜深了，正是下手改造她的好时候，她睡得正浓呢。

　　他这样想着，信手从小几上拿了一把剪刀——是她白天裁衣服忘了收起来的。说起裁衣服来，杨先生十分舒畅地吐了一口气，这次杨太太的衣服完全是经杨先生指导而剪裁的，是走在时代前面的样子。

　　记得从先他初次把她自家乡里接出来的时候，她穿了一件鲜艳的绸衣，尖尖的鞋头上绣着五彩的小蝶，眼皮上喜欢涂一种胭脂，那一派庸俗与不调和，往往引起他的厌恶和悲哀。他总忘不了在大学的时候见到的异性同学们，她们自然而大方的态度，不知为什么总会引起人们的爱慕。自然不能每一个都是天仙似的美丽，但是丑也丑得合度。他有时会忘记父母代娶的妻，而想入非非地把自己的名字和一个大方而可爱的名字联系在一起。所幸杨先生的长处完全包藏在不扬的外貌之内，而杨太太的地位终于被保全了。

　　说起杨太太来，相貌相当的俊秀。旧式的闺秀，白皙而纤丽。除了衣服不适体以外，就得算那一双受过愉快刑罚的尖足了，尖得不会再复

172

原。但头上重重的发髻也是一个不可原谅的缺欠。

他们共同生活已经一年了，小家庭里的一切设施都是杨先生苦心经营购置的。就是沙发上的靠垫，也是杨先生从一个朋友太太处借来花样，教杨太太千针万线缝缀而成的。百货店里有无数量的靠垫出售，不过太粗俗了。花钱倒不算一回事，的确，花钱并不算一回事，你看杨先生每到礼拜六总要带太太去看电影，每看到银幕上爱情的特写时，杨先生就不免要暗中推推她：

"喂！你看，他们多么甜蜜！你看，她依在他的肩上了。"

"你再也不会带人来看点好人的事，俺走吧。"

"别走！就要完了，你快看，那个女人穿的衣服多么合身哪，好像长在身上似的。"

"那也不是难事，做瘦瘦的，还省布哪。"

从此杨太太不再反对瘦衣服了。不过在杨先生上下班，乍别和乍见的时候，那一股子"甜蜜"，她无论如何也做不出来。关于此点，杨先生很原谅她，因为她是旧人家的闺秀，如果马上叫她活泼起来，小鸟依人地"甜蜜"起来，终究不是一件易事。

千不怪万不怪，只怪上次在×长家的喜宴上把她和百十个现代女性加以比较，杨太太离着时代太远呢。

"总有那么一天，我亲手剪去她那可厌的髻。穿多么好的衣服，也要在领后留下一片油渍。"他的确下了决心。在今夏某一天的下午，杨氏夫妇沐浴初罢的时候，他就要做她初度的理发师。

"我给你剪下头发去吧！又省事，又凉快，又好看。"

"俺不，俺剪了头发就不像个女人了。"

"你看街上多少女学生，都是剪了发的，难道都像男人了吗？剪了吧，我还给你买皮鞋哪。"

"不，也不用买皮鞋，也不用剪发。俺都不稀罕，你说出大天来，俺也不能剪发。"

杨先生这次是失败了，不过此心并没死。眼看秋天已经到了，杨太太的秋装剪得还算入时，听说同事老×在双十节结婚，如果她肯剪了发，穿了入时的衣服去参加婚宴，该多么风光啊！他也可以吐一口得意之气了。

"看！那个玲珑娇小的时髦太太，是老杨的女人！"

"真美，又年轻，又入时。"

假如同事们都有意无意地赞美自己的妻，那该是生以来第一件快事吧？那也不负他一年以来改造环境的苦心。

今天下班后，他就低声下气地和她商量剪发问题：

"你剪了吧！我求你还不行吗？"

"怎么还提这办不到的事呢？俺不是说了不剪吗？你还叫人起誓是怎么的？"

"不是那么说，你留着它有什么用呢？又脏，又麻烦，又难看。要不然我带你到理发馆去剪了？电烫吧！"

"天哪！你叫那些男人摆弄俺的脑袋，你也不生气？亏你说得出口！"

说着，她的脸色沉了下来，嘴凸得很好看，像花蕾。唉！总算她又胜利了。杨先生再也找不出话来说，两个人沉默着。杨太太低下头做针线，她的白颈项被下拖的髻掩着，露出的部分更美了。杨先生在这美丽的颈项上做着幻想的计划。假如那可厌的髻剪了去，把发边卷曲了，衬在这颈上该是多么美的图案哪！啊！美！

"她总有沉睡的时候，我暗中完成这美的工作吧。"想着，他泰然了。他愉快地说许多她喜欢的话，她对于剪发的问题，也就淡然而忘了。

夜终于来了。在杨太太呼吸很匀的时候，他下了床。那锋利的剪刀——不知是用来完成的，还是用来破坏的——他已经真实地握于手中。很可笑的是他的手微微有些抖，有些罪恶的成分在其中似的。后来他记起《西游记》里，孙大圣救和尚，反对道士，把一国人，不分大小、不分尊卑都剃成光葫芦的事，那不也是夜间吗？孙大圣是有勇气的，而且那样办很对，他就毫不犹疑地做了。自己为什么畏起来？丈夫给妻子理发在人情国法上都说得过去，他的勇气振作起来。

他放轻了脚步，像一个捕鼠的猫，伏下身去，她翻了一个身，他不由得又一抖，等她的呼吸再平均时，他咬紧了下唇，从侧面用力齐根剪下全个发髻，幸亏她的头发，已睡得松散一些了，不然很难一下剪好呢。头发究竟是人身上的东西，比起绸布、纸……任何东西来都难剪。杨先生用睡衣袖子拭去额上的汗，低头看手中提着一个怎样蠢的东西呀，不知为什么，他联想到吴汉杀妻的事来，那个黑色的髻从他手里落在地上。

发是剪了，但给他的印象并不美。所有的参差不齐的短而直的发披了她半脸。她仍香甜地睡着，杨先生懊恼地拾起髻来，连剪刀一同抛在妆台的抽屉里。随即颓废地坐在床边上，也许坐得过重一点，杨太太醒了。

"你怎么还不睡，俺都做了一个梦，梦见俺娘给俺梳头，还是小时候的样子哪。咦？俺的头发怎么散了？讨人嫌。"

她掠着脸上的短发，从床头的电门上燃亮了灯。不得了，她的脸上披满了没经修理、没经卡缚的短发。

"难怪她不肯剪发呢，实在不好看。"

杨先生悔恨自己的鲁莽。更奇怪的是，别的女人剪后的发是怎样服帖得有情致啊。怎么头发也分新旧呢？旧式妇女的发是不该剪短的吗？哦，他迷茫地看着她摸向脑后去。

"哎呀！俺的头……发呢？你！你真给俺剪了？"

她为了惋惜她有生俱来的发而垂泣了。他呆呆地想不出话来安慰她，更不想说话来掩饰自己的过错。在静夜的灯光下，照着一对僵了似的夫妇。秋虫叫了三五声，钟又敲了一下，夜更深沉了。

多少美丽的幻想破碎了，他再也提不起精神来改造太太，双十节友人的婚宴也没参加。

到底是在大都市里方便。不久，杨太太从庙会上买了一个人造的蝴蝶髻，扣在不能救援的缺欠上，依然恢复了往日的轻俏。杨先生对自己的环境也处之安然了。

（发表于《文运》1944 年第 1 卷第 1 期，署名雷妍）

古　屋

　　一只黑色的鹊子在窗外掠来掠去，有幽暗的影子在韩梅的脸上抚过。一缕厌恶的苦闷情绪缭绕着她，渐渐地缚紧她的心。她终于推开玻璃窗扇，渐渐地喟叹了。她见到窗外一片绿色，虽近秋，花木尚没衰败。那黑色鹊子立在最高枝上噪了两三声，然后又投了一个阴影在她的胸际，于是飞开去，飞向金色的夕照里，留下的是无边的懊恼和悒郁。

　　一个年近六旬的老人无言地扫着院子。有未成熟的果子在扫帚下滚——那青色的枣子，有了虫噬痕的。扫帚的声不断地喳喳着，她皱皱眉。

　　"大爷呢？"她无意地询问那扫着地的老人。

　　"在书房哪，大奶奶！"老仆停下扫帚答。

　　又在书房，她一提起那阴沉沉的书房就头痛。在这古老的家宅虽然已经六个月了，对于这儿的一切她始终没有丝毫情感。尤其对于丈夫的书房，简直让她感到恐怖。她觉得那里有无数的书柜、书架、书橱，都是些庞大的怪物。终有一天，这些怪物活起来，说不定她的丈夫会吃亏的。

　　"你去告诉大爷，请他出来走走，好吃晚饭，时候太长了也不怕累着……"

　　"是，您哪！"老仆迟缓地收起垃圾，又迟缓地走去。一条瘦长而被墙根折了一下的怪影子，移动着，经过墙垣上的装饰——八仙的浮雕像和凹进去的古人手迹的壁图，以及一些明窗。从这窗见到另一个院落也是寂静的，那是小叔和小婶的住所。老人终于走得无有迹影，丈夫的书房在西院。

她不知道为什么总要想起嫁前的事来。那时，她不过是高中毕业的学生，除了在父亲面前安静一刻以外，总是活泼得和别的女孩子一样。其实父亲最疼爱她，因为她是他最小的女儿。正因为疼爱过切，对她的婚姻也过苛地选择着；因为疼爱过切，不肯叫她上大学，唯恐走入歧途。一直在父母的膝前过了五个待嫁的年头，在今年终于把她嫁给博学巨富的杜子仁——一个国务大臣的子孙、财政总长的少爷做继室。父亲满足了，她比起三个姐姐来，命运好得多。在大家羡慕和嫉妒的气氛中，她坐上十分华丽的轿子。她想到未来的一切不免也暗自喜悦着。因为财政总长虽是卸了任的，但是究竟和别的人家不同。做这人家的少奶奶，自然有享不尽的幸福了。许多自由结婚后受到经济压迫的同学们的脸，忽隐忽现地映在黑洞洞的轿子里：王敏华婚前在同学间是以手美著称的，但是婚后丈夫在一个小机关做着职员，连一个女仆都无力雇，敏华的手啊，操作得粗糙红肿起来，到冬天手上裂开无数的缝子，不时地冒着小血珠……还有马彬不是也成了灰妞儿吗？因为她嫁了一个中学教师……还有……还有……许许多多不幸的同学，她一时都想起来……她记得在当铺门口遇见马彭夹着一个包裹往里走去，低垂着头，脸色焦黄……是的，父亲做得很对，自己未来的幸福是不尽的。她在轿内急灼晕眩，外面的鼓声敲得震破了心，幸福的土地到达得太迟了。

丈夫已经是三十几岁的人了，相貌过于清秀和苍白，性情温和恬静得比起她自己来还……还女性。她微微感到一点儿缺憾，这缺憾是否由于丈夫的恬静或温柔而起的呢？她不知道。不过对丈夫的低声说话甚至于不爱说话，她感到寂寞。不久，丈夫那点温柔也随了时光消逝了，只剩下恬静，其实说是冷静更恰当些。他每天除去吃饭以外，完全把光阴消磨在书房里，有时午饭也开在书房呢。她如果把自己和书房同时放在丈夫心里的天平上，那书房是重如泰山的，而自己比秋毫还轻，还渺小。她往往为此而愤恨。但日子多了，愤恨没有了，只剩下苦闷和空虚而已，空虚得没有生气。在这老屋的四周也很难找到生气，除了春日树木发芽、抽条、开花以外，什么都是死气沉沉的。外院的小叔终日在外面，有时应酬，有时玩乐。小婶呢？却是一个女叛逆，比小叔玩得还凶。为了他们夫妇，曾经使那位一度做过财政总长的公公气死过去。可是又没有一个讨逆的办法，所以那年老的财政总长只是说：

"子仁是杜家的好儿孙！"因之对韩梅也特别重视起来，早晚的问安礼也免了。一则财政总长的太太已经作古，媳妇见公公，或有不便的地方；再则觉得她清瘦起来，怕她劳累。她只得终日闷在卧室和院内，闷得始而想飞，后来几乎想到死。

"大爷说，请大奶奶先用饭吧。他还没完……没完课。"老仆走来说。

"嗯。"她的心里不啻钻入一条小凉蚕，蠕蠕的、凉凉的，她似乎要吐些什么，但没吐出来，只是喃喃地："还没完！……"

假如没有月亮，她一定要闷在屋里，也许睡下，也许看小说。多半要睡下，因为她近来憎恨着书本。

月亮出来得相当的早，初秋的晴空蔚蓝得叫人不相信那是天，那时时要变成灰色的天。她没敢坐在院里的石凳上，因为她怕凉。她站着，看西北角上似乎有一个人影，她想一定是丈夫，因为那儿有一个大的瓷承露盘，里面浸了一些人们从雨花台带来的石子，在月下会发出粉色光的。

"是子仁吗？一个人站在那儿做什么？"

"……"没人回答，可是影子并没有消逝。她不觉全身的皮肤沙沙的，一下起了无数小颗粒，心悸动着。

"谁？"她一向是大胆的，从来不会疑神疑鬼，今天虽心悸着，终于大胆地扬声问。

"……"仍然没人回答，影子并没有消逝。她由恐怖而微愠了，向前走了几步说："开玩笑吗？"说完仔细一看那影子，是承露盘旁边的古瓷观音立像，慈悲的瓷脸向着月光，发出闪闪的蓝色——这尊观音像

179

通体蓝色。韩梅静寂地对着这尊蓝光灼灼的圣像凝视着，一种原始的"愤急呼天"的情绪充塞着她，但她祈求些什么呢？极乐世界是远不可及的啊。

从明窗里张望，小叔的院内依然没有声音，大约他们夫妇还没有回来。有沉郁的时钟声从垂着帘幕的深屋内送出十响，沉郁得像老人的呻吟，月亮照明了那沉寂的院子。

突然有脚步声顺着外墙根走，一定是女仆经过吧？那声音又像是徘徊。是谁？也这么闲逸地赏月吗？她退了几步，可以看到明窗外的院落更多的地方，可是正有一个苍白的脸子映在窗格里，向她窥探着。她失神地尖叫了一声，抱住一棵树干，没倒下去，那苍白的脸也消失了。

她顾不得一切，她忘记了丈夫怕搅扰，狂了似的奔向西院去，直奔向丈夫的书房。书房的窗子透出一派暗淡的灯光，门虚掩着，她推开门，门声暗哑地响了一下。灯光是从背向外的沙发边的台灯上发出的，丈夫平日喜欢坐在这儿读书。一尊古铜的帝王坐像从书柜顶上向下望着，他的影子印在雕镂着花纹的天花板上。

"子仁！"她转到沙发前，见子仁闭着眼假寐。书在膝头，头倚着沙发靠背。

"是你？我今天精神不好，不预备回卧房……"他微张着疲乏的眼睛说。

"……"她倒说不出话来。感到失望，感到受误解的耻辱，脸红红地坐在沙发对面的皮椅子上。

"来，坐这儿。"他依然误会地假意抚慰她，疲乏的眼睛不自然地睁大了，指着身旁沙发的空处向她微笑。

"你以为我不敢吗？"她愤愤地坐在他身旁，大胆地放声说。他的疲乏似乎被这一声呼喝喊跑了，惊异地看着她。他的脸上减少了一层苍白，有生气地发着红润的光彩。

"我简直受不了这寂寞的日子，还不如死了痛快！深宅大院子关着我吧！关死为止！"她放肆了，哭着大声说。

"小点声，底下人听见笑话。爹很看重你，你是这宅里的贤良。你还有什么不满足？"他说着奇异地看着她。

"底下人？早睡了。院里鬼气森森的，哪儿还有点活气儿？我也没做什么错事，用不着人笑话，更不要谁给我贤良名字。你……你要肯看在半年夫妻的情分上，和我搬到外边住去，我怕。"

"你怕？怕什么？爹还没死，就搬出去？我可担不起这个罪过。你怕？我更怕。"他惊恐起来。

"子仁，你难道一点儿感情也没有？你真没看出来我一天孤单得可怜吗？"她投在他怀抱里。

子仁惊魂未定地看着怀里哭泣着的妻，久压抑的热情本能地爆发了，他的泪落在韩梅的鬓上。

"恕了我！我太自私了，我的虚名害了我。我要沉没在书堆里；我要做名臣的良好子孙；我要避免女性的厮守。我反对弟弟的荒唐；我恨弟妇的放荡；我要做清高的……"

"可是你不要活，你要死。你要慢性自杀。你……"

"怎么了？到底你看见什么？至于这么惊讶和愤恨？"

"我看见鬼了！"她语气双关地说。

"是一个苍白脸孔的女人吗？那……那不是鬼，那是我的弟妇……"

"弟妇？弟妇没在家，我知道。而且我见的是一个生疏的苍白脸孔。你们这鬼气森森的家庭！你到底有几个弟妇？"

"唉！那是我弟弟的第一个妻子，因了弟弟荒唐气疯了。……后来关她在紧后边的院里，又娶了现在这一房。"

"那么现在的弟妇知道吗？"

"知道。所以她胡作非为的，爹也不忍心再多管她。"

"哼！已经疯了一个，再烦闷死一个！你们这院子再不是人住的了……我问你，你的前妻怎么死的？你说！"她猛然站起来，目光逼近他的脸。他的脸又转苍白了，额迹有汗珠不断地流出来。

"说不定是烦闷死的！"她又加紧一句。

"唉！不要提起吧，怪我太自私……她似乎真是忧虑而死的……你不说，我再也想不到一个活人会忧虑而死……可是人家说她是痨病……梅！我有一个想象……不敢说……也可以说是一种感觉，一种不祥的感觉，说了你别怪我行吗？"

"你是不是也想到我不久会和她一样死去？你说！"

"梅！听我说。新婚时，我的心就完全被你占据了。你的可爱是任何女人都赶不上的……可是新婚第三个夜里我梦见她来了，哭着说你占了她的地方……"

"哎呀！那是谁?!"她指着房门，惊怖的眼睛瞪得圆圆的，尖叫着，站着像一个石像。

"是……我……！"门口走进一个苍白的女人来，衣服还是六七年前的样子，颤巍巍的像一个拿着送葬的纸人。

"你怎么上这儿来了？来人哪！"子仁站起来惊异地说。

"何必这么害怕？还用得着叫人？我这会儿并不疯。这位就是新嫂子吗？"这个幽灵似的女人说着坐在离他们很近的一把古老的椅子上，忽然失常地笑着说："嘿嘿！还是老椅子舒服，那棉花包似的长座位，怪可怕的，一坐就要陷下去，深深地陷下去。是吧，大哥？"

"……"子仁颓丧地坐在沙发里，脸伏在手里，像一个退败的士兵。韩梅仍然呆立如石像。

"你是谁？"韩梅大胆地问。

"是你的小婶，是疯子，从先是他的……他的姨表妹。是吧，大哥？其实我一点儿不疯，可是大哥和子义一齐说我疯了，硬把我关起来。那我可不能不疯了，我哭，我号！一到夜黑天、风雨天，我就叫。叫得那个旧大嫂吓死了，我也不叫了。你不是又有个小婶吗？人家说她会跳舞，她美，她迷人，我喜欢。我叫她迷住子义，子义在我心里算什么？是吧？大哥，还是你……你好。从小我就说你好，我爹老傻了，叫我嫁子义。大哥，你就不管，你还是男人呢。怕，怕什么？我都不怕。我气急了，呜！失！一哄，像轰鸡似的都轰开他们，呜！失！"她做了

182

一个伸臂赶鸡的姿势，凄凉地笑着。

"你去，叫张妈送她到后院去！看守她的宋妈也许是死了，怎么放出她来？"子仁依然没抬头地对妻吩咐。

"大哥！何必怕我？你不用送，我说完话就走。新嫂子，你说叫我走不？"疯子似乎清醒地说。

"子仁，叫她说说也许会好。又没外人，你说吧！"韩梅心里完全被好奇占据了，没有恐惧，没有愁闷，没有嫉妒。

"大哥是好人，就是太老实了。我说这种老实是没出息，你说是不，新嫂子？他爱过谁，他要娶谁，他都不说。他假装没感情，他为的是要做君子。他呀！早就是我的好大哥，我爹不该叫我嫁子义。子义是坏人，胆子大、荒唐，他和子仁完全不一样。子义不做君子，他不叫自己受屈，他不爱我，关起我来另娶一个。大哥爱我，可是不救我，谁也不救我。死了一个，再娶一个，再死一个也不会管我的。大哥！你狠心！你狠心！你们一家子狠心！你们这院子没好人，都是鬼。这院里是坟，生埋活人！你看你，新嫂子，你的脸上都有坟土色了。我看你也快了！嘿，嘿！我可走啦！不用送。"疯女人像一阵旋风溜出去。

"慢点！我去送你，留心摔着！"韩梅追出去，疯女人早出了门，一路留下夜鸟似的笑声，一声声刺痛韩梅的心。月亮已经偏西，韩梅匆匆地走向卧房去，子仁跟了进来。屋内一半被月光照彻，另一半被黑暗占据着。

"不要燃灯，我爱月色。"当子仁要燃灯的时候，韩梅说着，躺在床上。

"你生气吗？梅！她太可怜了。她说的是疯话。"子仁坐在床沿上，拉住她已见瘦削的腕子。

"你怎么坐在这儿？一个女的床边上，不做君子了吗？起来，我问你！在月光里，你说句实话。说了实话，我一定按照你的心意去做。你是不是爱过她？"

"这真是一个大误会。她误会了才疯，你又误会，岂不……唉！叫我说什么？原来我们是自幼常见面的，我们是姨表兄妹，我性情好静，每当姨母带她来的时候，只有我陪她玩。弟弟总是野马似的不在家，没想到她误会的爱生在童心里，父母却又把她给了弟弟……"

"假如父母把她嫁给你，也许不会有这么悲惨的结局吧？"

"也许……不过也很难说。她仍然不免要疯的。我自幼的教育，是教我静，教我做君子，做学士，我的热情深深地被理智埋葬着。她的性情那么脆弱，情感那么浓厚，一定也会疯的……所以我也怕你……可是今天我认识了你的性情。你刚强的性格会救我，你大声的呼喝叫醒了我，我才知道什么是振作。我需要的正是这种性格，梅！你救我！"他像一个初见光明的囚犯，他要突出黑暗的重围，他要刚强，他要振作，他要活！他望着月光没照到的屋角，感到自己生活中的黑暗。他跳起来，燃亮了灯。

"我再问你，你爱着死去的太太吗？"韩梅坐起来，掠着头发。

"她吗？懦弱得可怜，我只觉得她可怜。"他重新坐在床沿上，在柔和的灯光下，见妻的脸上还有未了的嫉妒。

"说谎！难道你一点儿感情都没有吗？你从没有可意的人？"她的头微偏着，看他有没有说谎的颜色。

"只有你……只有你……"他嗫嚅地说。

"只有我怎么？"她逼紧一句。

"只有你是我可意的人！"他的脸涨红了。

"这样欠大胆的话，我不爱听！"

"我爱你一个人！梅！我和你一同活下去，你教我！"他闭了眼睛去拥抱她。

"张开眼睛！"她不动神色地导演着。

他张开眼睛，见她两颊上有昏夕时同样的红润色彩，她的眼睛里有深湛的光芒，足可以照亮他四周的幽暗。

"我不是张开眼睛了吗？梅，还有什么？"

"减少上书房去的时间，取消所有院里、屋里的古人像。"

"啊！还有什么？"

"还有你那疯表妹，放出她来！"

"爹和弟弟不答应！"

"那么，请容许我天天去看她，叫她得一点儿人类的同情！"

"一切由你！"他完全顺从地答应了。他感到一种在书本里找不到的幸福。他记起那阴沉沉的书房来，心里跳动了一下，似乎有声音从那些古籍的窗口发出来，叫他回去。

"回来啊！佛门广大，色乃是空。"是佛经发出的声音。这些经卷在书房里间的柜子里。

"回来啊！爱欲足以倾家倾国！"是圣贤的古训。这些册子在靠墙的书柜上，那顶端有古帝王的肖像。

"回来，回来！"他的头脑涨得发痛，于是他张大眼睛，看韩梅的脸——有红晕笼罩着，一切幻象和声音寂静下去，内心如一泓秋日的湖水。

天还没亮，有人叩着他们的窗扉。

"大爷醒了吗？"一个女人声。

"谁？"韩梅问。

"我，宋妈。"

"哦！哦！有事吗？"子仁也醒了。

"表小姐死了，我们老姐妹都起来了，您哪！"

"知道了，就起来。"韩梅说着坐起来发呆。

"不要惊动老爷，也不用告诉二爷啦。"子仁说着也起来。

"老爷已经起来了，二爷、二奶奶一晚上压根儿没回来。"

天色已有一层浅蓝色的光波，那是黎明的先声。一座三间相连的北房，有嘈杂的女人声，夹杂着男子的叹息声。两支跳动的白灯光，并不因为屋顶上下垂的电灯而减少效力，它们的光闪烁着照在亡者的脸上：冷冷地闭着眼睛，撇着轻蔑的嘴角。

"昨天还好好的，不是吗？"韩梅问。

"您怎么看见她了？"宋妈擦着泪说。

"她找我们谈话去啦。"

"她回来还好好的，刚才我醒了，问她喝水不，她天天在天亮前醒一次，喝一点儿水再睡下。谁知道今天，她好好的就没气儿了。"宋妈依然擦着泪。

"临终没说什么话吗？"韩梅看了丈夫一眼，他有泪在眼里，像一位失了幼妹的长兄。

"没有，您哪！有我也没听见。我到她床边的时候，已经死了。"宋妈擤了一下鼻子。

远远地有汽车喇叭声，是二爷游倦归来了。宋妈用一方黄绫帕子罩上亡者的脸，她与古屋永远告别。

"大爷，大奶奶！上前院瞧瞧去吧！二爷和二奶奶吵起来了，二爷先回来的，二奶奶后到的，二爷吵起来，二奶奶要跟二爷离婚。您哪，劝劝……去吧，二奶奶摔了许多东西……"前院的王妈像一个雨地的蝙蝠，抖着黑衣袖，说个不停。

子仁喟叹地走去，不时地回过头来。韩梅叮嘱了宋妈几句话，也走向前院去。天色已经大亮，有冷露撒遍了花木。早晨的鸟雀在初秋的清新气候里哨着，哨着回忆春光的曲调。

古屋里起了未曾有的震荡。有破碎的声音，有女人诟骂、抗辩的声音，像巨浪冲击孤岛牢狱的声音，像狂风吹拔老树的声音，震荡，震荡在每一个角落里。

朝日的光芒射亮了树梢的冷露，灼灼的，像许多期待着幸福的眼睛。

（发表于《文运》1944年第1卷第2期，署名雷妍）

冰冷的宇宙

　　天和地冻结为一了，到处灰突突的没有分毫生气。这是北方的深冬早晨，风狂吼着，但撕不裂蔽了朝阳的阴云。大树却像魔鬼般地在黎明的幽暗中摇摆着。

　　牛儿的右手被窗玻璃刺破已经五天了，现在伤口又浸进了水去，冻了的手，血液的抵抗力小，终于肿了，有脓水在内饱含着。他在疼痛里煎熬了一整夜，他心里决定今天一清早就找妈去。见了妈先痛哭一场，然后求妈留自己在家里，不再回柜。

　　长夜漫漫，不知忍到什么时候才天亮呢，妈一定还睡得很香吧？

　　冷风叫啸着窗纸，天色已是灰白的了。他悄悄地穿上小破棉袄，但是穿衣服的时候偏偏刮痛他的伤口。手足的疼痛是动心的。他咬紧了牙，不使自己发出声音来。

　　同住在板床上的也是这个杂货店的学徒，叫路儿，睡得正香，每天都是需要牛儿叫他才醒的。为了贪睡，时常挨掌柜的打。他比牛儿胖些，黄胖的圆脸上有风吹裂了的纹，有口水流在乌黑的枕布上。

　　牛儿左手托着疼痛的右手，望着睡得正浓的同伴发呆。他想叫醒他，又怕他不能明白自己的意思，更不好脱身了。不叫他吧，起迟了又要挨打……

　　没有法子，小牛咬着牙，用脚蹬着不坚固的床板，路儿的身体在床板上震动着，翻了一个身又睡了……

　　他不敢再惊动路儿，狠狠心，戴上破了的狗皮帽子，拱着肩，袖着手，从角门里溜出去。

沿着街巷处处是冻成了小冰山的污水，有几次他被绊倒了，身上摔得很痛，爬起来顾不得拍打土又往前走。

已经五十几天没见的家门，虽然叫风吹得很响，虽然有大裂缝很丑地张在门板上，但这家门总是可爱的。这门在平日是不上闩的，因为这是一个杂院，住了七八家人，门户很难严紧。

现在却关紧了，他推不开，叩了两下也没有人应，他忽又怯怯地退后几步，记起初离家那天的事：

妈是一个中年寡妇，爸爸死的时候牛儿才三岁，所以妈的希望全在牛儿身上。牛儿有伯父母和叔婶，但是大家只看着他们母子受苦，没人过问他们的生活。妈给人家洗衣服、纳鞋底，手也是终年地肿胀。牛儿已经十三岁了，妈狠心托一个远房的舅舅给他找了一个学徒的地方。妈流着泪给他在小布包里放了四个窝头，说不出话来。最末后才抱着他的头说："好好要强，给妈争气。别一来就想我，别一来就回家。省得人家背地里笑话……"

啊！妈哭着说的话，他记得，他并不笨哪。

现在他却私自回来了，没对掌柜的说明，说不定妈要生气的。他想天还早，回柜上人也许不会醒吧？可是掌柜的多么可怕呀！矮胖的身子，一张黄肿的脸孔，每逢生气，先咬牙，咬得牙吱吱响。他怕听这吱吱的响声。他初到柜上时，由于这响声做过多次的噩梦。有一次他梦见自己变了一头小羊，不知怎的被人绑在一个柱子上，远远地听见吱吱的声音，细看是掌柜的咬着牙在磨刀子，预备来杀他……从做了这个梦以后，他一见到掌柜的就心跳，腿发软。

怎能回去呢？他的右手又痛起来，脓在伤口里烧着，剜着肉痛，他不能再忍，他要见他妈！他又急急地敲了几下门。

"谁？"正是妈的声音，沉重而模糊，像才从梦里醒来的。

"我！"他的声音很小。

"谁？"

188

"我，牛儿！"门突然开了，妈一张憔悴的脸，正面对着他，头发蓬乱着，眼有一点儿红，像夜里哭过的。

"妈！"他一脚迈进大门，在妈关门的时候，他已经到了屋里，坐在妈的薄被窝里，感到少有的温暖。

"你怎么大清早上回来了？"妈到屋才小声问他，好像怕别人听见似的。

"我不舒服。"

"怎么啦？你看你又瘦了……哟！你的手怎么啦？"……最末妈见了他手上的伤而惊叫着，忘了"怕人听见"。

"玻璃刺破了。"

"怎么把人家玻璃弄破了？"她担心地皱起眉头来。

"您怎么也和掌柜的一样，只说玻璃、玻璃的？您怎么不看看我的手？"他说着，嘴角扯动着，泪流了一脸。

"唉！你也太不小心了。来，我看看你的手……哟！牛儿，可了不得，你这手肿成什么样了？那么掌柜的也不说给你治一治？"妈的眼圈更红了，鼻子酸酸的，声调咽塞着，擤完鼻涕哭起来。

"还治哪？掌柜的整天叫我擦玻璃，可巧那天，一上窗台把衣架刮倒了，正好和开着的窗扇撞上。我胆子小，怕挨打，用力把玻璃往窗框上安，用力过猛，玻璃又破了一个裂纹，掉下一块小玻璃，我的手刺在玻璃尖上，流了很多血。当时也不痛，掌柜的过来给了我一拳，还说叫我赔玻璃……我哪儿有钱。"小牛呜咽着说。

"……"他妈说不出话来，望着孩子肿了的手流泪。

风还吼着，忽然外面传来孩子蛮横的喊声。大约是对大人发脾气的。

"妈，谁嚷哪？"

"三福子，又要钱哪。天天头上学要钱，还发横……有爸爸的孩子都这样……你饿不？"

"不，只是口渴，又困。一夜也没睡，手痛。"

"快躺一会儿，我的被窝还热呢。我给你生火，熬点粥喝。还是回柜吧，咱不能和别人家的孩子比，你舅舅给你找这个事也不容易……"

"妈！我不去了。"

"怎么？"

"怕打，又睡不好、吃不好的。"

"不去了？在家当娇哥儿？你也得有那份命！"说着她就由悲转愤，而移怒在牛儿身上。偏激的、遭遇不好的妇女惯有的性情发作了。

"怎么必得叫我受罪呢？"他在被窝里嘟囔着。

"受罪的命，谁叫你没爸爸呢？你不去我非打你不可。你叫我丢脸，叫人家笑话。不要强，说不去就不去，你不怕丢脸，我还怕呢。这院里又是叔叔又是大爷，不会帮人，可会笑话人。你倒想不去，看你敢！我先打你个半死儿再说！"

"反正是死，死在家里更好！您说什么我也不去了。"

妈狂了，许多妯娌辈冷笑的脸孔在她的记忆中，胀痛了她的脑子。她又记起来，有人说牛儿的爸爸生前不正干，养下儿子也不是好的；又有人说，她不如乘着不十分老的时候，早点嫁人，指着儿子怎行？

她想着想着，拿起扫地的笤帚，往唯一的爱子身上打去，一下一下地抽打肉身的声响，深深割裂她的心。她忘了顾忌，大声骂着打，牛儿哭叫着分辩，窗外已经站了不少不怕冷的人，看热闹的人……

"大清早干吗打孩子？牛儿什么时候不在铺子里了？"窗外一个妇人不知是来劝架还是来纵怒，笑着问牛儿什么时候回来的。

"我叫你不去，我叫你不去！"她仍狂打着已经痛麻了的孩子的肉体，没有人进屋诚意地拉住她不能罢休的手。直到她力竭的时候，才坐在小凳上大哭起来。

当他哭声渐停，她也流干泪的时候，窗外的人也都走开。天虽更亮，太阳却仍没出来。

后来她继续起来给他生了小炉子熬着玉米面粥，眼泪掉在锅盖上。拿笤帚打过孩子的手，仍然酸麻，而想到孩子的皮肉痛，她恨自己的毒手。

粥熬好了，给孩子端到床前。见孩子的右手抖着，前额有汗珠流出，疼痛使他的脸相更可怜。

"怎么出汗了？"她问。

"手痛，笤帚打了伤口好几下子……都破了。"牛儿的右手滴着脓汁和血水。

"天哪……牛儿……"她失措地把粥碗掉在地下。

"您又生气了，别摔碗，我就去。到柜上去……"他说着，用左手拭去泪和额上痛出来的汗珠，跳下床去。

"不，你不要走！"她反常地抱住他，像抱一个婴儿似的，把他抱在床上。放好了，替他脱了鞋，盖好被子，不许他动。

"您怎么啦？妈！先头打着叫我走，这会儿怎又不叫我走了？"

"不叫你走了，没你我不能活。我心痛！我的孩子，叫我打坏了，不能再叫别人打。妈可以养活你！好孩子……妈就只有你了……你今年才十三，十年前还吃奶呢，也是娇生惯养长大了的，为什么叫别人打？我会管教你，养活你，好孩子，放心……睡一会儿吧！你困了……"

入夜了，天气更凉起来。半夜牛儿醒来，见睡在身边的是妈，不是路儿，心里又高兴又难过。高兴的是守着妈；难过的是怕妈明天发脾气再打他。又记挂着路儿晚起挨打……怎也睡不着了。直到后半夜才睡去。

第二天，从疲乏里醒来已经不早了，可是天仍没晴，没有火的小屋也到处是冰冷的。妈不叫他起来，在院里点着炉子给他搬在屋里，煤球很少，并不旺，但牛儿已经觉得到了天堂。

下午才吃完饭，牛儿的远房舅舅来了。他的脸上那么严酷，好像十二月早晨下了霜的枯地。闭紧了才剃了胡子的铁青的嘴巴，坐在床上。

"我说牛儿妈，你怎么居家过日子不办大人事呢？"

"哟！怎么啦？你是说牛儿没回柜吗？您瞧他受了伤，又不能做活儿，怎么回去？"

"那么，人家柜上值好几百块钱的玻璃，就都叫他白给人打了？打了不说赔，就偷跑了？你不知道我是中保人吗？"

"孩子回家也叫偷跑？您……多给说句好话吧！您是做舅舅的，还能怪他吗？多会儿我们娘儿两个有一个时来运转的时候，总忘不了您的大恩……"

"不用说什么恩不恩的，玻璃是一百六十元，我先垫上的，还人家的钱是真格儿的！"舅舅的脸色更严肃了。

"一百六十元？大哥！您是知道我们的，除了两口气以外，什么也没有。我这些日子也没有工作，还钱也得慢慢的呀……要不然您看我们屋里有什么东西值点钱，先拿去抵押，等我有了钱再赎。"妈的声音凄楚得怕人。

"东西？我怎能那么逼你们？有东西，你自己想法子变卖，我怎能从你们家里往外搬东西？你把我瞧得也太……"舅舅的脸色和缓多了。

"我们还有一床薄被，您看值多少钱？"

那床唯一的、曾经为母子两个人遮蔽过夜寒的薄被子，尚慵懒地摊在床上。牛儿在地下托着右手，呆看着曾经给过他温暖的被子，一重肉体的苦痛又加了一重心灵的打击，脸上颜色是那么灰白、颓丧，小眼睛里的泪闪着光。

"这床被？太破了，这能卖多少钱……可是既没有别的，你就先卖卖这被再说吧……我下晚来。"舅舅先是不屑一顾地对那床破被投了轻蔑的一瞥，然后又故作无可奈何地找了一个下场，走了。

妈是那么的沉默，撇着暗紫的唇角，把被子叠成一个长方块，不再看牛儿一眼，把被子夹在腋下，就走出房门去。外面仍吼着风，屋内更冷了。

"妈！您上哪儿去？"牛儿从迷茫中惊醒了，追出去。

"到当铺去，也许我一个打鼓地卖了它。"妈仍然往前走。

"妈！不要卖它，留着您晚上盖吧！我到铺子里去……"说完，牛儿飞似的跑向胡同外面去，并没戴帽子。

"牛儿！不用去，回头掌柜的打你，听见没有？"

"不，我不怕，打死人，他得偿命的。"他跑着说。

"等你的手好了再去不行吗？牛儿！又不听话了。等你再家来，我不打你才怪哪。"妈的声调沙哑了。

"不，我不怕。"他走得已经更远。但是"我不怕"的声音却震荡在妈的耳鼓里，像雷鸣。

"牛儿！你给我回来！戴上帽子再去。"

"牛儿，牛儿！"狂风里夹着妈的惨叫。电线呼啸着，在冻结了的天宇之下，大响起来。

牛儿的身影已经看不见了。妈冻僵了的身体木立在胡同口。夹着被的肩膀颤抖着，被子掉在地上。

半晌，她才俯下身去拾取掉了的被子，有几滴鲜红的血已经和污水冻结在一起，颜色却没变。

"牛儿手上的……"妈张大了眼睛，全身的毛发都倒竖起来，无依的、孤寂的目光向四处望望，天地仍然冻结着，没有一丝温暖。当她站起来的时候，脚也是冰冷的。不知什么时候，也不知是谁倒污水在胡同里，没有看见她，她的腿脚全冻得冰凉。

"牛儿，牛儿！你给我回来，回来！"她不顾自己的腿脚。

"牛儿……"

风仍在吼，阴云没有撕裂，到处冻结了，冻结了。这冰冷的宇宙，没有丝毫生气。

（发表于《大陆画刊》1945年第6卷第3期，署名雷妍）

附 录

幻

岳：

在静夜里，在月光下，忘却一切俗念，读我的信吧！因为我写的又是日来的幻觉，是别人所不能了然体会的。就是你，也得静悄悄地在无人的所在去读，不然，你会感到无稽、荒诞的；也许不，那么又是我多感了。

你知道夏初时候我曾返里一次吗？我见到别了十六年的老宅和田园。我如一个久囚的犯人突然遇赦，而且奔驰到一个风景秀美的小岛上，被海风吹着长发，身心都感到狂了似的欢畅。当我走进那高阔的黑大门时，我落着泪笑了。

一天我向祖父再三地要求，而得以在看菜园的高铺上住宿。祖父在铺下的板床上睡了。那么安适那么恬静，我只听得小溪的水声和风吹芦苇的声响。我从小窗向外望，只见满天繁星，树木与瓜架是黑突突的。好奇心使我兴奋起来，我悄悄地从扶梯上走下来，当我踏在松软的土壤上时，我真个飘飘然如登青云了。

岳！你猜我遇到些什么呢？你猜猜看。

我见到远远的草木丛里有闪闪的火光，记得乡间人说那是狐狸炼丹，不过我知道那是磷火。闪闪地，火光渐渐扩大了，宛如初升的月亮，不过浅淡些罢了。我好似一个看木偶戏的孩子，张大了眼睛，扶着瓜架的竿往远处看去：大的光团渐渐近了，聚在园篱外的小溪边。

岳！你不要惊讶吧，听我告诉你：

197

光团渐渐淡了，每一个光团里有一个浅蓝色的人形，那么蓝，像秋晨的天空，那么亮，像电光，而且又是透明的，像荧荧的蓝水晶。"这是什么呀？"我想着，擦擦眼睛，这些光里的人形一共是四个，有一个是女的，因为头发特别长，像一片蓝纱，垂在肩上和背上。

一个坐在横掠水面的柳干上，两个并卧在草地上，那个长发的却站在水边的浅波里。

"离开肉体后，的确愉快多了。"她说。

"大约你的丧礼很奢侈呢。"坐在树干上的说。

"为什么？"草地上的一个问。

"她的丈夫是出名的富商啊，除了买不起她的灵魂以外，什么他都可以买到的。"

"现在我们都是离开肉体的灵魂了，是吗？"她说。于是这四个灵魂一纵身都坐到那个横树干上，都那么年轻。

"那个黑暗得可怕的是什么？"靠左的一个说着，却向我指来，我不由得一惊，拉拉衣襟站得正正的。

"哪个？那是一个人，一个活人！"靠右的一个毫不在意地答着，而且对我闪着蓝色的视线。

"她也有灵魂吗？"长发的人问着，侧着头对我看。

"自然！"靠右的说。

"为什么那么黑暗？一点儿光亮没有呢？"

"因为肉体把灵魂的光掩住了。"

"肉体的罪恶把灵魂的光掩住了，是吗？"

"不，肉体天然就是个暗无光彩的东西。假如后天再犯些罪，就要黑里泛红，像一个可耻的血人，她只是黑暗些罢了。"他们七言八语的使我怒不可遏，他们怎能在我面前来批评我呢？我低身拾起几块土块向他们抛去，只听得一声水的激荡，他们似乎不觉得我的举动，依旧谈着。良久，良久，他们似乎焦急地向外面张望。

"天要过午夜了，我们似乎该找一个归宿啦。"他们纷纷地说着，现出焦灼的神色。

"而且我想起我那柔软的床来，还有我的天鹅绒的靠垫，还有女人的胸……"坐在中间的那灵魂说着说着，蓝光减少了，暗了，暗了，终于消减得毫无踪迹，毁了。

"懦弱的一个，我们少了一个伴侣，记得他生前是一个望族的后裔，一个大学生，而且小有才名呢。"左边的叹息着，看着那段空了的树干。

"我真希望能和他一同消灭呢，他为我写过不少的诗，他太多情了。因了思念他的早亡，我才痛苦地自杀了。谁又想到灵魂也不能厮守呢……"她呜咽地落着浅蓝的泪珠。

"真没想到你们是情侣！那么他为什么对你疏落，去思念一个女人的肉体，以至于灵魂都毁灭了呢？"左边的问。

"你不知道一个男人对女人所追求的只是肉体吗？对这清冷的灵魂是引不起爱慕的。"她依然哀愁地说着。

"也不尽然，我却觉得你现在比从先可爱多了。请留心！我灵魂的目光对你是多么珍视呀。"左边的那个说着，身上闪着美丽的蓝光。

"你吗？对我居然爱慕起来？结果我们也会结婚吗？"她稚气地问。

"不要问什么结果吧，一个纯洁的灵魂永远会在宇宙间发着光的，永远自由地飘荡着。不过……"

"不过怎样？"

"不过一旦遇见私欲的火焰，这个纯洁的灵魂就会毁灭的。没有挽救的余地！"左边的说着，看了右边的一眼。

"看我做什么？我被一个奇怪的现象弄呆了。"右边的说。

"我们倒要听听你说的现象。"女魂说。

"我想看看瓜架下那个'生人'的魂。"他说得很坚决，很响，我惊讶起来，我怕我要死了，我怕妈伤心，又怕你失望，岳！我先想到妈的，不骗你。

"来！让我们围住她！"他们说着，奔向我来，不容我躲，他们互牵着手围绕住我，光闪闪的，我眼睛眩晕了。

"看！她的灵魂是白的，奇怪！"女魂说。

"真的，白得像海上的浪花，像山顶的积雪，像月光！对了！像月光！"右边那个灵魂欣悦地说。我自己很难看到自己的脸，但是我能看到的自身的地方确是白的。

"拿我当怪物来看吗?"我愤愤地想说说不出声来，只是想着，愠怒着。

"她太沉默了，一个不能说话的灵魂是纯白的，因为这种灵魂是永不扰乱别人的，自然也是个能忍耐的灵魂……"左边那个说。

"我真想狠狠地骂你们一顿。"我又想说，但没说出声来，我当时多么恨我自己没有天才，连骂人的天才都没有啊！

"但她的本体为什么那么黑暗呢?"女魂不十分同意左边那个魂灵的话。

"她的生活环境在她的本体外重重涂着一层'黑'。'黑'里的成分不外忧虑、怀念、妄想、疾病……"

"不，我认为那一层黑只是人间普遍的阴影罢了。我们的生前真是黑里透红呢，忘了吗?"右边那魂说着，他的蓝光浅了，渐渐地，白灼灼的和我的魂色一样了。

"他变了！"女魂惊讶地说。

"因为他还记得本来的罪状，而且他在忏悔。可惜我记不清生前的事了。"左边的说着，仍闪着蓝光。

"本来我的肉体只有些阴影笼罩着。但有一次我偶尔写了一篇性感的文章，可巧被编者选中了刊出来，被许多青年读着，于是在他们心里留下不少的恶印象。从那时起我的肉体就时时泛出罪恶的红光来。"他不胜懊悔地说着，白光更其灼灼了，"我死时倒很安适，只是晕倒在烈日下，灵魂就迅速地逃开了那黑里透红的皮囊。当我的灵魂飞向丛林去的时候，还听人家在喊：'可怜这穷教书的先生，连一把遮阳伞都没有。'我所以还记得自己做过教书匠。"

"得啦！不要提起生前来吧，我生前大约也是一个文明人，只是记不清了，糊涂下去吧。"左边那个说着，凝视着女魂。

"糊涂下去吧！文明人又算了什么，记得文明人所住的都市里，长日发着恶臭的气味。这菜园里，却有着芳香，还有这看菜园的女郎，自然没受过文明的熏陶，看她的灵魂多么洁白呀！"女魂说。

岳！当时我多么不安哪，我想起我的学校和我受的教育！

渐渐地，他们又惶惶地离开我，去找他们的归宿。我的灵魂看着横卧的本体，怎样地挨近也不能使灵魂入壳。我焦急地飘摇着，似乎足离地面很高呢，踏不到那柔软的土壤，我该多么着急呀！

岳！你一定想象得出我会急醒的，是的，我就急醒了，那是一个梦，怪梦，从先我给你讲的那些美梦还记得吗？这样的怪梦还是第一次呢。我应当讲给你听，祝你好！

溪　八月一日

岳：

那次怪梦以后，曾经过了几个平凡安静的夜。

昨夜我又有了新的奇遇：

看哪！我穿了一身簇新的西装，我成了一个英俊的男子。我仔细地梳着发，我仔细地弄好了领带上的卡针，我更其翩翩了。

我坐在一个现代的办公桌前，我见到许多阿谀的脸孔从我面前走过去，又浮过来。他们喊我×长，我于是昂然地把身子坐得直直的，我想这样坐是更能表现出×长的尊严来的。在我案上摆了不少巨大的册子，我毫不在意地翻弄着。奇怪！里面的字却一个也不认识。我正在奇怪，忽然迎面走来一个青年女子，她拿着一张公事，而且右手握着一杆小小的绿色笔，她把公事摊在我面前，温和地笑了一下：

"请×长签个字吧，这稿子可以吗？我拟的呢。"她说。我仔细看那公事单上有许多字迹，我的确知道那是字，但我不认识究竟写了些什么。我又不好说明，只是胡乱看了一下，签了字，签的什么字我却记不

201

得了。

"×长，签字是在右下角的！不是吗？您看。"我又听她温和而郑重地说着，我不免看了她一眼，还好，她并没有轻视我的样子，我想她不敢呢。我抚了领结一下，我现在是男人了。于是我在右下角签了字。她姗姗地走开，我呼出一口气，信手把桌上的巨册合上。我想："莫非她也认识这册子里的字，不然怎么会拟稿呢？她会拟稿，我不认识里面的字，我却是×长，她呢？她只是小职员罢了。"我想着又抚抚领结。

那身簇新的西服破旧了，我又换了衣服。

我穿的依然是新衣服。不过奇怪得很，我穿了一身花纱旗袍，长长的卷发……我又成了一个女人。我轻轻点了一些胭脂，不免觉得神采焕发了。

我走到那曾经当过×长的办公室，只见桌前已经坐了一个×长，和先前那个穿簇新西装的"我"一样。现在的我却无处可坐了，我对他怒目而视，他倒招招手叫我过去。"把这些账目读仔细，我听。"他吩咐我。

我无可奈何地拿起案头上的巨册，里面都是些要紧的公文。

"不是账目，是公文。"我并没呼叫×长地说着。

"公文，账目，一样，没什么，念念好了，我是要试试你的能力。你是新来的女职员，不知道……"他吸着烟毫不客气地吩咐我，我气得心跳。我想："我本来是×长，怎么又来了一个×长，反倒叫我当起小职员来？那么一身男子的服装比女人的旗袍有如许的差别吗？"我想着，只见眼前曾经浮荡过的阿谀脸孔，都变成一些轻视的奸笑的神色。而且×长的脸孔变大起来，庞大得像一座高高的墙，嘴张开来像一个山洞。我忘记去念公事，只是惊视着他。

"走过来，我的牙缝里有许多弄不出的精肉丝，替我拔拔！"他的声音像雷吼，我吓得瑟瑟地抖，只是心里想："×长就有这么大的威权？"

"听见没有？"吼声更大了，我迈进他巨大的下齿，站在他的口里，

202

他的双唇却闭起来，那么闷热呀，兀自还听得他鼻孔里冷笑的声响，我几乎晕倒了。

多么可怕的梦呀，我真没想到昨夜会这么惊险地睡着，当我醒来时晓月还没落，东方已经发白了。

噩梦的惊悸并没脱净，很担心地去照穿衣镜，可巧我穿了一件肥大的方格睡衣，天哪！我真不知自己是何许人了。我颓废地坐在椅子上无心梳洗。

因了生活的不安定而更加敏感了，日常生活多遇逆意的事，所以每日唯一的希望是得些好梦，以解日间烦恼。但是谁能支配未来呢？于是梦也是忧烦的了。往往因了一个好梦，一天里总觉得心里有一种莫名的愉快，因了一个噩梦而终日不欢，真是无可如何的事。

岳！我们究竟用什么态度活下去呀，这么漫长的一生，真可怕呢。"人生如朝露"的话，一定是那些垂死的老人对生命留恋的呻吟语吧？我否认，人生太漫长了，我以为如此。你呢？岳！

近来用功了吗？我倒看了不少的书，可惜没有一本书能指示我一个真正的生活目标，我真想哭了。妈平日不喜欢人哭，说那是不吉利的，所以哭也没个地方哭。

岳！记得你初次为我讲"罗密欧与朱丽叶"的情形吗？我为他俩悲惨的遭遇而哭泣着，把你的手帕也湿了。哭不是坏事，哭完了那种轻松比有泪强忍着愉快多了，可是现在我不能哭。

岳！遍野的雏菊开了花，那黄色的繁多的花蕾，也曾点缀过我的旧梦，现在却被噩梦逐得失了踪影。

太拉杂了，暂停笔。祝你好。

溪　八月十二日

（发表于《华文大阪每日》1942 年第 9 卷第 9 期，署名刘萼）

无画的画帖——爱歌（Echo）^①

　　风，雨，雷，电；风，雨，雷，电……震动了整个山谷，风来了，树木摇摆，摇摆，山谷吼叫了，溪边小鹿撒快步，跑得不知去向，古树上的银蛇，也昂昂头，唑唑地叫着，忽地溜开了，粗大的雨点打着各块山石，草上，花上，树上，洞里……电闪闪地射出紫色之光，雨点是粒粒的紫晶；雷隆隆，隆隆的……

　　美丽活泼的爱歌在一个山洞里避雨，少年牧人那西沙士，还有他的羊群，也躲这儿，她们全身被淋得透湿，羊的白毛也好像水洗过的素丝，这是一个无言的初识。

　　他只懊恼着，并未理会同遭风雨的伴侣，他懊恼地望着洞口雨丝的帘，一串串地流下激成千百个小泡，泡儿灭了随着波浪流去，每个植物都遇难地垂着头，任雨打在身上，雷又闪了，显出愉快的紫。

　　活泼爱说话的爱歌，有兴趣地看着雨打湿了的牧人。她眼眨着光波，是蓝的；微动的唇，含笑地向他打招呼。但雷雨声太大了，只弄得山洞里轰轰怪响，如巨涛声，如野战声，如野兽的吼叫。又怎能听到她的语言呢？

---

　　① 爱歌（Echo）是一个可爱而喜谈话的仙女，她遇见少年牧人那西沙士（Narcissus）而深切地爱他；但那少年却不理会而恋着自己水中的影子以为是水底的美丽仙女，他终日守候在池边，观望着，不饮，不食，终于失神落水而死。爱歌的身体渐渐因忧愁而消减，唯余美丽的声音在人间，就是人们所常听到的回声（echo）。见于希腊神话（Greek myths）。

雷电休止了，雨还没精打采地下，滴滴如琴声。

峰顶绽破了云的尊严，阳光射入山谷间，雨也无踪影了，青石洗得更青，绿叶更绿，花更红，更黄，更白，更紫，爱歌喜悦的长呼啸如银笛之彻良宵，漫谷响遍，她披着长发跳跃地奔出洞外，雨后的山哪遍闪着光与色，高傲的少年如风吹白云似的驱着羊群走开了。爱歌天真地追逐着。

已到了那生满水莲的池塘——爱歌每晨要照个影儿的梳妆镜，池的对岸却伏着那个冷心少年，他的脸清晰地映在水面：深而有光的蓝眸，尖而有弧形的嘴角，蓬松卷曲的深棕色的短发，是亘古未有的完美的脸。一双有力的赤臂，去探抚水里的影子。消失了，一圈圈地散了那完美的脸形，他手扶着岸石，双腿伸置在草地上，静静地等着，注视着波动的水，等水静止后那个美丽的影儿。爱歌被吸引得也静视着水面，静静的如两个等着鱼儿上钩的渔人，晚风吹动她身上的轻纱，吹动了他的短发，但吹不动他们的姿势：一个伏身照影，一个呆坐在青石上，在池畔。

终于水静止了，反映着天上的云霞中又显出那美丽的脸，在另一边还有那飘散着金发的爱歌的半身影，自私的那西沙士绝不肯看看对面这真的、实体的美，梦般地迷恋着自己的影子。

黄昏已撒下深蓝的网，倦游的羊群咩咩地围着牧人，催他归去。他起来舒动了麻木的身体，拾起牧杖，挂上号角匆匆走开。爱歌觉醒地笑了，声如金铃，顽梗的少年回过头来，冷冷地说："笑什么？""你丢了一件重要的东西。""什么？""水里的影儿，"他静了一下说，"水里的美人吗？明天我还来拜访她直到永远，怎能丢？"说着又匆匆地走了。爱歌又笑了，如金铃，少年微愠地停步来问："又笑什么？""笑一个呆子。""在哪儿？""拿着牧杖随着羊群走的呆子。""你说我吗？我怎么呆？""见了美丽的仙女却不招呼，也不留恋，还不呆，哈。"又一串清脆的笑……他骄傲地一笑说："美丽的仙女？除了水里那个美丽女郎再没有美人了。"说完了真走了，走了，留下初尝惆怅的爱歌。

已是正午了，一切如入白日梦中；白孔雀静止在树上，长尾优美地下垂至山石上，石上沉睡着爱歌，她的呼吸均匀地散布着梦的诗句，孔雀尾的影子做成了她天然的花衣，长发飘动着成了风的游侣。

一阵急切的奔驰惊醒了她的午睡，那西沙士修长的身影如羽鹤般地飞跑去了，她披好了轻纱，弄顺了长发，也走向那照影子的池边，正午的光线是充足的，蔽在幽谷的小池也分外明澈，两个美丽的脸同时映在平滑的水面，爱歌的脸上却有着挂虑的小忧伤，如一层霜。

午梦过了，爱歌的追逐又失败了，那西沙士又无言地走开了，留给她一谷枯寂，她用小枝子在泥土上写着伤心的句子：

"寂寞呀！他又去了。""骄傲使他更可爱了，但他的爱却全份交给他自己的影子。"

伤心的日子太悠久了，爱歌已形容憔悴，小草们尝过了她的酸泪！遍谷中充溢着她的叹息！

多么不幸的景象啊！水面上浮着少年牧人的尸体，如一叶任去留的扁舟。那西沙士终于落水而亡。如受了魔术的公主是爱歌。她来了，见到这个意料中的悲剧，失去牧人的羊群悲哀地叫着，爱歌并不哭了，用大力，用牧杖把那尸身拨移近岸，他躺在可安息的草上，她用牧杖与石片挖掘着湿润的泥土，用最悲哀的音韵吟唱着美丽的悼词，每句有个悲伤的回旋，如现在山谷里所听到的回声：

飞逝了，美丽的灵魂，灵魂；

寂寞了，失去牧人的羊群，羊群。

未蒙注视过的眼，飞涌着酸泪，酸泪。

山啊！谷啊！只有正午的沉睡，沉睡。

捉影儿的赤臂呢？力呢？力呢？

高傲的眼闭了，闭了；

冷笑过的嘴角啊！冰冷，冰冷。

给你以不知之亲吻，亲吻。

葬你于多草树荫下，树荫下。

你墓边将盛开着白花，黄花，花，花。

我将珍惜你走过的山石，山石。

天啊！日啊！记清这悲哀的传奇，传奇。

我将隐形于初识的洞里，洞里。

　　她的泪已流干了，声音失去圆润，完成了一个湿润的新墓在丰草的水边。天色骤变了，施展着：风，雨，雷，电……爱歌领导着失了牧者的羊群急驰向那幽谷的洞中，外面只有恐怖、沉寂、失望。

　　黄昏新齐，黄而大的月亮照着寂寂的山石，泉水，树与新坟。突然破空一声凄凉长啸，悲吟着：

　　你墓边将盛开着白花，黄花，花花声遍处波动着，回旋着，但无人影。看！青青多藓苔的墓边，已开满了那西沙士花，白的，黄的，布散着忏悔的香。

1941 年 3 月 21 日

（发表于《艺术与生活》1941 年第 18 期，署名雷妍）

为伯龙而歌

伯龙，不要多次地邀我出游吧！天太冷，现在还没到我的季节呢。等着，耐心地等着，等着丁香开放的时候，那才是我的季节哪。求你容我静静地度过这蛰居时候吧！

伯龙！请恕我昨日拒你门外，因为我现在需要静静地度过这蛰居时候。等春来了，百鸟吟唱的时候，你穿上轻软的蓝色长衣，我披上茜色的肩巾，我们到郊外去，我们上山坡去，我们在初生的草地上追逐着，你为我做一支双管的柳笛。伯龙！双管的柳笛吹出的声音正是爱的呼喊呢，那么清脆，那么单纯，那么和谐；而且可以遥闻数里呢。伯龙！我知道你善做双管的柳笛。请你应许为我做啊，我将报你一个紫色的花球。

可以吗？伯龙！现在不要因为见不到我而忧郁啊！我终会使你欢悦的。到了我的季节，我们将在微雨天出游。我穿上厚底雨鞋，在微雨中踏着峥峥的小步，我们共撑着一把大雨伞，雨点给我们激出琮琮的小曲，我们嗅着春天湿土的气息，在伞下低声讲着故事，可以吗？你知道我的性格，是吧？我是普通地思慕着春、夏、秋的一切，但在冬天只有静静地蛰居着，你怎忍心伴我去目睹凛冽和凄凉呢？伯龙，不要忧郁吧！像一个林中迷路的孩子一样。

伯龙，我赠你一首小小的曲子吧！你听！
你是夕阳，

208

你是安狄麦恩，

你双眼有挂虑，有留恋的小忧伤。

你嘴也会说出迷人的谎，啊！你，你是夕阳。

当我驾着腾云的银车，

越过波涛滚滚的大海，

经过人们牧羊后息止着的小岗，

白玉之龙马为你而踟蹰了，

我停车到树身后，

我将光辉掩住，我躲藏，看，

你安睡在一谷芬芳中，

睡在香草上了。

我闪速地、轻轻地走近你，毫无音响，

你梦幻的唇啊被我偷吻了，毫无音响，

吻之甜蜜唤醒你，你见到一天深蓝、一片月光，那正是，

我留给你的一片留恋、一片怀想。

你要衰老呢，为爱情与劳苦，

永睡在梦幻中吧！我罩笼你以莹莹之光。

那么每夜我们有一度相逢，有一吻，还有一个别离的惆怅。

因你是恋着山谷的夕阳，我呢？

我是晶莹的，只需要一吻的月光——

伯龙！你笑了吗？我如有黛安娜的本领和魔法，我一定使你永睡在静静的幽谷里，不使你思虑，不使你劳苦，不使你消逝了年轻。但我又怎能办到呢？

伯龙！我们都眼睁睁地使年轻离我们而去，你将见我的眼里现出衰老，我也将见你的头发里生出白色小光。伯龙！你的完整的美，你的男人特有的英俊，不，你的真实的美的完整也会消逝吗？我只有叹息了。

伯龙！我多么希望春的来到啊！当绿满人间的时候我们要终日聚首了。在我们鬓发青青的时候多留些可记忆的日子吧！容将来我们坐在高山上，俯视着我们息止过的地方回忆吧！

天又阴了。伯龙！大的雪花要落在你没戴帽子的头发上了，回去吧！我的足冷僵了，恕我不给你开门。回去吧！趁着天还未黑，可怜的伯龙，你真回去了，你太忠诚了，当你回去后天黑了，在没点灯的窗里我冥想着我的季节。我为梦幻而沉醉了，而泪已湿了衣襟。伯龙！听说你的月份牌上已将所有的冬的日子撕去，单单露着"三月"。傻得可怜的伯龙！我将怎样报答你呢？

昨夜梦见一个大树林，我们牵手驰入，伯龙！梦之林里到处有芬芳的花和果子，那么我们在里面不至于饥饿了。我又梦见你给我一个白圆的雪球，你欣欣地说："送你吧！我亲手做的雪球。"我接过来就融化了。你说："我们心太热了。"伯龙！多么怪。我连做三个梦，第三个我真不敢说出口呢，我梦见自己是一条小银鱼，你却是一个闪着蓝光的翠鸟，你见我在波心游玩，一下从苇叶上飞下，从波心把我吞食了。在我四周暖烘烘的，那儿是你的心吧？我倒愿意梦是真的呢，你以为怎样？

为了天气太冷我昨夜又哭泣了，我要蛰居到几时呢？伯龙！当你烦闷时也会哭泣吗？如果你也哭泣，你的泪要发出怎样美丽的小光啊！但泪连朝露都不如，一离面颊就消灭了。还是不哭好啊！我的眼睛到现在还发胀哪！你也不要落泪吧！当绿满人间的时候我们要相偕而遨游。记得你很爱登高呢，好，到时让我们爬上高山去吧！我也爱登高，因为在高处可以俯视下面的一切。不过那时请你不要穿太薄的鞋子吧！记得有一次一个尖石子刺破你的足趾，你好像一个受了伤的狮子坐在石块上，我用手帕给你包扎伤口，伯龙！记得吧？

咯咕！咯咕！咯咕！绿满人间了，布谷鸟把农夫唤遍了田野，春天终于来了！我亲爱的伯龙！来啊！我的门开了，在栅栏上有了嫩绿的草蔓。来啊！亲爱的伯龙！春天终于来了！布谷鸟叫了，我们到野外去呀！我们到山坡去啊！满山的紫地丁香啊！满河边的垂柳啊！来呀伯龙！你为我做双管的柳笛，我给你做小花球。我们追逐，我们奔驰，我们上山哪！我们吹笛子，我们欢乐啊！伯龙！穿上你轻软的长衣，我已披上茜色的披肩了。你听：咯咕！咯咕！咯咕！是布谷鸟声音哪！听！树后有伯龙的笑声！他来了，我的心跳着。多么羞涩的久别重逢啊！让我藏在芦苇丛里吧！新生的苇叶多么绿，多么软，多么清香哪！可别叫水湿了我的衣角，不要挂住我的披肩哪！我这小芦苇，他认识这茜色呢，叫我藏好了吧，他要出来了。

那是伯龙的衣角，伯龙啊！从树后出来了，那美的实体。咦？那黄衣人是谁呢？那跟在伯龙后边的俊人？天哪！伯龙！你这失信的人！我用手遮住我的眼睛吧！我不忍看他们拥抱，可是我用什么遮住我的耳朵呢？我仍能听见伯龙的笑声……嫩绿新生的芦苇呀！密密地遮掩我吧！我害羞！我不能伴伯龙而游了，天和地啊！难道没有我的季节吗？

（发表于《中国文艺》1942年第6卷第3期，署名雷妍）

重　负

记得十八世纪的一个提琴名家兼作曲家——可惜我已记不住他的名字了，当他写一个交响乐的时候，忽然为了一段不如意的音调而停笔。他是那么懊恼地在提琴的四根弦上疯了似的拉着，左手指像灵鸽一样地在弦上飞，但是所得的音调仍不能使他满意。他和提琴相持了很多的日子，他的交响曲还是不能完成。

一夜，他很晚地睡去，入睡后依然和白昼一样地感到烦闷与气愤，觉得梦里的世界也是幽暗可厌的。突然间，从黑暗中走出一个魔鬼来，一个魔鬼似的暗影。这暗影从他的手里把提琴拿过去，娴熟地在他面前奏着一支他从未听过的曲调，所有的音符连成的曲子正合他所理想的交响乐。一会儿那暗影散了，他也从梦里醒过来，立刻按着自己的记忆，把梦里听到的曲子写在谱子上，完成了他未完成的交响乐，他就给这曲子命名为《魔鬼交响乐》。

真的，在白昼的真实生活里所不能实现的一切，往往会现在梦里。姑不论梦境究竟是怎样构成的，但梦终是可爱的，在里面可以发现真实生活里所不能发现的真理，在里面可以大胆做白昼所不敢做的事。梦里有任人欣赏不厌的美丽，也有使人难忍的丑恶和苦痛。我深深爱着梦，和爱着我的生活一样。

前夜我又得了一个好梦——我所说的"好"，就是这个梦"够味儿"，十分的"Dramatic"，因为这梦的组织始终是前后关联着的：

在梦里又回到我的故乡，在祖父的菜园东边那个苇塘滨，我蹲下掘

212

一种甜菜的根子——是儿时掘过的。正在掘着的时候，忽然看见从池塘里爬出一个蓝生生的东西来，有一个马蹄表那么大，原是一个大蜗牛。我当时多么奇怪啊，蜗牛总该是灰黄色的，怎么是蓝的？蓝得闪闪烁烁地发着宝石光。我停住掘菜根的手，去抚这奇异的蜗牛。它却摇摆着伸出头来，蓝色圆润的颈项，蓝色发着宝石光的触角，却有着一个女人的脸。我惊讶得坐在草地上，仔细望着它的脸，那是一张受难的圣女童的脸，那么美，那么年轻，却有滚圆的泪珠从一只黑瞳子里流出来，从脸上流到草地上。

"为什么？"我记得这样简单地问她，我把她当作一个女人。

"太沉重。"她回头望着那个对她太重的螺壳。

"怎么办呢？"我又问着，对她深深地同情了。

"找一个代替就好了。"

"我来替你。"

"太沉重，不怕吗？"

"在我算得了什么？我想也不过像马蹄表那么大，对于我是不会有痛苦的。"

我按着她的意思，轻轻地伏在草地上，她一侧身把重负移在我的背上。只听一声青蛙投水似的音响，她跳入池塘里。我想回头看看她去了重负以后会轻盈到什么样子，已经是不可能了，我回不过头去，背上感到奇异的重压。想坐起来更是不可能，于是我也像蜗牛一样迟缓地向前移，手足都失去效用。我用了最大的努力才移到池塘边近水的地方，想再找那个脱了重负逃入水里的小精灵。我想喊，却发不出声音来，水里映着我的倒影，我却变得和原来那个垂泪的脸孔一样，烦忧布满在脸上，我也学她方才侧身的样子，用大力，转侧……落在池塘……

醒了，那只惯睡在床上的花猫从我的被子上跳到地下去。那正是黎明，一天的工作又到了开始的时候。

北平的初春是可厌的，终日愤怒似的吼着狂风，扬着灰尘，我就这样走出家门。公共汽车的路线太短，只能从西四牌楼到王府井大街北口，其余一半路是必须步行的。纵然有三轮车，但这些并不属于我们这个阶级。我乘着北风在东单练兵场上走，步子是必须加速的，不然从后上方来一阵风，一准把人按得面向下伏倒的。没进胡同口，已经听到学校的早操钟声，再加紧步子，跑，喘，跑……免得签到簿上印上紫色的"迟到"字样，他们是怎样驱使着拿着粉笔的人们哪。

钟点没理由地加多六小时，工作更形紧张起来。班次大，人数尽可能地增加，而教员的体力却逐渐亏损着，学生的成绩只有降低，降低……可怜我们的第二代吧！为了良心，为了天职，只好自己加多批改工作，以致累得昏晕。虽如此忙迫，但是比起班小人少，钟点合理化的时期，学生的成绩仍有天壤之别，这责任谁来担？

"重担只要加在肩上，是永不会推却下去的。"这是一个同事对我说的，我渐渐明白她的话里充满了经验。重负只要放在我们的背上，是永不会推却下去的。正如我前夜的梦一样，外观是美的，别人看来也是轻而易举的，但是加在自己背上的时候就沉重得可怕了，沉重得喘不好气。

更不幸是做了一个女人，女人的苦难永远是双重的，物质的重负，家庭的琐事，以及一切社会上给女人布好的天然荆棘，到处使人感到困阻，厌倦，激愤……

假如可能，我是多么需要再得一个和前夜一样的好梦，有戏剧性的梦，说不定会像《魔鬼交响乐》的作者似的，在梦里获得了理想的实现。我也许会从梦里得一个脱却重负的法子呢，我这样期待着，期待着。啊！又是一个黄昏。

（发表于上海《文帖》1945年第1卷第2期

上海知行出版社发行，署名雷妍）

雷妍及其亲友留影

雷妍父亲刘雨楼

雷妍母亲谢静宜

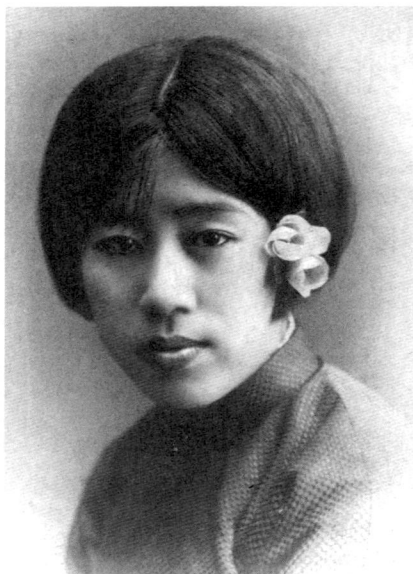

大学时期的雷妍

大学时期的雷妍

雷妍丈夫于逢源

女作家雷妍

雷妍和长子于琪林（1949 年）

雷妍女儿刘琤和刘珂

雷妍在慕贞女中

沦陷区的青年作家（1943年）

图书在版编目(CIP)数据

黑十字 / 雷妍著. -- 北京：中国文史出版社，
2023.5

(民国女作家小说典藏文库)

ISBN 978-7-5205-3747-6

Ⅰ．①黑… Ⅱ．①雷… Ⅲ．①短篇小说-小说集-中
国-现代 Ⅳ．①I246.7

中国版本图书馆 CIP 数据核字（2022）第 179166 号

点校整理：刘　珺　李子英
责任编辑：薛媛媛

出版发行：中国文史出版社
社　　址：北京市海淀区西八里庄路 69 号院　邮编：100142
电　　话：010-81136606　81136602　81136603（发行部）
传　　真：010-81136655
印　　装：北京温林源印刷有限公司
经　　销：全国新华书店
开　　本：720×1020　1/16
印　　张：15.25　　字数：195 千字
版　　次：2023 年 5 月第 1 版
印　　次：2023 年 5 月第 1 次印刷
定　　价：58.00 元